黃啟方——著

東坡肉、元脩菜、真一酒，
蘇軾的飲食生命史

人間有味是清歡

CONTENTS

貳

東坡飲食編年述要

參

東坡的飲食詩文

CONTENTS

附錄

推薦序

蘇東坡的飲食詩學
——讀黃啟方教授《人間有味是清歡》

焦桐
（作家／中央大學中文系退休教授）

蘇東坡被貶謫海南島的時候，沒有肉吃，不得已，遷就當地習俗，盡吃一些野味，如熏鼠、蝙蝠、蝦蟆等等，口味超越了南北邊際，衝擊了舊時的審美感受。

除了那些野味，蘇東坡更因禍得福，吃到牡蠣，驚訝其美味，乃告訴小兒子蘇過：「無令中朝士大夫知，恐爭謀南徙，以分此味。」數十年的仕途，經歷了激烈的政治鬥爭，他的飲食藝術，必須和仕途坎坷、三次流放一起看待，文本才會完整。

他吃野味的範圍甚廣，後來好事者以東坡命名的肉食極多，如他愛吃狗肉，就出現所謂「東坡狗肉」；他歡喜吃火腿，就出現「東坡腿」。《中國食經》提到以東坡為名的有「東坡肉」、「東坡豆腐」、「東坡餅」、「東坡羹」；《中國烹飪辭典》增加了「東坡腿」。除了以上五種，《中國歷代名食薈賞》還增加了「東坡脯」、「東坡酥」、「東坡蜜酒」等酒食。

這些菜名其實很扯。除了「東坡肉」源自〈豬肉頌〉，「東坡羹」源自〈東坡羹頌〉，〈東坡蜜酒〉源自他在黃州曾以蜜為釀，「東坡豆腐」源自《山家清供》之外，其它都是穿鑿附會。

這位千古傑出的藝術家、美食家，卻完全不適合在官場上混，不願觀察政治風向，在變法派與守舊派之間，他簡直是政治白痴，不僅未選擇靠邊站，還兩邊都得罪了，一直被傾軋、謗訕，捲入政治風暴中，一貶再貶，無端遭受數十年的苦。

糟糕的是，他在地方官任內還寫了一些嘲諷詩而入獄，那次「烏臺詩案」不但牽連了許多人身陷危險，他差點連老命也被幹掉。不過「烏臺詩案」是他人生道路的里程碑，哲學觀、生命觀和價值觀的轉變，使得他對食物的審美觀念轉了一個大彎。

東坡居士的飲食哲學乃貴乎自然，反對過度加工。其受儒、釋、道思想影響，不僅深刻領悟「天人合一」的道家哲學思想，生活中也實踐順應自然、適應環境的觀念，並且在逆境中寄情於大自然的山水，或天然食物。就連吃素也吃得自在，〈菜羹賦〉描述卜居南山下，窮得沒肉吃，只得摘一些大頭芥、蘿蔔煮湯。從洗菜、入鍋、煮沸到以米粒勾縴，再用陶盆覆蓋，慢慢煨到熟爛，直到水分快收乾，菜蔬湯變成蔬菜羹，此法不用醯醬，烹調堪稱仔細，充滿了自然風味。煮湯而講究食物的原汁原味，迴異於時下流行以太白粉勾縴。

蘇軾愛吃敢吃，卻不代表他放縱口腹之欲，暴飲暴食。相反的，他頗為重視養生，佚文〈養老篇〉敘述他的食療觀念，和養生保健之道：吃易消化的食物，避免不必要的欲念，並長期堅持下去。

一個懷抱奇才的大文豪仕途坎坷，不免藉杯中物澆滌胸中之鬱壘。酒之於他，多是快樂的，帶著正面意義。這位美酒鑑賞家，還歡喜釀酒，中國歷代文人中，執著地追求各種釀酒的只此一人。他自釀的酒，有文字可稽者是「羅浮春」、「萬家春」、「真一酒」、「蜜酒」、「桂酒」、「天門冬酒」和「中山松醪」，前三種是黃酒，後四種屬於保健酒。

他的釀酒事業集中在三次流放期間。在定州任職的數月間，曾釀柑酒和松酒，甜中帶著些微苦味，並不成功。有人請教釀酒，他似乎很得意，〈真一酒法〉一文是他寄給建安徐得之的信裡，介紹此酒「神授」的釀法，還神祕兮兮地囑咐此法不可傳。

畢竟蘇東坡釀酒到底只是玩票性質，不能算是真正的專家，我想是出於藝術家實驗、創作的蠢動之心，不會耐煩地專志到底，他死後，經常有人向蘇過、蘇邁討他們父親的釀酒法，尤其是蘇東坡信中常提到的柑酒，蘇過大笑說：家父喜歡實驗，他只試過一兩次，柑酒味道就像土酥酒。據說大夥喝了他在黃州所釀的「蜜酒」，常常瀉肚子。蘇東坡厲害的並非釀酒技術，而是他釀酒、品酒的話語（discourse）。

從現有文獻上觀察，蘇東坡可能是中國飲食文化史上第一位自詡為「老饕」的人。饕餮之徒，本來不是什麼好話，貶意十足，恐怕是到了蘇東坡才改邪歸正。

相對於唐代，宋代文人更注重生活的閑適，其生活態度和審美觀已經世俗化，少了唐代詩人的憂國憂民、渴求立功立言立業，多了一些生活美學，形成「以俗為雅」、「以故為新」的一代文風。因此，蘇東坡直接、間接描寫飲食烹飪的詩文頗夥，這些詩文從另一個向度展現蘇東坡的美學理論和實踐，也反映了宋代中國的飲食風俗，是值得深耕的學術領域。

啟方教授此書乃第一本處理蘇東坡飲食生命史的專著，以編年史形態爬梳蘇軾的飲食詩文，從飲食探究蘇軾的人生，貢獻卓著。

序言

「人生到處知何似」：東坡的一生

蘇軾，字子瞻，號東坡，於二十六歲初任鳳翔府簽判時，弟子由送行，當年十一月十九日，東坡生日前一個月，與子由於鄭州西門外道別，有〈和子由澠池懷舊〉詩：

人生到處知何似，應似飛鴻踏雪泥。
泥上偶然留指爪，鴻飛那復計東西。
老僧已死成新塔，壞壁無由見舊題。
往日崎嶇還記否，路長人困蹇驢嘶！

雖是少壯「懷舊」之作，卻悠然感慨，令人動情！而東坡一生，或亦已經概括其中矣！試以東坡之生命歷程驗證之：

宋仁宗景祐三年（一〇三六）**十二月十九日生**。

十九歲　迎娶十六歲的王弗

二十一歲　進京考進士。

二十二歲　進士乙等及第。母親程太夫人以四十八歲之齡逝世。

二十四歲　服滿終喪。

二十五歲　派官「河南福昌縣主簿」。請假未赴任。

二十六歲　參加制科特考，名列三等。派任「鳳翔府簽判」。在任三年。

三十歲　回朝出任「判登聞鼓院」。同年，元配王弗過世，時年二十七歲。獨子蘇邁七歲。

三十一歲　父親蘇洵五十八歲逝世。護喪還鄉。

三十三歲　服滿終喪。同年續娶王弗堂妹王閏之為繼室，時年二十一歲。

三十四歲　回朝出任「判官告院」。

三十六歲　改「權開封府推官」，在京師兩年三個月。又遷「杭州通判」，任職兩年十個月。

三十九歲　調升「密州知州」，任職兩年。九月，王朝雲來歸，十二歲。

四十一歲 十一月移河中府，十二月上旬卸密州任。

四十二歲 二月底改知徐州，任職兩年。

四十四歲 三月移湖州，四月二十二日到湖州任。七月二十八日被逮捕入京下獄，在湖州僅任職九十八天。在獄一百三十天，除夕判貶黃州。

四十五歲 正月初一出京，被解送赴黃州，二月一日到黃州。

四十八歲 九月二十七日，朝雲生幼子蘇遯。

四十九歲 三月量移汝州，四月七日離黃州，在黃州共四年兩個月。七月二十八日蘇遯夭亡。

五十歲 六月復官「知登州」，十月十五日到登州，十月二十日奉召回朝。在登州任職僅五日，停留十七日。十二月初還朝，出任「禮部郎中」，再遷「起居舍人」。

五十三歲 正月擔任主考。

五十四歲 在朝三年三個月。三月外派「知杭州」，任職一年又八個月。

五十六歲 二月底召還朝。五月二十六日到朝，任「翰林學士承旨」。在朝四個月又十天，八月八日外派「知潁州」。

五十七歲 在潁州五個月又十三天，二月五日調「知揚州」，任職半年。八月初召還朝。九月中回朝，出任「兵部尚書」兼「翰林侍讀學士」。十一月二十六日改「端明殿學士兼翰林侍讀學士守禮部尚書」。（一生最尊貴時）

五十八歲 八月一日王閏之四十六歲逝世。八月末外派「知定州」。（官場巔峰僅八個月，又喪妻）

五十九歲 在定州任職七個月又三日，閏四月三日改「知英州」。六月二十五日貶「建昌軍司馬、惠州安置」，八月再貶「寧遠軍節度副使、惠州安置」。

六十一歲 七月五日朝雲三十四歲逝世。

六十二歲 在惠州三年半，四月十七日，貶「瓊州別駕、昌化軍安置」。七月二日到海南昌化。

六十五歲 在昌化約三年，五月遷「廉州安置」。八月十日，改「舒州安置、永州居住」。十一月十五日，復官，「提舉成都玉局觀、任便居住」。

六十六歲 六月一日，在金山，病發，屬銘於子由。六月十五日，申請退休。七月二十五日病危，二十八日病逝常州。

東坡初仕「鳳翔簽判」三年，然後在「杭州通判」兩年十個月，歷任八州知州，密州、徐州各兩年，杭州一年八個月，其餘均數月不等，湖州九十八日，登州只五日而已，總計七年稍多。如加上鳳翔與通判杭州，則約十二年，而貶黃州、惠州、儋州共十年八個月。合計則共二十三年，在朝時間總計不到六年。則其餘道路訪問或奔波，所費時間頗不少。而將近六十六年的人生行程，當時版圖東、北、南三面都已到極邊，何止「身經萬里」而已！

東坡在朝廷時，既有翰林侍讀及擬旨重任，又須應付黨爭，優游飲宴機會反而難得。主持八州州務，或有同僚歡聚，畢竟動靜觀瞻，不能率意！唯貶謫野處，心靈得其自由，雖無俸祿，而詩文筆墨名望日高，仰慕者饋贈有多，又自耕自種，親操槍匕，於是東坡菜、羹、魚、肉，得意一時，「東坡肉」更名傳後世！或者也大出東坡意外也！

元祐八年之間，東坡在朝時，總以疾病請求外調，豈真病乎！東坡詩文中，亦曾提及「病」者，約略如下：

三十八歲　在杭州通判任上，曾有「病」。
三十九歲　除夕在密州，「病」。
四十歲　立春在密州，「病」。

四十四歲　夏赴湖州經南都，住子由家，因「病」留半月。
四十八歲　六月在黃州，風毒攻右眼，痛月餘。
五十二歲　十一月在朝廷，年底，「赤目目昏」。
五十四歲　十一月底在杭州，患「寒疾」月餘。
五十六歲　十月在潁州，「病」。
六十歲　三月中在惠州，「病酒」。（唯一「病酒」紀錄）；七月在惠州，「痔病大作」，月餘稍退，自稱於三十九歲在杭州時得疾。
六十二歲　六月十日赴海南在徐聞，「痔病發」。子由勸戒酒，作〈止酒〉詩。
六十五歲　北返除夕前在南雄道中，「河魚未止」（痢疾）。
六十六歲　六月一日在儀真，「瘴毒大作」。寄書子由，以「墓銘」為屬。七月二十八日，「病逝」。

東坡晚年在海南，自謂「飲鹹食腥」，水土不服，故多有「養生」之說。北返常州途中，正逢炎夏，暑毒又加勞累，遂一病而至不起！

本書以東坡飲食養生篇章為綱，結合其生平交遊，性情懷抱之書寫，以見其「處窮」之道，或可視為「別傳」，亦有契於東坡自嘲「懶」、「拙」、「孤僻」者！並以為坡翁九百八十七歲紀念！

二〇二二壬寅年暮春三月十日於「心隱齋」

前言

由來薄滋味

東坡果然「善處窮」

蘇東坡去世後約四百五十年的元代末期，錢塘人陳世隆（元順帝至正年間死於兵亂）在他傳世只有一卷的《北軒筆記》中，寫了一段有關東坡的文字：

東坡守膠西時，熙寧乙卯，仕宦十九年，家日益貧。元豐己未，於吳興被逮赴獄；黃州安置，寓居「定惠寺」，遷「臨皋亭」，在「南堂」。辛酉在黃二年，日以困匱，故人馬正卿為請故營地，使躬耕其中，所謂「東坡」者也。明年始就東坡築「雪堂」以居。紹聖甲戌，寧遠軍之謫，惠州安置，寓居「嘉祐寺」，就寺立「思無邪齋」。明年，還於「合江」之行館。又明年，得「歸善」後隙地數畝，營「白鶴」新居。丁丑，新居成。未幾，謫瓊州，於昌化軍安置。初僦官屋，為有司迫逐。乃買地城南，結茅數椽，鄰「天慶觀」，極湫隘，嘗偃息桄榔林中，摘葉書銘，以記其處。在儋四年，食芋飲水，其窮甚矣！元符庚辰，得赦北歸。明年為建中靖國辛巳，七月丁亥，卒於毗陵。

坡公涉世多難如此，徐、杭、汝、潁牧守之樂，中書、翰林侍從之榮，定州方面之貴，所得幾何？而四十五年間，南奔北走風波瘴癘之鄉，飢餓勞苦，曾不得名一廛託環堵為終老地；其與人書，間及生事不濟，輒自解云：「水到渠成，不須預慮！」亦可謂善處窮矣！

這一段文字，概要敘述了東坡一生的遭遇和時間、地域，而稍有疏略，如說「徐、杭、汝、潁牧守之樂」，東坡一生先後擔任過密州、徐州、湖州、登州、杭州、潁州、揚州、定州等「八州」的「知州」（牧守），卻未曾知汝州，只曾由黃州量移汝州。這或是陳氏誤記。又東坡自元祐元年初入朝任事，既是尚書，又是端明殿、翰林侍讀學士，雖曾三度自求外任，也都是大郡名州，地位榮寵。在宋哲宗親政改元後，才再、三遭受貶逐，流落遠至嶺南、海南。而各地風俗物產，飲食習性，各有不同，東坡如何面對，自可以更加詳細說明，以見其「善處窮」。

陳世隆所引東坡「水到渠成，不須預慮」一語，確實見於東坡初到黃州當年「冬至」之前，他在回覆秦觀（字太虛、又改少遊）的書信中說：

初到黃，廩入既絕，人口不少，私甚憂之；但痛自節儉，日用不得過百五十，每月朔，便取四千五百錢，斷為三十塊，掛屋梁上。平旦用畫叉挑取一塊，即藏去叉，仍以大竹筒別貯用不盡者，以待賓客。此賈耘老法也！度囊中尚可支一歲有餘，至時別作經畫。水到渠成，不須預慮也。以此，胸中都無一事。

東坡於元豐二年己未（一〇七九）七月二十八日因「烏臺詩案」遭逮捕下天牢，十二月二十九日決判，被以「團練副使」的虛銜「安置」（限制居住）於黃州（湖北黃岡）。第二天是元豐三年庚申（一〇八〇）正月初一，立即被「解送」離開京師開封，於二月一日就到黃州報到。而在當年十一月冬至前，給秦觀寫這封回信。信中提到的「賈耘老」，是東坡的老朋友「賈收」，烏程人，有詩名，喜飲酒。東坡和他的交游唱酬詩作不少。在前引這一小段書信文字中，東坡已經知道必須「痛自節儉」，所以才學習素被東坡認為是「貧士」的朋友賈收的節用方法，則他生活的拮据，已可以想見。但東坡在這段敘述之後，接著卻極力安慰關心自己生活的秦觀，說自己的生活是如何如何的閒適自得：

所居對岸，武昌山水佳絕。有蜀人王生在邑中；往往為風濤所隔，不能即歸，則王生能為殺雞、炊黍，至數日不厭。又有潘生者，作酒店樊口；棹小舟徑至店下，村酒亦自醇釅。柑、橘、椑、柿極多，大竿長尺餘，不減蜀中。外縣米斗二十，有水路可致。羊肉如北方，豬、牛、麞、鹿如土，魚、蟹不論錢。岐亭監酒胡定之，載書萬卷隨行，喜借人看。黃州曹官數人，皆家善庖饌，喜作會。太虛視此數事，吾事豈不既濟矣乎！欲與太虛言者無窮，但紙盡耳！展讀至此，想見掀髯一笑也！

這或許就是東坡對自己所說「水到渠成，不須預慮」的最佳補述吧！再以下舉各例證說。

四十一歲　在密州知州任上，立春日生病，朋友來探，設宴接待，而以「黃耆煮粥」自養。

四十八歲　在黃州，以大賣加豆作「二紅飯」自樂。

五十歲　五月一日過揚州「竹西寺」，飲「雞蘇水」，喝「罌粟湯」。

五十四歲　在杭州知州任，一月，因寒疾，作「薺青蝦羹」。

五十九歲　由定州南貶，經湯陰，與三子吃「豌豆大麥粥」。

六十一歲　在惠州，七月某日，夜半飲醉，無以解酒，於是摘菜園菜煮之，覺「味含土膏，氣飽風露。」

六十一歲　年底在惠州，除夕前二夜，飢甚，煨芋食，甚美。

六十二歲　五月，與子由在藤州街肆買湯餅（麵）果腹。子由不能吃，東坡盡之。

誠如陳世隆所說，東坡一生「涉世多難」，黃州「安置」，只是開始，而在黃州將近五年時間，充分展現了他「善處窮」的性格涵養，尤其在「飲食」方面，所舉八例，正可以作為典範！

我生百事常隨緣

東坡有〈和蔣夔寄茶〉長詩一首，回顧他在杭州通判任上和到密州知州任後，對杭州、密州兩地飲食的印象：

我生百事常隨緣，四方水陸無不便。
扁舟渡江適吴越，三年飲食窮芳鮮。
金虀玉膾飯炊雪，海螯江柱初脱泉。
臨風飽食甘寢罷，一甌花乳浮輕圓。
自從捨舟入東武，沃野便到桑麻川。
剪毛胡羊大如馬，誰記鹿角腥盤筵。
廚中烝粟埋飯甕，大杓更取酸生涎。
柘羅銅碾棄不用，脂麻白土須盆研。
故人猶作舊眼看，謂我好尚如當年。
沙溪北苑強分別，水腳一線爭誰先。
清詩兩幅寄千里，紫金百餅費萬錢。
吟哦烹噍兩奇絕，只恐偷乞煩封纏。
老妻稚子不知愛，一半已入薑鹽煎。
人生所遇無不可，南北嗜好知誰賢。
死生禍福久不擇，更論甘苦爭蚩妍。
知君窮旅不自擇，因詩寄謝聊相鐫！

第二段講在杭州時「金虀玉膾飯」和「海螯江柱」等「芳鮮」及「茶」（花乳）。第三段說密州（東武）的「羊」、「鹿角」（小魚）和「蒸粟埋飯」。然後再說茶。第四段謝謝老友寄茶，則全說茶，福建建州「北苑貢茶」、「沙溪外焙」天下聞名。

如果把這三段文字和末兩句省去，其餘六句就成了：

我生百事常隨緣，四方水陸無不便。
人生所遇無不可，南北嗜好知誰賢。
死生禍福久不擇，更論甘苦爭蚩妍。

又據第三段起句「自從捨舟入東武」語氣，則此詩應在密州任之後作。王文誥《蘇文忠公詩編注集成總案》即繫於熙寧十年（一〇七七）三月間，東坡在京師郊外將往徐州就任時。果然如此，則此詩是在東坡寫「人間有味是清歡」一詞的七年前所作。

東坡寄詩的對象是「蔣夔」，蔣夔生平資料有限，但可知與東坡兄弟是舊識。子由有〈次韻蔣夔寒夜見過〉詩：

都城廣大漫如天，旅人騷屑誰與歡。
北風號怒屋無瓦，夜氣凝冽冰生槃。
雪聲旋下白玉片，燈花暗結丹砂丸。
叩門剝啄驚客至，吹火倉卒憐君寒。
明時未省有遺棄，高論自笑終汗漫。
識君太學嗟歲久，至今客舍猶泥蟠。
正如憔悴入籠鶴，坐見摧落凌風翰。
明朝尚肯過吾飲？有酒不盡行將酸。

據「識君太學嗟歲久」一句，可知蔣夔與東坡兄弟於嘉祐元年（一〇六一）在京師應進士試時相識。子由又有〈送蔣夔赴代州教授〉詩：

憶遊太學十年初，猶見胡公豈弟餘。
遍閱諸生非有道，最憐能賦似相如。
青衫共笑方持板，白髮相看各滿梳。
暫免百憂趨長吏，勉調三寸事新書。

東坡也有〈次韻子由送蔣夔赴代州學官〉之作：

功利爭先變法初，典刑獨守老成餘。
窮人未信詩能爾，倚市懸知繡不如。
代北諸生漸狂簡，牀頭雜說為爬梳。
歸來問雁吾何敢，疾世王符解著書。

東坡兄弟二人對蔣夔都稱讚有加，至於蔣夔何時派赴代州任學官，已無可考。而上文所摘東坡〈和蔣夔寄茶〉詩中六句，可以代表東坡對飲食的態度！我們正可驗證他一生如何「隨緣面對」所遭遇的各種艱難環境，而依然能有「無不可」的豁然態度！也就是陳世隆所說的「善處窮」！

「人間有味是清歡」

北宋神宗元豐七年甲子（一〇八四）三月，被貶謫安置於黃州四年多的東坡，終於接到「量移」[1]汝州（河南臨汝）的「恩命」，東坡於四月一日離開黃州。自元豐三年二月一日到達黃州起，東坡在黃州的時間共是四年兩個月。

在前往汝州的行程中，東坡先到江西九江，遊覽了「廬山」。再到江西筠州（高安）探望弟弟子由一家人。在高安停留八天。七月中，到金陵後，特地去「蔣山」（鍾山）探望已經被免除宰相八年的王安石（一〇二一辛酉—一〇八六），相談甚歡，王安石並期望他重修《三國志》。

七月二十八日，還在金陵，幼兒蘇遯夭亡，未滿二歲。十二月一日抵泗州。十八日，在「雍熙塔」下沐浴，戲作〈如夢令〉兩闋云：

水垢何曾相受，細看兩俱無有。寄語揩背人，盡日勞君揮肘。

輕手，輕手。居士本來無垢。

自淨方能洗彼，我自汗流呀氣。寄語澡浴人，且共肉身游戲。

但洗，但洗。俯為人間一切。

充滿自信與調侃！

十二月十九日，四十九歲生日。十二月二十四日，遊「都梁山」（南山），寫下有名的〈浣溪沙　元豐七年十月二十四日從泗州劉倩叔遊南山〉詞：

細雨斜風作曉寒，淡煙疏柳媚晴灘。入淮清洛漸漫漫。
雪沫乳花浮午盞。蓼芽蒿筍試春盤。人間有味是清歡！

這一闋〈浣溪沙〉詞分前後兩段，各三句。後段第一句說「茶」，第二句的「春盤」，指的是新春初一日（或立春）的「五辛盤」：用「葱」、「蒜」、「韭」、「蓼蒿」、「芥」（一說：葱、蒜、韭、芫荽、蕓臺（油菜）），混拌而食，取迎新之意。（《莊子》逸篇：「春正月，飲酒茹葱，以通五臟。」）

1. 犯過失的官員被貶謫遠地後，如獲皇帝寬赦，調遷距京城較近的地區，叫做「量移」

全詞大意是說，在寒冬裡，正午時光，對著雨後初晴，疏柳淡煙，清靜漫漫的淮水，一盞泛著如雪花般乳白泡沫的茗茶，一碟新鮮的五辛盤，又有誠摯純真的友情，讓人但覺身心俱清，天人合一！是人間的情味，就是這種清雅的歡樂呀！

東坡暫時放下在黃州近五年或者前此更長時間的鬱結，也暫時放下痛失愛子的悲傷，走出「鮮歡」的日子。而「清歡」似乎不經意地就得到了！

劉倩叔應該就是當時的泗州知州劉士彥。東坡十二月十九日生日，二十日劉士彥曾設席邀宴，二十四日就同遊都梁山。劉士彥，山東木強人，篤信道家。後來在元祐六年（一〇九一）出任福建路轉運判官時，是由東坡擬的詔令（代皇帝寫「聖旨」），黃山谷當時還在朝廷，也作詩相送別。

本書的書名，就是用東坡在與劉士彥遊泗州南山時所作這闋詞的最後一句：「人間有味是清歡」！而東坡在海南時，曾有〈寄周安孺茶〉長詩，其中一聯說：「由來薄滋味，日飯止脫粟。」就用上句作前言「標題」，並以領會東坡的「清歡」。

壹

人間有味是清歡
——東坡美食小考

東坡的「清歡」

◆「清歡」一詞溯源

蘇軾（一〇三六丙子—一一〇一）〈浣溪沙〉詞：

細雨斜風作曉寒，淡煙疏柳媚晴灘。入淮清洛漸漫漫。
雪沫乳花浮午盞，蓼芽蒿筍試春盤。人間有味是清歡。

這闋詞於宋神宗元豐七年（一〇八四）十二月二十四日，作於泗州（安徽盱眙）「都梁山」。東坡寫這闋詞的背景如何？他所說的「清歡」，又是什麼意思呢？
「清歡」一詞，最早見於盛唐詩人李頎（六九〇庚寅—七五一）〈裴尹東溪別業〉：

公才廊廟器，官亞河南守。別墅臨都門，驚湍激前後。
舊交與群從，十日一攜手。幅巾望寒山，長嘯對高柳。
清歡信可尚，散吏亦何有。岸雪清城陰，水光遠林首。

閒觀野人筏，或飲川上酒。幽雲澹徘徊，白鷺飛左右。
庭竹垂臥內，村煙隔南阜。始知物外情，簪紱同芻狗。

這是一首應酬詩，著重於「物外情」之可以獲得「清歡」，而鄙視仕宦。晚唐詩人鄭谷（八四九己巳—九一一）〈詠懷〉詩說：

迂疏雖可欺，心路甚男兒。薄宦渾無味，平生粗有詩。
澹交終不破，孤達晚相宜。直夜花前喚，朝寒雪裏追。
竹聲輸我聽，茶格共僧知。景物還多感，情懷偶不卑。
溪鶯喧午寢，山蕨止春飢。險事銷腸酒，清歡敵手棋。
香鋤抛藥圃，煙艇憶莎陂。自許亨途在，儒綱復振時。

鄭谷是江西宜春人，官至都官員外郎，傳世詩作有三百首，以詠鷓鴣詩成名，人稱「鄭鷓鴣」。對他而言，「清歡」指的是「敵手棋」，而且與「酒」是相對的。鄭谷並非不喝酒，而是有「讀書老不入，愛酒病還深」的困擾（〈水軒〉）。

鄭谷在袁州，釋齊己（八六三癸未—九三七）帶著得意的〈早梅詩〉去拜見，詩中有「前村深雪裏，昨夜數枝開」兩句；鄭谷笑說：「數枝非早，不若一枝則佳。」齊己矍然，不覺兼三衣（僧之正式袈裟：上衣、下衣、外衣）叩地膜拜，尊為師，即謂「一字師」也。鄭谷多結契山僧，卻說：「蜀茶似僧，未必皆美；不能舍之。」是當時「芳林十哲」之一。

唐代只有李頎、鄭谷兩位詩人用了「清歡」一詞。進入宋代，在東坡之前（包括東坡的弟弟蘇轍在內），一共有二十二家六十四首詩、三闋詞用了「清歡」二字。分析東坡以前詩人「清歡」的意思，除了少數幾家仍沿李頎的自然景光和鄭谷的「棋」而言，其餘都因各人感受不同而各有其趣，也包括了被鄭谷迴避的「酒」，如歐陽修的詞「擬將沉醉為清歡」。但東坡近二千八百餘首詩，雖然有如「吾從天下士，莫如與子歡。」（〈和子由苦寒見寄〉）、「且為一日歡，慰此窮年悲。」（〈別歲〉）等詩句用了「歡」字，竟無一首用「清歡」，而只在詞體中出現三次；依時間先後，分別是：

熙寧九年（一〇七六）十二月在東武（密州／山東諸城），雪中送章傳道（名傳字傳道，閩人），〈江城子　冬景〉：

> 相逢不覺又初寒，對尊前，惜流年。風緊離亭，水結淚珠圓。
> 雪意留君君且住，從此去，少清歡。

轉頭山下轉頭看，路漫漫，玉花翻。銀海光寬，何處是超然。
知道故人相念否？攜翠袖，倚朱欄。

這是表示與朋友分別的不捨，東坡時年四十一歲。
元豐五年（一〇八二）三月在黃州，董鉞再娶柳氏，能同憂患而不以去官繫念，次
韻〈滿江紅〉：

憂喜相尋風雨過，一江春。巫峽夢，至今空有，亂山屏簇。
何似伯鸞攜德耀，簞瓢未足清歡足。漸燦然，光彩照階，庭生蘭玉。（上片）

這是讚美友人妻子能安於貧困生活的美德，東坡時年四十七歲。
元豐七年（一〇八四）十月二十四日在泗州（安徽盱眙），與劉倩叔遊都梁山（南
山），作〈浣溪沙〉：

細雨斜風作曉寒，淡煙疏柳媚晴灘。入淮清洛漸漫漫。
雪沫乳花浮午盞，蓼芽蒿筍試春盤。人間有味是清歡。

這是寫自己在生活上的感受，東坡時年五十歲初度。詞的最後一句說到「有味」，在前此詩人作品中，鄭谷曾說「薄宦渾無味」了，而司馬光（一〇一九己未——一〇八六）「珍果醇醪與新句，併將佳味助清歡」的語句是有味的，意思較近；司馬光的「佳味」指的是珍果、美酒和新詩，那麼東坡所說「有味」的「清歡」，指的又是什麼呢？

東坡在這首〈浣溪沙〉詞調下，註明說是在元豐七年（一〇八四）十二月二十四日「從泗州劉倩叔遊南山」時作的。東坡在當年正月，獲得「量移汝州」的寬免，結束了黃州四年多的貶謫生活；四月一日離開黃州，先去暢遊廬山，再到江西高安探視被自己連累的弟弟蘇轍一家；七月到金陵，七月二十八日，最小的兒子蘇遯夭折，還不滿兩歲；他晚年又得子，極為鍾愛，作詩哭之，有「吾老常鮮歡，賴此一笑喜」的話；忍住悲痛，他去晉見已經罷相八年的王安石後；十二月一日到泗州，在五十歲初度前一天，到當地的名剎「雍熙塔」下去沐浴，心有所感，「戲作」了兩首〈如夢令〉小詞，第一首說：

水垢何曾相受，細看兩俱無有。寄語揩背人，盡日勞君揮肘。

輕手，輕手，居士本來無垢。

「居士本來無垢」的心境，很可以看出東坡當時和畢生的自信。五天後，接受劉倩叔的邀約，一起登「都梁山」，終於發出「人間有味是清歡」的讚嘆！

東坡〈浣溪沙〉詞大意

細雨斜風作曉寒，淡煙疏柳媚晴灘；入淮清洛漸漫漫。
雪沫乳花浮午盞，蓼芽蒿笋試春盤。人間有味是清歡。

〈浣溪沙〉詞調分前後兩段，各三句。後段第一句說「茶」，第二句的「春盤」指的是新春元日（或立春）的「五辛盤」：用「葱」、「蒜」、「韭」、「蓼蒿」、「芥」雜而食之（一說：葱、蒜、韭、元荽、蕓薹／油菜），取迎新之意。（《莊子》逸篇：春正月，飲酒茹葱，以通五臟。）

在寒冬裡，正午時光，對著雨後初晴，疏柳淡煙，清淮漫漫，一盞泛著如雪花般乳白茶沫的茗茶，一盤新鮮的五辛盤，又有誠摯純真的友情，讓東坡但覺身心俱清，天人合一，人間的情味，就是這種清雅的歡樂呀！拋開五年或者更長的鬱結，也暫忘痛失愛子的悲傷，走出「鮮歡」，「清歡」似乎不經意地就得到了。

說到「五辛盤」，應該要回顧他初到密州時（一〇七四）的生活。東坡在〈後杞菊賦〉的敘文中說：

> 天隨生自言常食杞菊，及夏五月，枝葉老硬，氣味苦澀，猶食不已，因作賦以自廣。始余嘗疑之，以為士不遇，窮約可也，至於饑餓嚼齧草木，則過矣！而余仕宦十有九年，家日益貧，衣食之奉殆不如昔者。及移守膠西，意且一飽，而齋廚索然，不堪其憂，日與通守劉君廷式，循古城廢圃，求杞菊食之，捫腹而笑，然後知天隨之言可信不繆。作〈後杞菊賦〉以自嘲，且解之云：
>
> 吾方以杞為糧，以菊為糗，春食苗，夏食葉，秋食花實而冬食根，庶幾乎西河南陽之壽。

「天隨生」指晚唐的詩人陸龜蒙（？—八八一），常以杞菊自供養，人或嘆其「何自苦如此？」於是作〈杞菊賦〉以解嘲說：「我幾年來忍飢誦經，豈不知屠沽兒有酒食耶！」東坡雖是密州一州之長，但生計窘困至此，還能欣然自得，則黃州的貧困，自能淡然。那麼，他在黃州四年多的生活，又是怎麼過的呢？且看下節分曉。

東坡貶謫時期自創的「美味」

【黃州】

東坡魚

東坡在四十四歲時被貶謫到黃州，而黃州這地方雖「鄙陋多雨，氣象昏昏」，但「魚、稻、薪、炭頗賤」、「羊肉如北方，豬、牛、麞、鹿如土，魚、蝦不論錢。」（〈與章子厚書〉）「長江繞郭知魚美，好竹連山覺筍香」（〈初到黃州〉），生活物資充裕又便宜。可是東坡從來就不擅理財，「俸祿所得，隨手輒盡」；被貶黃州，空有職銜（團練副使），沒有俸祿，家口又不少，所以經濟非常拮据。只好先節流，因此痛下決心，緊縮開銷：「日用不得過百五十，每月朔便取四千五百錢，斷為三十塊，掛屋樑上，平旦用畫叉挑取一塊，既藏去叉，仍以大竹筒別貯用不盡者，以待賓客。」（〈答秦太虛書〉）於是，東坡必須善用資源，越多越便宜的越好！

「魚」應該是東坡的首選，黃州既然「魚美」，東坡怎能不好好享用呢？他有自己的「煮魚法」，他說：

子瞻在黃州，好自煮魚。其法：以鮮鯽魚或鯉治斫冷水下，入鹽如常法，以菘菜新芼之，仍入葱白數莖，不得攪。半熟，入生薑、蘿蔔汁及酒少許，三物相等，調勻乃下。臨熟，入橘皮線，乃食之。

這道魚該怎麼命名呢？自稱「子瞻」，是還沒有「東坡」別號時，則早在「東坡羹」、「東坡豬肉羹」之前；但既是東坡所創，就稱為「東坡魚」吧！

東坡羹

東坡到黃州第二年的年底，過了四十五歲生日，總算得到一塊廢棄的菜園，可以自己種菜種果，也親嚐了耕作之苦；他開始用「東坡居士」做別號，寫了〈東坡八首〉，敘文說：

> 地既久荒，為茨棘瓦礫之場，而歲又大旱，墾闢之勞，筋力殆盡；釋耒而歎，乃作是詩自愍其勤，庶幾來歲之入，以忘其勞焉！

東坡種了許多菜蔬，又別出心裁，創了「東坡羹」。而在〈東坡羹頌〉的引言中，詳細說明「東坡羹」的做法：

> 東坡羹，蓋東坡居士所煮菜羹也；不用魚肉五味，有自然之甘。其法：以菘（白菜）、若蔓菁（芥菜）、若蘆菔（紫花菘）、若薺，皆揉洗數過，去辛苦汁；先以生油少許塗釜緣及瓷盌，下菜湯中；入生米為糝及少生薑；以油碗覆之，不得觸，觸則生油氣，至熟不除。其上置甑，炊飯如常法，既不可遽覆，須生菜氣出盡乃覆之。羹每沸湧，遇油輒下，又為碗所壓，故終不得上；不爾，羹上薄飯則氣不得達而飯不熟矣。飯熟，羹亦爛可食。若無菜，用瓜、茄皆切破，不揉洗，入罨，熟赤豆與粳米半為糝。餘如煮菜法。應純道人將適廬山，求其法以遺山中好事者；以頌問之：
>
> 甘苦嘗從極處回，鹹酸未必是鹽梅。問師此個天真味，根上來麼塵上來。

這「東坡羹」其實是兩道菜：「東坡菜羹」和「東坡瓜茄羹」，方法不是很複雜。

東坡不但作了〈東坡羹頌〉，意猶未足，又寫了一篇〈菜羹賦〉，敘文說：

東坡先生卜居南山之下，服食器用，稱家之有無，水陸之味，貧不能致，煮蔓菁、蘆菔、苦薺而食之。其法不用醯醬，而有自然之味，蓋易而可常享，乃為之賦，辭曰：

嗟余生之褊迫，如脫兔其何因？殷詩腸之轉雷，聊禦餓而食陳。
無芻豢以適口，荷鄰蔬之見分。汲幽泉以揉濯，博露葉與瓊根。
爨鉶錡以膏油，泫融液而流津。適湯濛如松風，投糝豆而諧勻。
覆陶甌之穹崇，罷攬觸之煩勤。屏醯醬之厚味，郤椒桂之芳辛。
水耗初而釜泣，火增壯而力均。滃嘈雜而廉清，信淨美而甘分。
登盤盂而薦之，具匕箸而晨飧。助生肥於玉池，與五鼎其齊珍。
鄙易牙之效技，超傅說而策勳。沮彭屍之爽惑，調竈鬼之嫌嗔。
嗟丘嫂其自隘，陋樂羊而匪人。先生心平而氣和，故雖老而體胖，
忘口腹之為累，似不殺而成仁。竊比予於誰歟？葛天氏之遺民。

「爨鉶錡以膏油，泫融液而流津」、「屏醯醬之厚味，却椒桂之芳辛」、「水耗初而釜泣，火增壯而力均」，正可與〈東坡羹頌〉互證。[2]

二十年後，東坡在海南獲赦，經廣東北返中原；元符三年（一一〇〇）年十二月七

日到了韶州；韶州知州狄咸（字伯通，衡陽人）煮了「蔓菁蘆菔羹」殷勤接待；東坡作了〈狄韶州煮蔓菁蘆菔羹〉詩讚賞：

我昔在田間，寒庖有珍烹。常支折腳鼎，自煮花蔓菁。
中年失此味，想像如隔生。誰知南嶽老，解作東坡羹。
中有蘆菔根，尚含曉露清。勿語貴公子，從渠醉羶腥。

——《東坡全集》卷二五

在二十年後，意外的在韶州重又嘗到自創的「東坡羹」，東坡的感動可以想見。

東坡肉傳奇

黃州的豬肉既然價錢「如土」，正是可以好好運用的食材；於是，東坡把每天

2. 此賦王文誥列於海南時，誤。

一百五十錢的用度，發揮到極致：他按照自己的想法，創造了烹煮豬肉的方法，在滿足了自己的口腹之福後，又不吝惜公開獨門祕訣，分享同好；他在〈豬肉頌〉裡如此自讚一番：

淨洗鐺，少著水；柴頭罨煙焰不起，待他自熟莫催他，火候足時他自美。黃州好豬肉，價賤如泥土；貴者不肯喫，貧者不解煮。早晨起來打兩椀，飽得自家君莫管。

「柴頭罨煙焰不起」，柴頭被三足鐺遮住，連煙和火焰都不見；應該是形容很小很小的火。這篇頌又名為〈煮豬肉羹頌〉（《東坡外集》）「羹」字似乎更具體地說出它的樣貌。

南宋初年的周紫芝（一〇八二壬戌——一一五五）在《竹坡詩話》裡有一段記載：

東坡性喜嗜豬，在黃岡時，嘗戲作〈食豬肉詩〉云：「黃州好豬肉，價錢等糞土；富者不肯喫，貧者不解煮。慢著火，少著水，火候足時他自美。每日起來打一碗，飽得自家君莫管。」此是東坡以文滑稽耳！

周紫芝比東坡小四十七歲，東坡在黃州自號「居士」時他正好出生，所記與東坡原文已經稍有不同，而且硬是讓東坡每晨少吃一碗。

清代梁章鉅（一七七五乙未—一八四九）在《浪跡續談》中有一段話說：

今食品中「東坡肉」之名，蓋謂爛煮肉也，隨所在廚子能為之。或謂不應如此侮東坡。余謂此坡公自取也；坡公有〈食豬肉詩〉云：「黃州好豬肉，價錢等糞土；富者不肯喫，貧者不解煮。慢著火，少著水，火候足時他自美。每日起來打一碗，飽得自家君莫管。」

所引顯然是周紫芝的文字。而「東坡肉」之名，在東坡七百多年後也才首度出現。又，清人張道的《蘇亭詩話》說：

今人切大塊肥豚爛煮之，名「東坡肉」。

梁、張二人是清朝嘉慶至同治年間（一七九六—一八七四）人。梁是福建長樂人，曾任江西巡撫、兩江總督；張是江北人。張所說「切大塊肥豚爛煮之」尤為傳神，應該是現今大家所熟悉的「東坡肉」了。再者，今人所編《中國典故大辭典》（北京燕山出版社，一九九一年）收有「東坡肉」一詞，除了引用周紫芝所記文字外，更作解釋說：

指用大塊不切割的豬肉烹煮而成的餚饌，因北宋詩人蘇軾有〈食豬肉詩〉而得名。

日本人所編《大漢和辭典》也收了「東坡肉」詞條，一樣先引了周紫芝的文字而再加解釋說：

豬肉切成方塊，煮半日以上，加入豆腐、醬油、香料。

這兩種辭典的解釋，恐怕都是「想當然爾」。「不切割」或「切成方塊」，既無從確定，「完全不切割」大概也不可能；加入「豆腐」，尤其有趣，在東坡的詩文中，好像還沒有提到豆腐的；如果〈煮豬肉羹頌〉果然是他的篇名，那麼，這個「羹」字就更有解釋的空間了。

東坡是否真的好吃豬肉？周紫芝另有一段記載可以參考：

東坡喜食燒豬。佛印住金山時，每燒豬以待其來。一日，為人竊食；東坡戲作小詩云：「遠公沽酒飲陶潛，佛印燒豬待子瞻。採得百花成蜜後，不知辛苦為誰甜。」

佛印就是了元和尚（一〇三二壬申—一〇九八），他和東坡交往應該是在五年後即元祐四年（一〇八九）東坡第二次到杭州任官時，但這記載也沒有交代所謂「燒豬」是怎麼個「燒」法。

東坡在一〇八二年底給他堂兄蘇不疑（子明）的信裡說：

常親自煮豬頭，灌血腈，做醬豉菜羹，宛有太安風味。

看來，東坡煮的還是「豬頭肉」呢！「灌血腈」豈是指將豬血和精肉灌入豬腸中？「醬豉菜羹」是否就是「東坡菜羹」（不用醯醬）的另一口味？而所謂「太安」風味，據說重慶屬縣有「太安」一地，其烹調別有特色，尤以「麻辣」為著。去四川旅遊者，往往可以看到以「太安魚」為標榜者。東坡所創的豈不就是「麻辣豬頭肉羹」，那麼，東坡是偏「重」口味的喔！

話說回頭，如今名聞遐邇的「東坡肉」，究竟是怎麼回事？四川大學曾棗莊教授是蘇學專家，在他的大著《三蘇傳》[3]中說：

據傳：蘇軾組織杭州人民開濬西湖，杭州人民為了感謝他，都抬豬擔酒來給他拜年。蘇軾收下了很多豬肉，就叫人截成方塊，燒得紅酥酥的，分給參加疏濬西湖的民工，大家都把它叫「東坡肉」。杭州有一家飯館仿做這種「東坡肉」賣，賺了很多錢；別的館子也賣起來，結果「東坡肉」成了杭州名菜。

東坡擔任杭州知州，疏濬西湖是在元祐五年（一〇九〇）五十五歲時，第二年三月被召回朝廷，所以時間上似乎沒有問題。但這個「據說」，曾教授也沒有交代所根據的文獻，看起來卻與佛印為東坡做的「燒豬肉」很像，只不知與當年東坡在黃州用慢火煮大半天的「豬肉」或「豬頭肉」是否一樣？如果品嚐過揚州的「三頭宴」，面對那燒得酥酥軟軟紅紅亮亮的大豬頭，彷彿依稀就是當年東坡在黃州傑作的改良版呢！東坡在黃州的生活況味，從以上兩節中可以知其大概，此所以離開黃州到了泗州，而興「人間有味是清歡」的讚嘆了！

二紅飯

在黃州躬耕東坡，有「記事」說：

今年東坡收大麥二十餘石，賣之，價甚賤，而粳米適盡，故日夜課奴婢以為飯。嚼之嘖嘖有聲，小兒女相調云是「嚼虱子」。然日中腹飢，用漿水淘食之，自然甘酸浮滑，有西北村落氣味。今日復令庖人雜小豆作飯，尤有味。老妻大笑曰：「此新樣二紅飯也！」

——《仇池筆記》上

文中「二紅飯」就是「大麥」混和「小豆」（紅豆）作飯。而所稱老妻，當指繼配王閏之。當時小妾朝雲生幼兒蘇遯，或者因而雇有「庖人」。

3. 曾棗莊，《三蘇傳》，臺北：學海出版社。

玉版橫枝

順便一提：很多人都知道東坡「無肉令人瘦，無竹令人俗」兩句詩，也會想到是否有「豬肉煮筍」的菜？

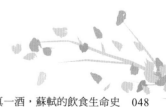

東坡第一次到杭州任官是在熙寧六年（一〇七三）三十八歲時，他有一首〈於潛僧綠筠軒〉：

> 可使食無肉，不可居無竹。無肉令人瘦，無竹令人俗。
> 人瘦尚可肥，士俗不可醫。旁人笑此言，似高還似癡。
> 若對此君仍大嚼，世間那有揚州鶴。

「綠筠」、「此君」都指竹。當時還沒有「東坡」的別號，而這首詩也與美食無關。南朝．梁殷筠《小說》云：「有客相從，各言所志：或願為揚州刺史，或願多貲財，或願騎鶴上昇；其一人曰：『腰纏十萬貫，騎鶴上揚州。』蓋欲兼三人者之所欲也。」

有關「竹」的記載如《世說新語》：「王子猷嘗暫寄人空宅住，便令種竹。或問暫任何煩爾？王嘯詠良久，直指竹曰：『何可一日無此君！』」

又如：魏．曹植〈與吳質書〉：「過屠門而大嚼，雖不得肉，貴且適意！」

對著有節的「竹」，仍然能大口嚼肉，則已俗不可醫了。

但東坡並沒有說不能吃「筍」，後來在虔州，他邀一位好談禪又不喜遊山的朋友劉器之一起去參見「玉版長老」，在一起品嚐山中新鮮而美味的新筍之後，劉器之讚賞不已，問東坡這是什麼菜，東坡笑著說：「就是玉版長老呀！」還寫詩戲弄說：

叢林真百丈，法嗣有橫枝。不怕石頭路，來參玉版師。

聊憑柏樹子，與問籜龍兒。瓦礫猶能說，此君那不知。

——〈器之好談禪，不喜游山，山中筍出，戲語器之可同參玉版長老。作此詩〉

所說「玉版橫枝」，就是「竹筍」，但該怎麼「料理」呢？

東坡在密州時（一〇七四—一〇七六），對密州的食物或者有厭倦感，正好有人送了筍來，他還寄給李常分享，〈送筍芍藥與公擇〉：

久客厭虜饌（蜀人謂東北人虜子），枵然思南烹。

故人知我意，千里寄竹萌。騈頭玉嬰兒，一一脫錦繃。
庖人應未識，旅人眼先明，我家拙廚膳，彘肉芼蕪菁（芥）。
送與江南客，燒煮配香粳。

——《東坡全集》卷九

李常字公擇（一〇二七丁卯—一〇九〇），江西人，黃庭堅的三舅父。東坡曾為他寫了一篇〈李氏山房藏書記〉。「竹萌」就是「筍」，蔬菜雜肉為羹稱「芼」，「燒煮配香粳」就是指清燒鮮筍配初熟的米飯。

東坡在〈和黃魯直食筍次韻〉詩中，有「蕭然映樽俎，未肯雜菘芥。君看霜雪姿，童稚已耿介」，和這裡的「我家拙廚膳，彘肉芼蕪菁（芥）」是一樣的意思，就是說：燒筍不能夾雜其他菜或肉，只可鮮筍清烹，以保持它的「霜雪姿」，以映襯它的「清雅不俗」。

黃庭堅（一〇四五乙酉—一一〇五），字魯直，號山谷道人，與蔡襄（一〇一二壬子—一〇六七）、蘇軾、米芾（一〇五一辛卯—一一〇七）合稱「蘇黃米蔡」，是宋代書法四大家。

雪堂義樽

東坡在黃州，附近朋友多有送酒者，東坡盡合於一器中，號「雪堂義樽」，但不曾有詩文說。

【嶺南惠州】

東坡羊脊炙

宋哲宗元祐八年（一〇九三），在脫離黃州貶謫將近八年之後，因為太皇太后高氏駕崩，哲宗親政，政局丕變。東坡先被調到河北真定擔任定州知州，但哲宗竟拒絕接見東坡辭行；只七個月，東坡再被安置到廣東惠州，於紹聖元年（一〇九四）十月二日到達。在惠州，他第一次嚐到當地的名產荔枝，大為讚嘆，作〈食荔枝〉詩說：

羅浮山下四時春，盧橘楊梅次第新。日啖荔枝三百顆，不辭長作嶺南人。

他還吃了「檳榔」，作〈食檳榔〉詩讚美說：

吸津得微甘，著齒隨亦苦。面目太嚴冷，滋味絕媚嫵。

用「嫵媚」來形容檳榔的滋味，應該是很特別的。

前此，東坡曾經用「嫵媚」來形容家鄉的「元脩菜」：「此物獨嫵媚，終年繫余胸。」（〈元脩菜并叙〉／薇、巢菜、元脩菜／野豌豆苗）嶺南檳榔的滋味，竟然可以和終年繫念的家鄉菜蔬相比擬，東坡在想什麼呢？

東坡也吃了蛇肉，他的愛妾朝雲，誤將蛇肉當海鮮，在知道所吃的竟是蛇肉後，竟然「驚悸」而一病不起！

惠州雖然風物甚美，畢竟偏在嶺南，再說東坡是因過失被貶的官員，除了盛產的荔枝可以應時吃個過癮，或偶爾嚐嚐檳榔外，日常生活用度還是需要斟酌；惠州再沒有像黃州那樣價賤如土的豬肉，該怎麼辦呢？東坡還是有本事滿足自己的需求，在給弟弟蘇轍的信裡，他說：

惠州市井寥落，然猶日殺一羊；不敢與在官者爭，買時，囑屠者買其脊骨爾。骨間亦有微肉，熟煮熟漉，若不熟，則抱水不乾。隨意用酒，薄點鹽，炙微焦食之。終日摘剔得微肉於牙綮間，如食蝤蛑。率三五日一食，甚覺有補。子由三年堂庖，所食芻豢，滅齒而不得骨，豈復知此味乎！此雖戲語，極可施用；用此法，則眾狗不悅矣！

語帶詼諧，又可見東坡之兀傲。東坡向來喜好羊炙，在杭州時曾說「平生嗜羊炙」，所以在惠州得想法苦中作樂。又能三五日一食，則自是東坡在惠州之一大享受，就以「東坡羊脊炙」名之。

真一酒

東坡在惠州，自稱創了「真一酒」。東坡酒量有限，但「每以把杯為樂」；他在黃州時，有同僚作詩送酒給他，他回謝說：

> 少年多病怯盃觴，老去方知此味長。萬斛羈愁都似雪，一壺春酒若為湯。
>
> ——〈次韻樂著作送酒〉

如今在惠州，偶爾也有人送酒，但不如自己釀酒，於是創了「真一酒」。〈真一酒〉詩的引文交代說：

米麥水三一而已，此東坡先生「真一酒」法也！

詩說：

撥雪披雲得乳泓，蜜蜂又欲醉先生。稻垂麥仰陰陽足，器潔泉新表裏清。
曉日著顏紅有暈，春風入髓散無聲。人間真一東坡老，與作青州從事名。

東坡又給自己加了個「真一東坡老」道號。但「真一酒」究竟怎麼釀呢？他在〈真一酒法寄建安徐得之〉中說：

嶺南不禁酒，近得一釀法，乃是神授：只用白麵、糯米、清水三物，謂之「真一法酒」；釀之成玉色，有自然香味，絕似王大駙馬家「碧玉香」也。奇絕！奇絕！

……

東坡的好友中，有王詵（一〇三六丙子—一〇九三）字晉卿，娶英宗女，為駙馬都尉。

東坡又作〈真一酒歌〉，結四句說：

釀為真一和而莊，三杯儼如侍君王。湛然寂照非楚狂，終身不入無功鄉4。

東坡自己另有一段記載說：

余在白鶴新居，鄧道士忽叩門，時已三鼓，家人盡寢；月色如霜。其後有偉人，衣桄榔葉，手攜斗酒，丰神映發如呂洞賓；曰：「子嘗真一酒乎？」就坐，三人各飲數杯，擊節高歌合江樓下；海風振水，大魚皆出；袖出一書授予，乃「真一法」及脩養九事；其末云：「九霞仙人李靖書」。既去，恍然！

——《仇池筆記》

4. 初唐王績（五八五乙巳—六四四），字無功，作〈醉鄉記〉。

從這裡看來，「真一酒」原來是夢中「神授」得來的呀！

東坡在惠州，原也準備終老，所以還蓋了房子；愛妾朝雲去世，給他很大的打擊，但他畢竟豁達，越在困境，越是開朗，他寫了一首〈縱筆〉詩，紓解心境：

白頭蕭散滿霜風，小閣藤牀寄病容。報道先生春睡美，道人輕打五更鐘。

這首詩傳到汴京，宰相章惇大覺諷刺，一怒之下，又把東坡更貶到海南島的儋州（昌化）去。

章惇（一〇三五乙亥—一一〇五）字子厚，福建浦城人，和東坡是同年進士；東坡初貶黃州時，還對東坡伸出援手，百般安慰，想不到最終要置東坡於死地的，會是他！

骨董羹

東坡在惠州，有記事云：「羅浮穎老取凡飲食雜烹之，名『骨董羹』。坐客皆稱善。」哈！此什錦燴飯乎！

【海南】

東坡海鮮炙——蠔、蟹、螺、八角魚

東坡被貶到當時宋代版圖中最西南角的昌化，何嘗不會感到悲憤。他在紹聖三年（一〇九七）六月十一日帶著小兒子蘇過渡過瓊州海峽到了海南，給哲宗的〈謝表〉上說：「子孫慟哭於江邊，以為死別。」也曾悲嘆說：「吾始至海南，環視天水無際，悽然傷之，曰：何時得出此島也？」

七月十三日到達昌化，第一件事是準備「作棺」、「作墓」，因為實在不知能否活著離開海南，並且到了昌化，才發現這個地方真是「百事皆無」，不免感慨地說：

> 此間食無肉，病無藥，居無室，出無友，冬無炭，夏無寒泉；然亦未宜悉數，大率皆無耳！

幸好弟弟蘇轍就在隔海的雷州半島，偶爾還可以通通信息，聊解孤憤！

昌化很難吃到肉，「客俎經旬無肉」，他對弟弟說；沒想到子由的遭遇也差不多，有一回聽說子由瘦了，他就寫了一首詩說明自己在昌化的情況，〈聞子由瘦〉：

五日一見花豬肉，十日一遇黃雞粥。土人頓頓食藷芋，薦以熏鼠燒蝙蝠。舊聞蜜唧嘗嘔吐，稍近蝦蟇緣習俗。

根據古人的說法，「白豬、花豬，黃臚（腹前）者不可食」（明．方以智《通雅》卷四六引唐．孟詵《食療本草》），清人宋犖於刊補完成並出版《施注蘇詩》時，於康熙九年（一七〇〇）東坡生日時供祭，有詩云：「黃雞花豬荐夙好，亦有蜜酒盈杯盂。」（《西陂類稿》卷一六）乃以黃雞、花豬為東坡所好。但他當時在昌化，可能就不管這禁忌了！也只有五天才能買到一次，鮮美的黃雞肉煮粥，不知是否就是「海南雞飯」的一種，就更不用說了。海南土著黎人吃的是燻老鼠、燒蝙蝠就甘藷、山藥，還有「蜜唧」（「蜜漬老鼠胎」），根據明代楊慎記載：

嶺南獠人好食蜜唧；取鼠胎未瞬、通身赤蠕者淹之以蜜，飣之筵上，盤內躡躡而行，挾取嚙之，唧唧有聲號曰蜜唧。

東坡有嶺南詩：「朝盤見蜜唧，夜枕聞鵂鶹。」

——《升庵集》卷六九〈刊補施註蘇詩竟於臘月十九坡公生日率諸生致祭〉

所引東坡詩句是東坡在惠州寫給表兄程正輔〈聞正輔表兄將至以詩迎之〉的兩句，可見惠州土著已如此享受，當時東坡聽到聲音還會嘔吐，但到了海南就在劫難逃了。這種日子當然不好過，但東坡何許人也！因為海南四面環海，多的是海鮮，東坡出生四川內地，曾經在海濱的杭州、登州做官，本來就對蟹、蛤就特別喜愛，曾自道：「性嗜蝋蛤」。（〈書南史盧度傳〉）如今到了海南，更有大蠔呢！如〈食蠔〉說：

己卯冬至前二日，海蠻獻蠔；剖之，肉與漿入水，與酒並煮，食之甚美，未始有也。又取其大者，炙熟，正爾啖嚼，又益煮者。海國食蟹、螺、八腳魚，豈有獻（下缺），每戒過子慎勿說，恐北方君子聞之，爭欲為東坡所為，求謫海南，分我此美也。

己卯是一〇九九年，東坡六十四歲，到昌化已一年多，認識他、仰慕他的人也多了，就有人送土產海鮮。海南當地人都生吃海鮮；明初劉基（一三一一辛亥—一三七五）就曾說：「海島之夷人好腥，得蝦蝋螺蛤皆生食之；以食客，不食則咻焉！」（《誠意伯文集》卷十九）所以，熟煮以至炭烤，都是東坡在當地的創意；想像他在享用「炭烤大蠔」大快朵頤的得意神情，如章惇之流的「北方君子」，真要哭笑不得了！今傳世有東坡〈獻蠔帖〉，也就是這篇〈食蠔〉。可惜似乎並不完整，「蠔」成了東坡筆下的奇珍。

東坡玉糝羹

東坡在惠州時，有一段記事：

十二月八日，吳復古、陸惟中、翟逢亨、曇穎皆在座。江南人好作「盤游飯」，脯鮓鱠炙無不有，然皆埋之飯中。故里諺云：「闕得窖子。」羅浮穎老取凡飲食雜烹之，名「骨董羹」。坐客皆稱善。詩人陸道士遂出一聯云：「投醪骨董羹鍋內，闕窖盤游飯盌中。」東坡大喜，錄之以付江秀才收，為異時一笑！吳子野云：「此羹可以澆佛。」翟夫子無言，但嗎唾而已。丙子十二月八日。

「盤游飯」是江南人所好，而惠州曇穎又創「骨董羹」，朋友皆稱善。東坡與兒子蘇過在海南，飲食有虞，必曾告訴兒子蘇過，於是蘇過模擬創出「玉糝羹」。海鮮畢竟不能當主食，不能當飯吃。蘇過得老爸提示，研發了一種改良式的「芋菜飯」，東坡取名為「玉糝羹」，讚美說：

> 過子忽出新意，以山芋作玉糝羹，色香味皆奇絕。天上酥陀則不可知，人間決無此味也。

「天上酥陀」或作「天竺酥陀」，是印度美食，比喻佛祖所食。「玉糝羹」就是用山芋和菜一起蒸為羹的素食。蘇過夫妻在食材極度匱乏的環境下，想出這道使東坡高興萬分的餚饌，確實難能可貴；所以後來蘇子由常在蘇家宗族前稱讚蘇過的孝心。

這「玉糝羹」的色香味究竟「奇絕」到什麼程度呢？東坡有詩說明：

> 香似龍涎仍釅白，味如牛乳更全清。莫將北海金虀鱠，輕比東坡玉糝羹。

東海松江的鱸魚膾，肉白如雪，不腥臭，是東南有名的美食，有「金齏玉膾」的美名。唐．劉餗《隋唐嘉話》說：「南人魚膾，以縷金橙拌之，號『金齏玉膾』。」但在東坡眼中，自家的「玉糝羹」要遠勝「金齏玉膾」。我們可以想像，六十四歲的東坡和二十八歲的蘇過，父子兩人品味著孝順的蘇過夫妻新創的又香又白、味道比牛乳還要清醇的山芋羹，兒子緊張的看著老爸的反應，老爸急切品嚐後大聲叫好的溫馨場面。

除了「玉糝羹」，東坡也隨時擷菜煮食以解酒，他的〈擷菜〉詩引文說：

吾借王參軍地種菜，不及半畝，而吾與過子終年飽菜。夜半飲醉，無以解酒，輒擷菜煮之。味含土膏，氣飽風露。雖粱肉不能及也。人生須底物而更貪耶？乃作四句：

秋來霜露滿東園，蘆菔生兒芥有孫。我與何曾同一飽，不知何苦食雞豚。

何曾（一九九己卯—二七九）生活奢侈，日食萬錢，還說無下箸處。東坡這種安於「味含土膏，氣飽風露」的生活態度，正是他自然率真性情的表現。

東坡父子被困在海南三年，建中靖國元年（一一〇一）年三月，宋哲宗死了，弟弟趙佶繼位，是為徽宗。五月，東坡意外獲赦，最後的處分是「提舉成都玉局觀，任便居住。」六月二〇日夜，渡過瓊州海峽回中原，作詩說：

參橫斗轉欲三更，苦雨終風也解晴。雲散月明誰點綴，天容海色本澄清。
空餘魯叟乘桴意，粗識軒轅奏樂聲。九死南荒吾不恨，茲游奇絕冠平生。

當年七月二十八日因瘴毒發作，病逝常州（江蘇武進）。

眉州家鄉味

嫵媚元脩菜

東坡在黃州時，同鄉巢谷（字元脩，一〇二七丁卯—一〇九九）特地來看他，兩人有共同的嗜好，都喜歡吃「巢菜」，而引發他濃濃的鄉情，他在〈元脩菜〉詩敘中說：

菜之美者，有吾鄉之巢。故人巢元脩嗜之，余亦嗜之。元脩云：「使孔北海見，當復云：吾家菜邪！」因謂之「元脩菜」。余去鄉十有五年[5]，思而不可得；元脩適自蜀來見余於黃，乃作是詩，使歸致其子，而種之東坡之下云。

東坡和同鄉老友巢元脩都非常喜歡吃家鄉的「巢菜」，元脩特地從家鄉到黃州來看東坡，不但引發了東坡的思鄉之情，更讓他想起了「巢菜」，又因為元脩姓巢，東坡就把「巢菜」改為「元脩菜」，並寫了〈元脩菜〉詩。那「元脩菜」該怎麼烹調呢？東坡在詩中這麼寫：

烝之復湘之，香色蔚其饛。點酒下鹽豉，縷橙芼薑蔥。
那知雞與豚，但恐放箸空。……
我老忘家舍，楚音變兒童。此物獨嫵媚，終年繫余胸。

「湘」就是「煮」；「饛」指充滿食器；「點酒」指灑幾點酒；「縷橙」指橙子切絲；「薑蔥」指加入薑和蔥，至於是薑片或薑絲，蔥段或蔥末，就不得而知了。我想精於烹調的人，一定可以掌握。那這「元脩菜」究竟是什麼菜呢？哈！不想原來就是「豌豆苗」呀！

木魚椶筍

東坡〈椶筍〉詩敘說：

椶筍狀如魚，剖之得魚子，味如苦筍而加甘芳，蜀人以饌佛僧，甚貴之。而南方不知也。筍生膚毳（軟皮）中，蓋花之方孕者，正、二月間可剝取，過此苦澀不可食矣！取之無害於木而宜於飲食；法當蒸熟，所施略與筍同，蜜煮、酢浸，可致千里外。今以餉殊長老。

殊長老是僧仲殊（俗姓張名揮，字師立，湖北安陸人），東坡久聞其名。元祐四年（一〇八九）六月，東坡赴任杭州，經蘇州時與仲殊見，遂為莫逆交。次年七月，仲殊遊杭州，東坡為作〈安州老人食蜜歌〉，因有「蜜殊」之號。紹聖二年（一〇九五）三

5. 據「余去鄉十有五年」者，如以父喪服滿再離鄉計，則作此詩時間在元豐六年（一〇八三）。然而東坡第二年四月就離開黃州，恐怕是來不及等到巢谷把巢菜的種子送到黃州，讓他種在東坡了。

月，東坡在惠州，有永嘉僧惠誠將返浙東，東坡託其致問候之意。仲殊崇寧間（一一〇二─一一〇六）自縊死。

據王兆鵬〈北宋詞人僧仲殊考〉東坡贈仲殊者應是「蜜煮櫻筍」和詩，原注說係元祐六年在杭州時。東坡有〈櫻筍〉詩：

> 贈君木魚三百尾，中有鶩黃子魚子。夜叉割瘦欲分甘，籜龍藏頭敢言美。
> 願隨蔬果得自用，勿使山林空老死。問君何事食木魚，烹不能鳴固其理。

寶島臺灣也有棕櫚樹，不知有沒有「櫻筍」的料理？或許，「半天筍」也是同樣的思維吧。

鰒魚、江瑤柱

另有兩種海味，也被東坡分別寫入詩文；其一是「鰒魚」。東坡在泗州待命，不久，被復官提升為登州（山東蓬萊）知州，登州的「鰒魚」自古天下有名，他在享用之餘，想起兩位歷史上顯赫的人物，都嗜好此味，大有所感，於是寫了一首三十六句的七言長詩〈鰒魚行〉：

漸臺人散長弓射，初啖鰒魚人未識。西陵衰老繐帳空，
肯向北河親饋食。兩雄一律盜漢家，嗜好亦若肩相差。
食每對之先太息，不因噎嘔緣瘡痂。中間霸據關梁隔，
一枚何啻千金直。百年南北鮭菜通，往往殘餘飽臧獲。
東隨海舶號倭螺，異方珍寶來更多。磨沙瀹瀋成大胾，
剖蚌作脯分餘波。君不聞蓬萊閣下駝碁島，八月邊風備胡獠。
舶舡跋浪黿鼉震，長鑱鏟處崖谷倒。膳夫善治薦華堂，
坐令雕俎生輝光。肉芝石耳不足數，醋芼魚皮真倚牆。
中都貴人珍此味，糟浥油藏能遠致。割肥方厭萬錢廚，
決眥可醒千日醉。三韓使者金鼎來，方奩饋送煩輿臺。
遼東太守遠自獻，臨菑掾吏誰為材。吾生東歸收一斛，
包苴未肯鑽華屋。分送羹材作眼明，却取細書防老讀。

首二句說王莽，三四句說曹操。王莽快敗亡時，每天喝酒，而以「鰒魚」下酒；當

時「鰒魚」極為昂貴。曹操喜歡「鰒魚」，史書上並沒有記載，但他的兒子曹植就說得很確切。曹操死後約半年，曹植上表向兄長皇帝曹丕請求祭祀曹操：「臣欲祭先王於北河之上，……先王喜鰒，臣前以表得徐州臧霸遺鰒二百枚，足自供事。……計先王崩來，未能半歲，臣實欲告敬，且欲復盡哀。」（〈求祭先王表〉）卻被曹丕以不合禮制而拒絕。

「鰒魚」一名「石決明」、「千里光」，明州人稱為「九孔螺」；可治青盲失精。

而關於其二「江瑤柱」，東坡曾評品黃庭堅的詩說：「黃魯直詩如蝤蛑、江瑤柱，格韻高絕，盤飧盡廢；然不可多食。」又曾以「江瑤柱」比果中「荔枝」。

郭璞（二七六丙申—三二四）在《江賦》中即提到「玉珧」，就是「江珧」，主要產於明州（寧波）、閩粵海域。「奉化縣四月南風起，江瑤一上可得數百柱，以雞汁瀹食肥美，過火則味盡也。」（王氏《宛委錄》）是一種牛角形的貝類，只取四柱，廣東稱為「帶子」，一般稱「干貝」。

東坡仿史家以寓言體作〈江瑤柱傳〉，先說：

其先南海人，……徙家閩越，……始來鄞江，今為明州奉化人，瑤柱世孫也；性溫平，外慤而內淳，稍長，去襮類，頎長而白皙，圓直如柱，無絲髮附麗態……名聲動天下，鄉閭尤愛重之。……

結語說：

里諺有云：「果蓏失地則不榮，魚龍失水則不神。」物固且然，人亦有之。嗟乎！瑤柱誠美士乎，方其為席上之珍，風味藹然，雖龍肝鳳髓有不及者，一旦出非其時，而喪其真，眾人且掩鼻而過之。士大夫有識者，亦為品藻而置之下；士之出處，不可不慎也。悲夫！

蓋深有寄託也！

東坡的人生境界：空山無人，水流花開

東坡自詡為「老饕」，對食物的烹調，自有主張，所作〈老饕賦〉首段即言：

庖丁鼓刀，易牙烹熬。水欲新而釜欲潔，火惡陳而薪惡勞。九蒸暴而日燥。百上下而湯鑒。嘗項上之一臠，嚼霜前之兩螯。爛櫻珠之煎蜜，滃杏酪之蒸羔。蛤半熟而含酒，蟹微生而帶糟。蓋聚物之夭美，以養吾之老饕。

起二句說烹具與水薪火，三四句說烹前之食材；以下六句說食物之處理，雖似戲謔文字，非泛泛不著邊際之言。

東坡在黃州時，一改對蟹蛤的嗜好，友人送他蟹蛤，他就放生。他說：

予少不喜殺生，然未能斷也。近年始能不殺豬羊，然性嗜蝌蛤，故不免殺。自去年得罪下獄，始意不免，既而得脫，遂自此不復殺一物。有見餉蝌蛤者，皆放之江中；雖知蛤在江中無活理，然猶庶幾萬一，便使不活，亦愈於煎烹也。非有所求覬，但以親經患難，不異雞鴨之在庖廚，不復以口腹之故，使有生之類，受無量怖苦爾！猶恨未能忘味，食自死物也。

——〈書南史盧度傳〉

所謂「自死物」，就是別人殺了處理過的。於是在艱困的環境下，創了「東坡菜羹」、「豬頭肉羹」；好不容易離開黃州，重新恢復自在生活，在泗州和朋友劉倩叔一起上都梁山，嘗試「五辛盤」，大為感慨！然其中滋味，恐亦不足為外人道也，於是而以「人間有味是清歡」為詞，寄其隱衷。

東坡自在家鄉時，喜食「元脩菜」、「木魚櫻筍」，其後在黃州創「東坡菜羹」、在海南時有「玉糝羹」，又終年飽菜，享受「味含土膏，氣飽風露」的自然風味，都能有「人不堪其憂，東坡也不改其樂」的自得者，應該就是他秉性自然的表現！

東坡在海南時，無意中從民間得到唐末四川畫家張氏所畫的「十八大阿羅漢」，自認是稀闊的奇遇，於是分別為十八尊羅漢像題了頌詞，其中第九尊的頌詞是：

> 食已襆鉢，持數珠誦咒而坐。下有童子，構火具茶，又有埋筒注水蓮池中者。

頌曰：

> 飯食已畢，襆鉢而坐。童子茗供，吹籥發火。我作佛事，淵乎妙哉！
> 空山無人，水流花開！

山是空的，本來無人；水時時流，花年年開。各安其命，各安其天！

這是東坡的人生境界，也是他的飲食觀；不僅是舌尖上的感動，更是心靈上的感悟：人間有味是清歡！真實、素樸而自然！

附記

我在二〇〇〇年八月間，依據蘇東坡相關論述寫了一篇〈人間有味是清歡—東坡美食小考〉，最早發表於《明道文藝》二〇〇〇年九月號，並同步刊於九月二十四日至二十七日《中央日報》副刊，以紀念東坡逝世九百年。

不久後參加輔仁大學紀念東坡的會議，就用那篇文章在會上宣讀，當時輔仁大學的元老師長王靜之先生，在會後特別寫了東坡〈浣溪沙〉詞相贈，很是感動。該文後來收入我的專書《東坡的心靈世界》（臺北：學生書局，二〇〇二年一〇月）。

二〇一九年四月二十三日，應臺大三校系統之邀做專題演講，就將原稿重新增補後，以〈人間有味是清歡—東坡美味小考〉為題。又在《國語日報》「書和人」雙週刊於二〇二一年四月四日起分三期刊出。茲再作增補，以竟其功！

貳

東坡飲食編年述要

東坡的生命經歷，據現有資料及個人的領會，可略分為三個大階段：
一、三十三歲父喪期滿及前此的「鄉居」時期。
二、三十四歲到四十五歲間的「子瞻」時期。
三、四十六歲到六十六歲逝世間的「東坡」時期。

以下就依據這個認知，分別按時間先後和所在地域，彙輯東坡與飲食相關的作品，以了解東坡悠遊順境或自在「處窮」的心境。

鄉居時期（三十三歲前）：終身難忘「元脩菜」

蘇軾的誕生，可以說充滿了傳奇性，他父親蘇洵的文章可以證明。蘇洵（一〇〇九己酉—一〇六六）的〈題張仙畫像〉，說的就是這個「傳奇」：

> 洵嘗於天聖庚午重九日至「玉局觀」無礙子卦肆中，見一畫像，筆法清奇。乃云：「張仙也，有感必應。」因解玉環易之。洵尚無子嗣，每旦必露香以告。逮數年，既得軾，又得轍，性皆嗜書。乃知真人急於接物，而無礙子之言不妄矣！故識

其本末，使異時祈嗣者於此加敬云。

——《嘉祐集》卷十五

「天聖庚午」是宋仁宗天聖八年（一〇三〇）。蘇洵在當年重九端陽節由眉山去成都，在成都「玉局觀」旁無礙子的卜卦店中看見一幅「筆法清奇」的畫像，而無礙子說畫的是道教始祖「張道陵」，並有求必應。於是蘇洵脫下「玉環」，交換「畫像」。蘇洵因沒兒子，從此每天早晨燒香祈求。連續幾年，終於生了蘇軾，又生了蘇轍。

蘇洵十九歲娶程氏，二十歲生一女，卻夭折。二十二歲向張仙求子，約兩年後（一〇三四）生長子景先，再生次女八娘（一〇三五，通俗小說所稱「蘇小妹」）和蘇軾（一〇三六）。長子景先不幸於四歲夭折，而後又生蘇徹（一〇三九）。所以蘇軾兄弟都是父親每晨焚香向張仙祈求而誕生的。蘇軾晚年因得罪權臣而再三被貶謫，在徽宗繼位後才獲得寬赦，從海南昌化回到中原，最後的官銜是「提舉成都玉局觀」[6]。「蘇玉局」成了東坡的另一個名號。世間事情總是如此巧呀！清代蘇學專家王文誥說：「非偶然也！」那就是「天命」囉！

蘇軾八歲時，跟著「天慶觀」[7]道士張易簡讀書，很受張易簡的讚賞。三年後回家，由母親親自教授書史。蘇軾逝世後，蘇轍在為兄長所寫的〈墓誌銘〉中，有以下這一段回憶：

> 先君宦學四方，太夫人親授以書，聞古今成敗，輒能語其要。太夫人嘗讀《東漢史》，至〈范滂傳〉，慨然太息！公侍側，曰：「軾若為滂，夫人亦許之否乎？」太夫人曰：「汝能為滂，吾顧不能為滂母耶！」公亦奮厲有當世志，太夫人喜曰：「吾有子矣！」

才十一歲的少年蘇軾，有如此的回應，真是不凡！母教成就了蘇軾的一生志節！

蘇軾十一歲時，遷居「沙縠行」，讀書於「南軒」，「檻前花木叢茂」。十二歲，蘇洵給二子命名取字，還特意作了一篇〈名二字說〉。蘇洵給蘇軾取字「子瞻」，給蘇轍取字「子由」，並解釋說：

> 輪輻蓋軫皆有職乎車，而軾獨若無所為者；雖然，去軾，則吾未見其為完車也。軾乎！吾懼汝之不外飾也。天下之車莫不由轍，而言車之功者，轍不與焉！雖然，

車仆馬斃而患亦不及轍；是轍者善處乎禍福之間也！轍乎！吾知免矣。

明代古文大家唐順之（一五〇七丁卯—一五六〇），對蘇洵這篇文章的看法是：

此老泉所以逆探兩公之終身也。卒也長公再以斥廢，僅而能免；而少公終得以遺老自解脫，攸攸卒歲。是亦奇矣！

蘇洵擔心蘇軾「不外飾」，而蘇軾一再有「孤僻」、「懶」、「拙」、「不慎言語」、「常恐坦率性，放縱不自程」的自覺，正是父親所擔心的。知子莫若父者，正是如此！「長公」、「少公」是世人對蘇軾兄弟的暱稱。

---

6. 「成都玉局觀」於每年重陽節有宗教性的「藥市」，可參考許凱翔的〈宋代「成都玉局觀」藥市的宗教性〉一文。（《臺大歷史學報》四十四期，二〇一九年十二月）

7. 「宋真宗大中祥符元年（一〇〇八），下令以正月三日「天書」降世日為「天慶節」，二年十月甲午（十三日），又詔天下置「天慶觀」，所以蘇軾所到的地方都有「天慶觀」。所謂「天書」，是當時大臣王欽若（九六二壬戌—一〇二五）投真宗所好而設計的天降吉祥符瑞，真宗並因此改年號為「祥符」。

蘇洵曾經到過江西虔州，認識了當地的隱士鍾棐，並成為好友。東坡晚年由海南回到內地，於經過虔州時，鍾棐也已經過世；東坡特地為他作了〈鍾子翼哀詞〉，並引用父親的話語：「吾不飲酒，君嘗置醴焉。」（蘇洵不飲酒，與東坡兄弟之不善飲有關嗎？）

蘇軾十九歲時，娶青神人王方的女兒王弗為妻，王弗當年才十六歲（一〇三九生）。蘇軾在元祐四年五十四歲時，被任命為「杭州知州」，在呈給皇帝的〈謝表〉上曾說：

> 少時妄意，蓋嘗有志於事功；晚歲積憂，但欲歸安於田畝。

晚年被貶海南儋州，在〈與王庠書〉中則說：

> 軾少時本欲逃竄山林，父兄不許，迫以婚宦，故汩沒至今。

哈！東坡被迫「成婚」，但一生卻有三位妻子！東坡天生喜好自然，不願受拘束，但還是結婚生子、應舉任官了。以上是東坡二十歲前的重要記事。再來就是應考出仕了。

宋仁宗嘉祐元年丙申（一〇五六）二十一歲。三月，與弟子由隨父自眉山赴京師汴京（開封）考進士。

五月，抵京師。入開封府學。與蔣夔交。

八月，與子由一起參加開封府的進士資格考。入選。

嘉祐二年丁酉（一〇五七）二十二歲。三月十四日，進士考放榜，兄弟同及第。

四月八日，母親程太夫人逝世於眉山，四十八歲（一〇一〇庚戌—一〇五七）。

五月，母喪訃告至京師，父子三人立即回眉山奔喪。進士及第是大喜事，而母喪卻是大悲哀！一個月內相繼發生，衝擊之大，可以想見！

嘉祐三年戊戌（一〇五八）二十三歲。到青神，與王慶源及王弗堂弟王箴，坐莊門「喫瓜子、炒豆」。「青神」和「眉山」同屬「眉州」，蘇軾應是陪妻子王弗回娘家。「瓜子」、「炒豆」，東坡在此前唯一提到的當地食品。但不知何所似！

嘉祐四年己亥（一〇五九）二十四歲。長子蘇邁生（一〇五九己亥—一一一九）。

九月，母喪終制。[8]

十月，還京師。過峽州，聞「清溪寺」為「鬼谷子」舊隱處。

蘇軾十二歲時，由父親命名，取字「子瞻」，二十二歲進士及第後，「子瞻」漸為眾人所稱。四十四歲貶黃州，而後自號「東坡居士」。其間，「子瞻」聲名已如日中天。而飲宴唱酬詩文，自二十四歲母喪服滿出任官職後，才開始出現。

嘉祐五年庚子（一〇六〇），二十五歲。獲授河南福昌縣主簿。當時與子由正準備參加「制科」考試（猶如今稱特種考試），請假未赴任。

嘉祐六年辛丑（一〇六一）二十六歲。

八月二十五日，參加「制科」（賢良方正能直言極諫科）考試，考「策問」。東坡「對策」，被評為第三等，子由第四等。

宋代自有「制科策試」以來，只有吳育（一〇〇四甲辰—一〇五八）於景祐元年（一〇三四）時曾列三等。而子由表現突出，但所論得罪當道，被降為四等。自是父子三人名動京師，稱蘇洵為老蘇。

授官職：「大理評事、鳳翔府簽判。」十一月赴鳳翔任，十二月過長安，與劉敞劇飲。東坡有記事說：「昔為鳳翔幕，過長安，見劉原父，留吾劇飲數日。」

劉敞（一〇一九己未—一〇六八），字原父（甫），江西新喻人。慶曆六年（一〇四六）與弟劉攽（一〇二二壬戌—一〇八八）字貢父，同科進士，有名史學家、經學家、散文家。當時以翰林學士充永興軍路安撫使、兼知永興軍府

8. 宋代喪制，「三年之喪」實際以二十七個月計。

事，駐長安，才四十三歲。東坡對劉氏兄弟極為推重，在同一段記事末，稱二人為「俊傑人」。又，東坡平生第一次飲酒紀錄，即是「劇飲」。

十二月十四日，到鳳翔任。同僚大多舊識，相處甚歡。

十二月十九日，二十六歲生辰。無記事。

嘉祐七年壬寅（一〇六二）二十七歲。在鳳翔，作〈新葺小園〉詩。

嘉祐八年癸卯（一〇六三）二十八歲。

正月，陳希亮（一〇一〇庚戌—一〇六五）來代宋選。希亮為人耿介，御下嚴肅。東坡年少氣盛，屢與之爭。

三月二十九日，仁宗趙禎崩，五十五歲（一〇〇九己酉—一〇六三），在位四十二年。英宗趙曙繼位（三十一歲）。

四月，遇陳希亮四子陳慥於岐山，遂訂交。陳慥（一〇三一辛未—？）字季常，較東坡年長五歲。東坡為作〈方山子傳〉。

九月十六日，遊扶風「天和寺」，有詩題壁。〈扶風天和寺〉[9]：

遠望若可愛，朱欄碧瓦溝。聊為一駐足，且慰百回頭。
水落見山石，塵高昏市樓。臨風莫長嘯，遺涕浩難收。

在扶風驛舍，聞歌者聲甚悲。起問之，蓋昔富今貧者。為淒然，因飲之酒。有云「勸爾一杯聊復睡，人間貧富海茫茫。」

東坡全詩為〈西蜀楊耆，二十年前見之甚貧，今見之亦貧，所異於昔者，蒼顏華髮耳。女無美惡，富者妍。士無賢不肖，貧者鄙。使其逢時遇合，豈減當世之士哉！頃宿長安驛舍，聞泣者甚怨，問之，乃昔富而今貧者。為作一詩。今以贈楊君〉：「孤村漸雨逐秋涼，逆旅愁人怨夜長。不寐相看唯櫪馬，愁吟互答有寒螿。天寒滯穗猶橫畝，歲晚空機尚倚牆。勸爾一杯聊復睡，人間貧富海茫茫！」

東坡才二十八歲，初出仕，正應意氣飛揚之時，而感慨如此！亦可見其性情懷抱。

十二月十五日，南溪小酌。

十二月十九日，二十八歲生辰，無記事。

---

9. 注引《扶風縣志》：「天和寺在城南。」又《鳳翔府志》：「此詩石刻在扶風縣南山馬援祠中。先生自題其後云：「癸卯九月十六日挈家來遊。」「遺涕」或做「遺響」。

宋英宗治平元年甲辰（一〇六四）二十九歲。

正月二十日，同年進士商洛令章惇（一〇三五乙亥—一一〇五）到訪。留惇飯，作詩，有「野饋慚微薄，村沽慰寂寥」語。

「村沽」之意，意謂平日所飲之酒即是如此？東坡與章惇既為同年進士，此時又同在附近任官，交情自深，而只能以「野饋」、「村沽」待之，所以慚愧耶！[10]

正月二十二日，與文同[11]遇於岐下，遂訂交。

二月十六日，與張杲之、李庠游南溪，醉後相與解衣濯足。[12]

九月，野人獻「竹鼬」，縣令饋「渼陂魚」。太原令送「葡萄」。

十月，陳希亮召集「凌虛臺」，酌酒、射雁為樂。東坡有〈凌虛臺〉詩：

才高多感激，道直無往還。不如此臺上，舉酒邀青山。
青山雖云遠，似亦識公顏。崩騰赴幽賞，披豁露天慳。
落日銜翠壁，暮雲點烟鬟。浩歌清興發，放意末禮刪。
是時歲云暮，微雪灑袍斑。吏退迹如掃，賓來勇躋攀。
臺前飛雁過，臺上彫弓彎。聯翩向空墜，一笑驚塵寰。

由此可見東坡與陳希亮之間已無扞挌。

十一月，赴盩厔，與其徒會獵園下，炮鹿、燔兔，豪飲而歸。這裡首見「豪飲」，又以「炮鹿、燔兔」佐酒，自是獵獲者。

十二月十七日，鳳翔任滿三年，將回朝待命。離開鳳翔後先至長安，與陳睦飲於朝元閣上。

陳睦字子雍，祖父陳絳，莆田人，官至右司諫，徙家蘇州。陳睦於嘉祐六年（一〇六一）以第二名（榜眼）及進士第，二十三年後，於元祐元年以朝散大夫、鴻臚少卿為直龍圖閣、知潭州，當時東坡亦在朝，有〈送陳睦知潭州〉詩回憶此時聚飲：

華清縹渺浮高棟，上有纈林藏石甕。一杯此地初識君，千巖夜上同飛鞚。
君時年少面如玉，一飲百觚嫌未痛。白鹿泉頭山月出，寒光潑眼如流汞。
朝元閣上酒醒時，臥聽風鸞鳴鐵鳳。舊遊空在人何處，二十三年真一夢。
我得生還雪髯滿，君亦老嫌金帶重。有如社燕與秋鴻，相逢未穩還相送。

---

10. 章惇與東坡之糾葛，高雄中山大學劉昭明教授有專著：《蘇軾與章惇關係考》。
11. 文同（一〇一八戊午—一〇七九）字與可，梓州（四川三台）人。
12. 飲酒而言「醉後」，又「解衣濯足」，首見且僅見。

洞庭青草渺無際，天柱紫蓋森欲動。湖南萬古一長嗟，付與騷人發嘲弄。

陳睦有「一飲百觚」的豪情！

而後離開長安至華陰，在華陰度歲。

東坡初官鳳翔三年的飲宴紀錄：

在長安與劉敞劇飲；

在扶風驛舍贈酒由富而貧之歌者；

一次「醉後相與解衣濯足」；

一次圍獵獲鹿與兔，炮鹿、燔兔而豪飲；

一次以村沽、野饋款章惇；

一次與陳睦飲。

治平二年乙巳（一〇六五）三十歲。

正月，回朝，出任判登聞鼓院。

二月，直史館。有〈謝蘇自之惠酒〉詩：

高士例須憐麴糵，此語嘗聞退之說。我今有說殆不然，麴糵未必高士憐。
醉者墜車莊生言，全酒未若全於天。達人本自不虧缺，何暇更求全處全。
景山沈迷阮籍傲，畢卓盜竊劉伶顛。貪狂嗜怪無足取，世俗喜異矜其賢。
杜陵詩客尤可笑，羅列八子參羣仙。流涎露頂置不說，為問底處能逃禪。
我今不飲非不飲，心月皎皎長孤圓。有時客至亦為酌，琴雖未去聊忘絃。
吾宗先生有真意，百里雙罌遠將寄。且言不飲固亦高，舉世皆同吾獨異。
不如同異兩俱冥，得鹿亡羊等嬉戲。決須飲此勿復辭，何用區區較醒醉。

此詩評論前人飲酒之失，又自贊「我今不飲非不飲，心月皎皎長孤圓。有時客至亦為酌，琴雖未去聊忘絃。」有如東坡之「飲酒宣言」！又，「蘇自之」其人無可考！

五月二十八日，原配王弗卒，二十七歲（一〇三九己卯—一〇六五）。王弗十六歲來歸，二十歲生蘇邁（一〇五九己亥—一一一九）。蘇邁時才七歲。

治平三年丙午（一〇六六）三十一歲。

四月二十五日，父蘇洵卒，五十八歲。

六月，自京師載喪回眉山。

治平四年丁未（一〇六七）三十二歲。

正月八日，英宗崩，三十六歲（一〇三二壬申—一〇六七），在位四年。神宗趙頊十九歲繼位。

黃庭堅（一〇四五乙酉—一一〇五）二十四歲，進士乙科及第。派葉縣尉。

四月，東坡與子由護喪還抵家鄉。

八月，葬父於「老泉」側。

宋神宗熙寧元年戊申（一〇六八）三十三歲。

七月，父喪服滿。七月二十八日，作〈油水頌〉：

> 熙寧元年七月二十八日，元叔設食嘉祐，謁長老，觀佛牙。趙郡蘇某為之頌曰：水在油中，見火則起。油水相搏，水去油住。湛然光明，不知有火。在火能寶，內外淨故。若不經火，油水同定。非真定故，見火復起。

這裡合「油」與「水」而論之，文學史上僅此一次。

侯溥（一〇三二壬申—？）字元叔，於三年後作〈跋〉文說：

僕嘗與子瞻學士會食於嘉祐長老紀公之丈室。子瞻識其行於壁，又書「水去真定」之喻十二言於其所謂禪版者。紀曰：「壁有時以圮，版有時以蠹。不幸而及於此，則吾之所寶去矣！」我將寶其真筆而摩其字於石，垂之綿綿，使觀者知大賢之所存。熙寧四年八月九日河南侯溥元叔題。

侯溥較東坡年長，而尊之如此。東坡之受推重如此！

十月，亡妻王弗之堂妹王閏之（字季璋，一〇四八庚子—一〇九三）來歸，時年二十一歲。

十二月，除服還京。在長安度歲。

東坡這三十三年間，扣除在鳳翔三年，在京師一年四個月，及參加進士、制舉考試，奔喪往返等時間約計五年，加兩次大喪，丁憂四年餘，在家鄉時間共約二十四年。其中最為東坡念念不忘之食蔬，是原稱「巢菜」，東坡後來在黃州見眉山故人巢元脩，而重新取名為「元脩菜」，東坡至以「嫵媚」形容之。

子瞻時期：人生所遇無不可

熙寧二年己酉（一〇六九）三十四歲。

正月，由長安往京師。

二月，到京。王安石已任參知政事，推動新法，又素惡東坡議論不同，遂仍以殿中丞抑置於「判官告院」。「判」是以高階任低職之意。

熙寧三年庚戌（一〇七〇）三十五歲。

二月，子由因詆斥新法，王安石欲加罪；知陳州張方平[13]邀為學官。

九月二十日，送章衡[14]出守鄭州，相與賦詩燕飲。〈送章子平詩敘〉云：

> 余於子平為同年友。眾以為宜為此文也，故不得辭。

又，東坡於妻亡、父喪服滿。中間三年餘。至是第一次燕飲。次子蘇迨生。

曾上〈議學校貢舉狀〉，反對王安石欲變更科舉。神宗召見。王安石不滿，命權開封府推官，欲困以事。

熙寧四年辛亥（一〇七一）三十六歲。

正月，樞密副使馮京[15]薦直舍人院。未成。

二月，上神宗書。

三月，再上書。王安石亟排之。東坡乞補外官。

六月，以太常博士、直史館，通判杭州。歐陽修致仕。

七月，將赴杭州。往辭王素[16]（一〇〇七丁未—一〇七三）於「佚老堂」飲酒至暮（自午至暮）。論當世事。素以「子厚自愛，無忘吾言。」

（東坡在朝兩年五個月，兩次飲酒紀錄：一送章衡燕飲，一辭王素飲酒至暮。）

八月十日，赴杭途中，經陳州會子由。夜與子由、崔度飲月下。東坡明年八月十日夜有詩回憶：〈八月十日夜看月有懷子由并崔度賢良〉：

---

13. 張方平（一〇〇七丁未—一〇九一），字安道，號樂全居士，應天宋城（今河南商丘）人。在成都任官時，賞識推薦蘇氏父子三人。蘇氏兄弟終身尊之。
14. 章衡（一〇二五乙丑—一〇九九）字子平，浦城人。嘉祐二年狀元。
15. 馮京（一〇二一辛酉—一〇九四）字當世，仁宗皇祐元年（一〇四九）三元及第狀元，生平事蹟見拙著〈馮京事跡考〉（收入《宋十三家生平事跡考述》，臺北：國家出版社，二〇一一年十一月）。
16. 王素是太宗時名宰相王旦（九五七丁巳—一〇一七）之子。

宛丘先生自不飽，更笑老崔窮百巧。[17] 一更相過三更歸，古柏陰中看參昴。
去年舉君苜蓿盤，夜傾閩酒赤如丹。今年還看去年月，露冷遙知范叔寒。
典衣自種一頃豆，那知積雨生科斗。歸來四壁草蟲鳴，不如王江[18]長飲酒。

這裡所飲「閩酒」為「紅酒」。據南宋葛立方（？—一一六四）《韻語陽秋》載：「酒有以紅為貴者。李賀詩云：『小槽酒滴真珠紅』是也。今閩、廣間所釀酒謂之紅酒，其色殆類胭脂。」

九月，自陳州至潁州，子由同行。謁歐陽修，陪燕西湖。

十月二日，至壽州，李定[19]出餞城東龍潭上。過臨淮，通判趙成伯餞別於「先春亭」上，劇飲大醉。

東坡其後任密州知州，趙成伯為通判，求為「廳壁記」。東坡至徐州，為作〈密州通判廳題名記〉云：

始尚書郎趙君成伯為眉之丹稜令，邑人至今稱之。余其隣邑人也，故知之為詳。君既罷丹稜，而余適還眉，於是始識君。其後余出官於杭，而君亦通守臨淮，同日上謁辭，相見於殿門外，握手相與語，已而見君於臨淮，劇飲大醉於先春亭上而別。及移守膠西，未一年而君來倅是邦。余性不慎語言，與人無親疎，輒輸寫腑臟，有所不盡，如茹物不下，必吐出乃已。而人或記疏以為怨咎，以此尤不可與深中而多數者處。君既故人，而簡易疎達，表裏洞然。余固甚樂之，而君又勤於吏職，視官事如家事。余得少休焉！君曰吾：「廳事未有壁記。」乃集前人之姓名以屬於余。余未暇作也。及為彭城，君每書來輒以為言。且曰：「吾將託子以不朽。」昔羊叔子登峴山，謂從事鄒湛曰：「自有宇宙而有此山，登此遠望如我與卿者多矣，皆湮滅無聞。使人悲傷。」湛曰：「公之名當與此山俱傳，若湛輩乃當如公言耳！」夫使天下至今有鄒湛者，羊叔子之賢也。今余頑鄙自放，而且老矣，然無以自表見於後世，自計且不足，而況能及於子乎？雖然，不可以不一言，使數百年之後，得此文於頹垣廢井之間者，茫然長思

17. 「宛丘先生」指子由，時任陳州（宛丘）教授。崔度生平不詳。
18. 王江，陳州道人
19. 據王文誥考說，此李定為晏殊甥，與羅致東坡烏臺詩案之李定非同一人。

而一歎也！

此記可見趙成伯性情，而東坡之真率亦足見矣！趙成伯以此文不朽，然其生平仍多無考。

十月十六日，發洪澤湖至山陽，應楚州知州宴飲。有詩〈十月十六日記所見〉：

風高月暗水雲黃，淮陰夜發朝山陽。山陽曉霧如細雨，炯炯初日寒無光。
雲收霧卷已亭午，有風北來寒欲僵。忽驚飛雹穿戶牖，迅駛不復容遮防。
市人顛沛百賈亂，疾雷一聲如頹牆。使君來呼晚置酒，坐定已復日照廊。
恍疑所見皆夢寐，百種變怪旋消亡。共言蛟龍厭舊穴，魚鱉隨徙空陂塘。
愚儒無知守章句，論說黑白推何祥。惟有主人言可用，天寒欲雪飲此觴。

這裡楚州知州不詳何人。抵揚州，與劉攽、孫洙、劉摯、錢公輔會。作〈廣陵會三同舍各以其字為韻仍邀同賦〉三首。

十一月三日，遊金山。次日，放船至焦山。到潤州，登北固山，遊甘露寺。再至蘇州，遊虎丘，觀王元之[20]像。

十一月二十八日，抵達杭州，行程約四個月。任通判，知州為沈立。

十二月一日，遊孤山。遊「靈隱寺」。

十二月十九日，三十六歲誕辰，無記事。除夜，值都廳。

熙寧五年壬子（一〇七二）三十七歲。

二月，餞送岑象求[21]至梓州。有〈送岑著作〉詩：

> 懶者常似靜，靜豈懶者徒。拙則近於直，而直豈拙歟。
> 夫子靜且直，雍容時卷舒。嗟我復何為，相得歡有餘。
> 我本不違世，而世與我殊。拙於林間鳩，懶於冰底魚。

---

20. 王禹偁（九五四甲寅—一〇〇一）字元之。於宋太宗雍熙元年（九八四）十一月至四年八月間曾任蘇州長洲縣令，有善政。其生平事跡見拙著〈王禹偁年譜〉（收入《宋十三家生平事跡考述》，臺北：國家出版社，二〇二一年十一月）曾孫王汾，與東坡交，生平同見上書。

21. 岑象求，字巖起。四川梓州人。時以提舉梓州路常平還鄉，猶衣錦榮歸。

人皆笑其狂，子獨憐其愚。直者有時信，靜者不終居。
而我懶拙病，不受砭藥除。臨行怪酒薄，已與別淚俱。
後會豈無時，遂恐出處疏。惟應故山夢，隨子到吾廬。

又，東坡自稱「而我懶拙病，不受砭藥除」、「人皆笑我狂」；東坡真又「懶」又「拙」又「狂」耶！

六月二十七日，登望湖樓，醉中作詩。〈六月二十七日望湖樓醉書五首〉：

黑雲翻墨未遮山，白雨跳珠亂入船。卷地風來忽吹散，望湖樓下水如天。
放生魚鱉逐人來，無主荷花到處開。水枕能令山俯仰，風船解與月徘迴。
烏菱白芡不論錢，亂繫青菰裹綠盤。忽憶嘗新會靈觀，滯留江海得加餐。
獻花游女木蘭橈，細雨斜風溼翠翹。無限芳洲生杜若，吳兒不識楚詞招。
未成小隱聊中隱，可得長閒勝暫閒。我本無家更安往，故鄉無此好湖山。

東坡「醉中」猶能作詩，此為在杭州任上第一醉。

八月，任伋寄詩，勸以詩酒自娛。〈答任師中次韻來詩勸以詩酒自娛〉：

閒裏有深趣，常憂兒輩知。已成歸蜀計，誰惜買山貲。
世事久已謝，故人猶見思。平生不飲酒，對子敢論詩。

任伋（一〇一八戊午—一〇八一）字師中，眉州人。時在黃州。其為人略見文同〈任郎中夫人宋氏墓誌銘〉：「師中性儻蕩，眕宇宏大，好賓友，每相聚集，必辨具，叫呼酣飲連日夜，不管無有索足。」東坡還有〈送任伋通判黃州兼寄其兄孜〉說：

吾州之豪任公子，少年盛壯日千里。無媒自進誰識之，有才不用今老矣。
別來十年學不厭，讀破萬卷詩愈美。黃州小郡隔谿谷，茅屋數家依竹葦。
知命無憂子何病，見賢不薦誰當恥。

又，東坡在徐州時，有〈答任師中家漢公〉長詩，記其少時父蘇洵與任師中「烹雞酌白酒，相對歡有餘」之情，末有：

醉中忽思我，清詩綴瓊琚。知我少詼諧，教我時卷舒。
世事日反覆，翩如風中旟。雀羅弔廷尉，秋扇悲婕妤。

升沉一何速，喜怒紛眾狙。作詩謝二子，我師寧與蘧。

由此則知蘇洵未仕前亦能飲。

十二月至湖州，為孫覺作「墨妙亭記」。孫覺[22]出山谷詩文就質。始異之。

十二月，三子蘇過（一〇七二—一一二三）生。

十二月十九日，三十七歲誕辰，無記事。

熙寧六年癸丑（一〇七三）三十八歲。

正月九日，在「有美堂」飲，醉歸。五鼓起閱文書。有詩〈正月九日有美堂飲，醉歸，徑睡。五鼓方醒，不復能眠。起閱文書。得鮮于子駿[23]所寄古意。作雜興一首答之〉：

眾人事紛擾，志士獨悄悄。何異琵琶弦，常遭腰鼓鬧。
三杯忘萬慮，醒後還皎皎。有如轆轤索，已脫重縈繞。
家人自約敕，始慕陳婦孝。可憐原巨先，放蕩今誰弔。
平生嗜羊炙，識味肯輕飽。烹蛇啖蛙蛤，頗訝能稍稍。
憂來自不寐，起視天漢渺。闌干玉繩低，耿耿太白曉。

蘇軾自湖州赴獄，親朋皆絕。道揚，侁往見，臺吏不許通。或謂侁宜亟焚軾所往來書文以避禍。侁曰：「欺君負友，吾不忍為也！」刻意經術，作詩平淡淵粹，尤長於楚詞。東坡讀其〈九誦〉，謂近屈原、宋玉，自以為不可及也。

又，「平生嗜羊炙」，東坡自謂「平生嗜」者僅見。「烹蛇啖蛙蛤，頗訝能稍稍」兩句，借韓愈到潮州時語。此為到杭州任後第二次醉。

正月二十一日，病後，知州陳襄[24]邀往城外尋春。〈有以官法酒見餉者，因用前韻，求述古為移廚飲湖上〉：

喜逢門外白衣人，欲膾湖中赤玉鱗。遊舫已粧吳榜穩，舞衫初試越羅新。
欲將魚釣追黃帽，未要靴刀抹絳巾。芳意十分強半在，為君先踏水邊春。

---

22. 孫覺（一〇二八戊辰—一〇九〇），字莘老，高郵人。仁宗皇祐元年（一〇四九）進士及第，與蘇軾、王安石友好，與李常齊名。熙寧元年，孫覺以女兒蘭谿嫁李常外甥黃庭堅為妻。
23. 鮮于侁（一〇一九己未—一〇八七），字子駿，四川閬州人。元豐二年知揚州。
24. 陳襄（一〇一七丁巳—一〇八〇），字述古，福建侯官人，世稱「古靈先生」。接沈立為知州。

二月十日，與客飲湖上，有詩〈飲湖上初晴後雨二首〉：

朝曦迎客艷重岡，晚雨留人入醉鄉。此意自佳君不會，一盃當屬水仙王[25]。
水光瀲灩晴方好，山色空濛雨亦奇，欲把西湖比西子，淡粧濃抹總相宜。

以「西湖」比「西子」，東坡得意者，再三用之，如〈次韻劉景文登介亭〉：「西湖真西子，煙樹點眉目。」〈次前韻荅馬忠玉〉：「祇有西湖似西子，故應宛轉為君容。」〈再次韻趙德麟新開西湖〉：「西湖雖小亦西子，縈流作態清而丰。」（潁州）

夜歸，有詩〈湖上夜歸〉：

我飲不盡器，半酣尤味長。籃輿湖上歸，春風吹面涼。
行到孤山西，夜色已蒼蒼。清吟雜夢寐，得句旋已忘。

尚記梨花村，依依聞暗香。入城定何時，賓客半在亡。
睡眼忽驚矍，繁燈鬧河塘。市人拍手笑，狀如失林麞。
始悟山野姿，異趣難自強。人生安為樂，吾策殊未良。

「我飲不盡器，半酣尤味長」。東坡自我愉悅耶！

三月，至於潛，游〈寂照寺〉，為惠覺所居題詩〈於潛僧綠筠軒〉：

可使食無肉，不可居無竹。無肉令人瘦，無竹令人俗。
人瘦尚可肥，士俗不可醫。旁人笑此言，似高還似癡。
若對此君仍大嚼，世間那有揚州鶴。

「無肉令人瘦，無竹令人俗」是說「竹」而非「筍」。

25. 湖上有水仙王廟。

與蘇舜舉[26]劇飲而歸。有詩〈與臨安令宗人同年劇飲〉：

我雖不解飲，把盞歡意足。試呼白髮感秋人，令唱黃雞催曉曲。
與君登科如隔晨，敝袍霜葉空殘綠。如今莫問老與少，兒子森森如立竹。
黃雞催曉不須愁，老盡世人非我獨。

三月二十一孔延之[27]罷越州，泊舟小堰門外。東坡往訪之，夜飲「有美堂」。
九月十日，陳襄以詩責東坡屢不赴會。有詩答〈述古以詩見責屢不赴會復次前韻〉：

我生孤僻本無鄰，老病年來益自珍。肯對紅裙辭白酒，但愁新進笑陳人。
北山怨鶴休驚夜，南畝巾車欲及春。多謝清詩屢推轂，豨膏那解轉方輪。

末句自注：「來詩有『雲霄蒲輪』之句。」
十二月十九日，誕辰。無記事。
熙寧七年甲寅（一〇七四）三十九歲。
正月初二立春。同柳瑾[28]遊「鶴林」、「招隱」，醉歸。

五月，因公經蘇州，飲於閭丘公顯家，有詩〈蘇州閭丘家雨中飲酒二首〉：

小圃陰陰遍灑塵，方塘瀲瀲欲生紋。已煩仙袂來行雨，莫遣歌聲便駐雲。肯對綺羅辭白酒，試將文字惱紅裙。今宵記取醒時節，點滴空堦獨自聞。

五紀歸來鬢未霜，十眉環列坐生光。喚船渡口迎秋女，駐馬橋邊問泰娘。曾把四絃娛白傅，敢將百草鬭吳王。從今却笑風流守，畫戟空凝宴寢香。

閭丘公顯，成都人。曾知廣州。退休後居蘇州虎邱。明．彭大翼（一五五二壬子—一六四三）《山堂肆考》載：「蘇東坡每詣之，必留連。嘗云：『過姑蘇不遊虎丘，不謁閭丘，乃二欠事。』一日公出後房佐酒，有名懿

26. 蘇舜舉與東坡為同年進士，武進人，時為臨安縣知縣。生平不詳。
27. 孔延之（一〇一三癸丑—一〇七四）字長源，孔子四十六代孫，遷居新淦。
28. 柳瑾（一〇一五乙卯—一〇七七）字子玉。生平事蹟參拙著〈柳子玉事蹟考〉，收入《宋十三家生平考述之四》，臺北：國家出版社，二〇二一年十一月。

卿者，善吹笛。坡作〈水龍吟〉贈之。」

〈水龍吟〉：

楚山修竹如雲，異材秀出千林表。龍鬚半剪，鳳膺微漲，玉肌勻繞。
木落淮南，雨晴雲夢，月明風裊。自中郎不見，桓伊去後，知辜負秋多少。
聞道嶺南太守，後堂深，綠珠嬌小。綺窗學弄，梁州初遍，霓裳未了。
嚼徵含宮，泛商流羽，一聲雲杪。為使君洗盡，蠻風瘴雨，作霜天曉。

八月底，初識參寥[29]。

九月，回抵杭州，得「淨慈寺」僧「服生薑法」。其後有記：

予昔監郡錢塘，遊淨慈寺。眾中有僧號聰藥王，年八十餘，顏如渥丹，目光炯然。問其所能，蓋診脈知吉凶，如智緣者。自言服生薑四十年，故不老。云薑能健脾、溫腎、活血、益氣。其法取生薑之無筋滓者，然不用子薑，錯之并皮裂，取汁貯器中，久之，澄去其上黃而清者，取其下白而濃者，陰乾刮取如麵，謂之薑乳。

以蒸餅或飯搜和丸如桐子，以酒或鹽米湯吞數十粒，或取末置酒食茶飲中食之，皆可。聰曰：「山僧孤貧，無力治此。正爾和皮嚼爛，以溫水嚥之耳，初固辣，稍久則否，今但覺甘美而已！」

——《廣群芳譜》卷一三引

九月，王朝雲（字子霞）來歸，時年十二歲。（二十三年後卒於惠州。）

九月中，調密州知州。二十日，往別南北山道友。知州楊繪[30]餞別於「中和堂」。作詞〈勸金船　和元素韻自撰腔命名〉：

無情流水多情客，勸我如曾識。盃行到手休辭却，這公道難得。
曲水池上小字，更書年月，如對茂林脩竹，似永和節。
纖纖素手如霜雪，笑把秋花插，尊前莫怪歌聲咽，又還是輕別。

29. 釋道潛，字參寥，浙江於潛人。精通佛典，工詩。南宋張邦基《墨莊漫錄》載：「本名曇潛，軾為改曰道潛。軾南遷，坐得罪，返初服。建中靖國初詔復祝髮，崇寧末歸老江湖，嘗賜號妙總大師。」

30. 楊繪（一〇二七丁卯—一〇八八），字元素，號先白，四川綿竹人。嘉祐五年（一〇五三）進士。熙寧七年（一〇七四）七月因攻擊新法，代陳襄為杭州知州，與蘇軾友好。官至翰林學士、御史中丞。

此去翱翔，遍賞玉堂金闕。欲問再來何歲，應有華髮。

楊繪自創腔，張先[31]亦有作。楊繪再餞別於湖上，東坡又作〈南鄉子　和楊元素時移守密州〉詞：

東武望餘杭，雲海天涯兩杳茫。何日功成名遂了，還鄉。醉笑陪公三萬場。
不用訴離觴，痛飲從來別有腸。今夜送歸燈火冷，河塘。墮淚羊公却姓楊。

遂出發，赴密州任。東坡在杭州任上兩年十個月。此為三醉。

又，前引〈和蔣夔寄茶〉，記在杭州時「以金虀玉膾飯」和「海螯江柱」為日常所食。

往密州途中，先訪李常於湖州。李長生子方三日。席上勸李常飲酒。作〈南鄉子 席上勸李公擇酒〉：

不到謝公臺，明月清風好在哉。舊日髯孫何處去，重來。短李風流更上才。
秋色漸摧頹，滿院黃英映酒盃。看取桃花春二月，爭開。盡是劉郎去後栽。

至松江，置酒「垂虹亭」。張先年八十五，歌〈定風波令 霅溪席上同會者六人：楊元素侍讀，劉孝叔吏部，子瞻、公擇二學士，陳令舉賢良〉：

西閣名臣奉詔行，南牀吏部錦衣榮。中有瀛仙賓與主，相遇。平津選首更神清。
溪上玉樓同宴喜，歡醉。遶隄紅葉惜秋英。盡道賢人聚吳分。試問。也應旁有老人星。

---

31. 張先（九九〇庚寅—一〇七八），字子野，吳興人，因曾在安陸郡（湖北安陸）任職多年，人稱張安陸，北宋婉約派詞人。

由此可見坐客歡甚！

十月過京口，與胡宗愈、王存、孫洙[32]劇飲。道海州，瀕海行往密州。

十一月三日到密州任，途程約月餘。密州蝗災。

十二月十九日，三十九歲誕辰。無記事。

除夕，病中贈段釋之[33]詩〈除夜病中贈段屯田〉：

龍鍾三十九，勞生已強半。歲暮日斜時，還為昔人歎。
今年一線在，哪復堪把玩。欲起強持酒，故交雲雨散。
惟有病相尋，空齋為老伴。蕭條燈火冷，寒夜何時旦。
倦僕觸屏風，饑鼯嗅空案。數朝閉閣臥，霜髮秋蓬亂。
傳聞使者來，策杖就梳盥。書來苦安慰，不怪造請緩。
大夫忠烈後，高義金石貫。要當擊權豪，未肯覷衰懦。
此生何所似，闇盡灰中炭。歸田計已決，此邦聊假館。
三徑粗成貲，一枝有餘煖。願君留信宿，庶奉一笑粲。

熙寧八年乙卯（一〇七五）四十歲。

正月十五，作〈蝶戀花　密州上元〉詞：

燈火錢塘三五夜，明月如霜，照見人如畫。帳底吹笙香吐麝，更無一點塵隨馬。

寂寞山城人老也，擊鼓吹簫，卻入農桑社。火冷燈希霜露下，昏昏雪意雲垂野。

「明月如霜」亦東坡得意語，再三用。

正月二十日，夢原配王弗，作〈江神子〉詞紀念：

十年生死兩茫茫。不思量，自難忘。千里孤墳，無處話淒涼。

---

32. 胡宗愈（一〇二九己巳—一〇九四），字完夫，常州人。胡宿從子，丁寶臣女婿，宋哲宗時任尚書右丞。王存（一〇二三癸亥—一一〇一），字正仲，潤州丹陽人。元祐初年，拜中大夫、尚書左丞。孫洙（一〇三一辛未—一〇七九），字巨源，廣陵人。熙寧四年（一〇七一），出知海州，官至翰林學士。三人俱較東坡年長。

33. 段繹字釋之，時為京西路提點刑獄、勸農使。是唐代段秀實之後，故稱「忠烈後」。

縱使相逢應不識，塵滿面，鬢如霜。
夜來幽夢忽還鄉，小軒窗，正梳妝。相顧無言，惟有淚千行。
料得年年腸斷處，明月夜，短松岡。

此時東坡才四十歲，已「鬢如霜」矣！
二月，作〈永遇樂　寄孫巨源[34]〉詞：

長憶別時，景疏樓下，明月如水。美酒清歌，留連不住，月隨人千里。別來三度，孤光又滿，冷落共誰同醉？卷珠簾，淒然顧影，共伊到明無寐。
今朝有客，來從淮上，能道使君深意。憑仗清淮，分明到海，中有相思淚。而今何在，西垣清禁，夜永雲華侵被。此時看、迴廊曉月，也應暗記。

七月，與通判劉廷式循古城廢圃求杞菊食之，作〈後杞菊賦〉。時旱蝗相繼，郡多盜，東坡常禱祭常山。
九月，城西牡丹忽開一朵，置酒會客。作詞〈雨中花慢　初至密州，以旱蝗齋素者累月，方春牡丹盛開，不獲一賞，至九月忽開千葉一朵，雨中為置酒作〉：

今歲花時深院，盡日東風，蕩漾茶煙。但有綠苔芳草，柳絮榆錢。
聞道城西，長廊古寺，甲第名園。有國豔帶酒，天香染袂，為我留連。
清明過了，殘紅無處，對此淚灑尊前。秋向晚，一枝何事，向我依然。
高會聊追短景，清商不假餘妍。不如留取，十分春態，付與明年。

十月，祭常山回，與梅戶曹會獵鐵溝，作詞〈江神子　獵詞〉：

老夫聊發少年狂。左牽黃，右擎蒼。錦帽貂裘，千騎卷平岡。
為報傾城隨太守，親射虎，看孫郎。
酒酣胸膽尚開張。鬢微霜，又何妨。持節雲中，何日遣馮唐。
會挽雕弓如滿月，西北望，射天狼。

---

34. 孫洙（一〇三一辛未—一〇七九），字巨源，廣陵（揚州）人。曾經進策五十篇評論時政，被韓琦稱讚為「今之賈誼」。博學多才，詞作文風典雅，有西漢之風。東坡經海州時，孫洙曾款宴。時以同修起居注知制誥召還朝。

十一月，葺舊臺為「超然臺」，作〈超然臺記〉，末云：

名其臺曰「超然」，以見余之無所往而不樂者，蓋游於物之外也！

建「快哉亭」濰水之上。

趙成伯來任通判，甚樂！後為作〈密州通判廳題名記〉文。（見九二頁）

熙寧九年丙辰（一〇七六）四十一歲。

立春日，病中邀文勛、喬敘、趙成伯會，不能飲，策杖倚几觀醉笑以撥滯悶，作詩〈立春日，病中邀安國，仍請率禹功同來。僕雖不能飲，當請成伯主會，某當杖策倚几於其間，觀諸公醉笑以撥滯悶也〉：

孤燈照影夜漫漫，拈得花枝不忍看。白髮欹簪羞彩勝，黃耆煮粥[35]薦春盤。
東方烹狗陽初動，南陌爭牛臥作團。老子從來興不淺，向隅誰有滿堂歡。
齋居臥病禁烟前，辜負名花已一年。此日使君不強喜，新春風物為誰妍。
青衫公子家千里，白首先生杖百錢。曷不相將來問病，已教呼取散花天。

文勛字安國，時由廬州來。元祐末作太府寺丞福建漕。東坡跋其畫扇云：「道子畫西方變相，觀者如堵。作佛圓光，風落電轉，一揮而成。嘗疑其不然。今觀安國作方界，略不抒思，乃知傳者之不謬。」知為畫家。東坡並有〈文勛真贊〉。又，「黃耆煮粥」亦立春春盤。

春夜，文勛席上作〈蝶戀花　密州春夜文安國席上作〉詞：

簾外東風交雨霰，簾裡佳人，笑語如鶯燕。
深惜今年正月暖，燈光酒色搖金盞。
摻鼓漁陽撾未遍，舞褪瓊釵，汗溼香羅軟。
今夜何人吟古怨，清詩未就水生硯。

三月三日，流觴於南禪小亭，作〈滿江紅　東武會流盃亭〉詞：

35. 立春春盤。

東武南城新堤固，漣漪初溢。隱隱遍長林高阜。臥紅堆碧。
枝上殘花吹盡也，與君更向江頭覓。問向前，猶有幾多春，三之一。
官裏事，何時畢。風雨外，無多日。相將泛曲水，滿城爭出。
君不見、蘭亭修禊事，當時座上皆豪逸。到如今，脩竹滿山陰，空陳迹。

四月，聞喬敘移知欽州，以詩招飲。〈聞喬太博換左藏知欽州，以詩招飲〉：

今年果起故將軍，幽夢清詩信有神。馬革裹屍真細事，虎頭食肉更何人。
陣雲冷壓黃茅瘴，羽扇斜揮白葛巾。痛飲[36]從今有幾日，西軒月色夜來新。

喬敘將行，烹鵝、鹿出刀劍以飲客。作詩戲之〈喬將行，烹鵝鹿出刀劍以飲客。以詩戲之〉[37]：

破匣哀鳴出素虬，倦看鴟鴟聽呦呦。明朝只恐兼烹鶴，此去還須却佩牛。
便可先呼報恩子，不妨仍帶醉鄉侯。他年萬騎歸應好，奈有移文在故丘。

六月，趙杲卿[38]家貧而好飲，為作〈薄薄酒〉二首并引。

膠西先生趙明叔，家貧好飲，不擇酒而醉。常云：「薄薄酒，勝茶湯。醜醜婦，勝空房。」其言雖俚而近乎達。故推而廣之，以補東州之樂府。既又以為未也，復自和一篇，聊以發覽者之一噱云耳〉：

薄薄酒，勝茶湯；粗粗布，勝無裳；醜妻惡妾勝空房。五更待漏靴滿霜，不如三伏日高睡足北窗涼。珠襦玉柙萬人相送歸北邙，不如懸鶉百結獨坐負朝陽。生前富貴，死後文章，百年瞬息萬世忙。夷齊盜跖俱亡羊，不如眼前一醉是非憂樂都兩忘。

薄薄酒，飲兩鍾；粗粗布，著兩重；美惡雖異醉暖同，醜妻惡妾壽乃公。隱居求志義之從，本不計較東華塵土北窗風。百年雖長要有終，富死未必輸生窮。但恐珠

36.「痛飲」已見於杭州與楊元素詞，見一〇七頁。
37.喬敘生平不詳。東坡到密州後始見。這裡烹「鵝」初見。
38.趙杲卿，字明叔，密州人。

玉留君容，千載不朽遭樊崇。文章自足欺盲聾，誰使一朝富貴面發紅。達人自達酒何功，世間是非憂樂本來空。

八月十五飲於「超然臺」，歡飲達旦，大醉。兼懷子由，作詞〈水調歌頭　丙辰中秋，歡飲達旦，大醉，作此篇兼懷子由〉：

明月幾時有，把酒問青天。不知天上宮闕，今夕是何年。我欲乘風歸去，又恐瓊樓玉宇，高處不勝寒。起舞弄清影，何似在人間。

轉朱閣，低綺戶，照無眠。不應有恨，何事長向別時圓。人有悲歡離合，月有陰晴圓缺。此事古難全。但願人長久，千里共嬋娟。

送「碧香酒」[39]與趙杲卿。有詩〈送碧香酒與趙明叔教授〉：

聞君有婦賢且廉，勸君慎勿為楚相。不羨紫駝分御食，自遣赤腳沽村釀。

嗟君老狂不知愧，更吟醜婦惡嘲謗。諸生聞語定失笑，冬暖號寒臥無帳。

碧香近出帝子家，鵝兒破殼酥流盎。不學劉伶獨自飲，一壺往助齊眉餉。

十一月初，移知河中府。會大雪，與客飲於山堂。

十二月上旬，卸密州任，任近兩年。有〈別東武流杯〉詩：

莫笑官居如傳舍，故應人世等浮雲。百年父老知誰在，唯有雙松識使君。

又，前引〈和蔣夔寄茶〉詩中有：「剪毛胡羊大如馬，誰記鹿角腥盤筵。廚中烝粟埋飯甕，大杓更取酸生涎。柘羅銅碾棄不用，脂麻白土須盆研。」則追記在密州之日常所食：「羊」、「鹿角」（小魚）、「蒸粟」。

赴任河中府。除夜，大雪。在濰州休止。

熙寧十年丁巳（一〇七七）四十二歲。

39. 「碧香酒」是王駙馬（王詵）家釀。

正月元日，早發濰州。經青州，往濟南。在濟南，住子由處月餘，有「酒肉淋漓渾舍喜」。

七年後即元豐七年，由黃州量移汝州，先經筠州探視子由，有〈將至筠先寄遲适遠三猶子〉詩，記此時在濟南心情：

憶過濟南春未動，三子出迎殘雪裡。
我時移守古河東，酒肉淋漓渾舍喜。

三子者：即子由三子。

又，王文誥以為：公住於子由家，而子由則客於范景仁[40]（當時子由在京師），其欲乘機攻罷新法，委家而去，情益著矣！此其「平生一片心，消磨汨沒於不可知者。」

在濟南，李常出黃庭堅詩文求正。東坡因得其為人。山谷二十四歲，初仕，任葉縣尉。

初遇吳子野復古道人[41]，作〈問養生〉。得養生之要，蓋以「靜」為本。

二月，與李常劇飲而別。在徐州時，有〈次韻舒教授寄李公擇〉詩云：「去年逾月方出晝，為君劇飲幾濡首。」

途經濟南，先在子由家與三侄「酒肉淋漓」，又與李常「劇飲幾濡首」。

按，《易．未濟．上九．象卦》：「飲酒濡首，亦不知節也。」

路經澶州、濮州間，子由自京師來迎。相約同至河中，遂同至京師。

40. 范鎮（一〇〇七丁未—一〇八八），字景仁，四川華陽（今成都）人，著名史學家。

41. 吳復古（？—一〇九九），字子野，號遠遊，潮州海陽人，潮州八賢之一。東坡為作〈遠遊菴銘并敘〉。

至鄆州，鮮于侁留飲「新堂」。到徐州後作和詩〈和鮮于子駿鄆州新堂月夜〉二首：

去歲遊新堂，春風雪消後。池中半篙水，池上千尺柳。
佳人如桃李，胡蝶入衫袖。山川今何許，疆野已分宿。
歲月不可思，駛若船放溜。繁華真一夢，寂寞兩榮朽。
惟有當時月，依然照杯酒。應憐船上人，坐穩不知漏。
明月入華池，反照池上堂。堂中隱几人，心與水月涼。
風螢已無迹，露草時有光。起觀河漢流，步屧響長廊。
名都信繁會，千指調絲簧。先生病不飲，童子為燒香。
獨作五字詩，清絕如韋郎。詩成月漸側，皎皎兩相望。

二月底，抵陳橋驛，在途中約兩個月。改移知徐州。不得入國門。寓居郊外范鎮「東園」。

三月二日，寒食。與王詵飲於「四照亭」上，作詞贈侍人。〈殢人嬌　王都尉席上贈侍人〉：

滿院桃花，盡是劉郎未見，於中更一枝纖軟，仙家日月笑人間。春晚濃睡起，驚飛亂紅千片。密意難窺，羞容易見。平白地為伊腸斷。問君終日，怎安排心眼。須信道、司空自來見慣。

三日，清明，送范鎮赴嵩洛，作〈送范景仁遊洛中〉詩，第五至八句有「憂時雖早白，住世有還丹。得酒相逢樂，無心所遇安」語。范鎮酌酒賦詩為別，有〈次韻景仁留別〉詩，起四句云：「公老我亦衰[42]，相見恨不數。臨行一杯酒，此意重山岳。」

歐陽奕[43]來訪，夜語達旦，以保身遠禍為勸。

蔣夔赴代州學官，子由有詩送之，東坡次韻。已見前引。

四月二十一日到徐州任，子由同行。

八月十五，作詞送別子由。〈水調歌頭　送子由徐州中秋〉：

42. 范鎮，時年七十。東坡才四十二歲，乃稱「衰」。
43. 歐陽奕字仲純，歐陽修次子。時為光祿寺丞。

離別一何久，七度過中秋。去年東武今夕，明月不勝愁。豈意彭城山下，同泛清河古汴，船上載涼州。鼓吹助清賞，鴻雁起汀洲。

坐中客，翠羽被，紫綺裘。素娥無賴，西去曾不為人留。今夜清尊對客，明夜孤帆水驛，依舊照離憂。但恐同王粲，相對永登樓。

八月十六，子由赴南京任職。作詩送別〈初別子由〉：

我少知子由，天資和而清。好學老益堅，表裏漸融明。
豈獨為吾弟，要是賢友生。不見六七年，微言誰與賡。
常恐坦率性，放縱不自程。會合亦何事，無言對空枰。
使人之意消，不善無由萌。森然有六女，包裹布與荊。
無憂賴賢婦，藜藿等大烹。使子得行意，青衫陋公卿。
明日無晨炊，倒牀作雷鳴。秋眠我東閣，夜聽風雨聲。
懸知不久別，妙理重細評。昨日忽出門，孤舟轉西城。
歸來北堂上，古屋空崢嶸。退食誤相從，入門中自驚。
南都信繁會，人事水火爭。念當閉閤坐，頹然寄聾盲。

妻子亦細事，文章固虛名。會須掃白髮，不復用黃精。

八、九月洪水浸徐州城。十月五日始漸退。

十二月十九日，誕辰，無記事。

十二月，記徐州殺狗公事，反對殺狗。

元豐元年戊午（一〇七八）四十三歲。

徐州黃河氾濫成災，東坡親率士庶救災。

二月四日，始建「黃樓」。

三月，寒食，李常赴淮西提刑，過徐州訪東坡。為作〈寒食宴提刑致語口號〉云：

> 良辰易失，四者難并。故人相逢，五斗徑醉[44]。況中年離合之感，正寒食清明之間。時乎不可再來，賢者而後樂此。

44. 「五斗徑醉」，用《史記．滑稽列傳》淳于髡飲酒之例。東坡有專文說之。

次日，約李常飲，遇大風，作〈約公擇飲是日大風〉：

先生生長匡廬山，山中讀書三十年。舊聞飲水師顏淵，不知治劇乃所便。
偷兒夜探赤白丸，奮髯忽逢朱子元。半年羣盜誅七百，誰信家書藏九千，
春風無事秋月閒，紅粧執樂豪且妍。紫衫玉帶兩部全，琵琶一抹四十弦。
客來留飲不計錢，齊人愛公如子產。兒啼臥路呼不還，我慚山郡空留連。
牙兵部吏笑我寒，邀公飲酒公無難。約束官奴買花鈿，薰衣理鬢夜不眠。
曉來顛風塵暗天，我思其由豈坐慳。作詩愧謝公笑讙，歸來瑟縮愈不安。
要當啖公八百里，豪氣一洗儒生酸。

又有〈座上賦戴花得天字〉：

清明初過酒闌珊，折得奇葩晚更妍。春色豈關吾輩事，老狂聊作座中先。
醉吟不耐欹紗帽，起舞從教落酒船。結習漸消留不住，却須還與散花天。

又〈夜飲次韻畢推官〉：

簿書叢裏過春風，酒聖時時且復中。紅燭照庭嘶騕褭，黃雞催曉唱玲瓏。
老來漸減金釵興，醉後空驚玉筋工。月未上時應早散，免教壑谷問吾公。

三月十六日，秦觀投長篇來謁。黃庭堅自京上書，並以〈古風〉一首為贄。作報書。

六月，為知兗州王汾[45]作〈王禹偁真贊〉。

八月十一日，「黃樓」成。歷時半年。

十月十五日，觀月「黃樓」。作〈十月十五日觀月黃樓席上次韻〉：

中秋天氣未應殊，不用紅紗照坐隅。山下白雲橫匹素，水中明月臥浮圖。
未成短棹還三峽，已約輕舟泛五湖。為問登臨好風景，明年還憶使君無。

45. 王汾（一〇二三癸亥—一一〇二）為王禹偁（九五四甲寅—一〇〇一）之曾孫。生平事跡見拙著《宋十三家生平考述》之七，臺北：國家出版社，二〇一一年十一月。

夢登燕子樓，翌日往尋其地，作〈永遇樂　夜宿燕子樓，夢盼盼，因作此詞〉：

明月如霜，好風如水，清景無限。曲港跳魚，圓荷瀉露，寂莫無人見。紞如三鼓，錚然一葉，黯黯夢雲驚斷。夜茫茫，重尋無處。覺來小園行遍。天涯倦客，山中歸路，望斷故園心眼。燕子樓空，佳人何在，空鎖樓中燕。古今如夢，何曾夢覺，但有舊歡新怨，異時對黃樓夜景，為余浩歎。

「明月如霜」第二次見。首見於〈蝶戀花　密州上元〉詞：「燈火錢塘三五夜，明月如霜，照見人如畫。」回憶杭州上元熱鬧景光。

十二月十九日，四十三歲誕辰，無記事。

十二月間，上書樞密副使薛向，極論天下事。

元豐二年己未（一〇七九）四十四歲。

正月二十日，文同卒，六十二歲（一〇一八戊午—一〇七九），二月聞訃，作祭文。

二月，月夜與張師厚、王適、王遹[46]吹洞簫飲酒杏花下。作〈月夜與客飲酒杏花下〉：

杏花飛簾散餘春，明月入戶尋幽人。褰衣步月踏花影，炯如流水涵青蘋。
花間置酒清香發，爭挽長條落香雪。山城薄酒不堪飲，勸君且吸盃中月。
洞簫聲斷月明中，惟憂月落酒杯空。明朝卷地春風惡，但見綠葉棲殘紅。

從「山城薄酒不堪飲，勸君且吸盃中月」中可見，東坡深覺徐州酒不佳。

三月移湖州，在徐州約兩年。

三月十日，至南都見子由。以病留半月。

三月二十四日，別子由。

46. 東坡有〈送蜀人張師厚赴殿試〉詩二首。王適字子立，子由婿，子由有〈王子立秀才文集引〉。王遹原名迥字子高，王適兄，東坡為改名。遹字子敏。子由有〈祭王子敏奉議文〉。兄弟俱早卒。

三月二十七日，至靈壁鎮，作〈張氏園亭記〉，有：「譬之飲食，適於飢飽而已。」

四月，過泗州。渡淮，至高郵。過揚州。放舟金山，渡京口。過吳江，至秀州。

四月二十日，到湖州任。

七月，「烏臺詩案」發。二十八日，御史臺吏皇甫遵到湖州追攝如捕寇賊，東坡被逮。在湖州任期僅九十八日。

八月十八日，赴臺獄。十月勘狀上，十一月三十日具獄，牽連四十七人。

十二月十九日，四十四歲誕辰，在天牢。

十二月二十九日，責授黃州團練副使、本州安置、不得簽書公事。令御史臺差人轉押前去。

元豐三年庚申（一〇八〇）四十五歲。

正月初一，出京赴黃州。

正月二十日，過麻城「萬松亭」，見縣令張毅所植松多凋落，作〈萬松亭并敘〉：

麻城縣令張毅植萬松於道周，以蔽行者，且以名其亭。去未十年，而松之存者十不及三、四，傷來者之不嗣其意也。故作是詩：

十年栽種百年規，好德無人助我儀。縣令若同倉庚氏，亭松應長子孫枝。
天公不救斧斤厄，野火解憐冰雪姿。為問幾株能合抱，殷勤記取角弓詩。

第二句詩，東坡自注：「古語云：『一年之計，樹之以穀。十年之計，樹之以木。百年之計，樹之以德。』」

又有〈戲作種松〉：

我昔少年日，種松滿東岡。初移一寸根，瑣細如插秧。二年黃茅下，一一攢麥芒。
三年出蓬艾，滿山散牛羊。不見十餘年，想作龍蛇長。夜風波浪碎，朝露珠璣香。
我欲食其膏，已伐百本桑。[47]人事多乖迕，神藥竟渺茫。朅來齊安野，夾路鬚髯蒼。
會開龍蛇窟，不惜斤斧創。縱未得伏苓，且當拾流肪。釜盎百出入，皎然散飛霜。
槁死三彭仇，澡換五谷腸。青骨凝綠髓，丹田發幽光。白髮何足道，要使雙瞳方。
却後五百年，騎鶴還故鄉。

47. 煮松脂法用桑柴灰水。

東坡自少時，喜種松種橘。此詩可證。另有五年後所作〈橘頌帖〉。

正月二十五日，至岐亭，陳慥迎至家「靜庵」，為留五日。

二月一日，到黃州。寓「定惠院」，隨僧蔬食。暇則往村寺沐浴及尋溪傍谷釣魚採藥為樂。或扁舟草履，放櫂江上，自喜漸不為人識。

寒食日，渡江至武昌車湖，回訪王齊愈、齊萬兄弟。留飲數日始歸。有〈王齊萬秀才寓居武昌縣劉郎洑，正與伍洲相對，伍子胥奔吳所從渡江也〉詩云：

> 明朝寒食當過君，請殺耕牛壓私酒。與君飲酒細論文，酒酣訪古江之濆。
> 仲謀公瑾不須弔，一酹波神英烈君。

在黃州第一次飲酒記事。「壓」即俗稱「下酒」。

三月，雨中牡丹盛開。樂京送酒，且以詩來。潘丙[48]來訪，遂無日不相從。渡樊口丙酒店中。

四月，陳君式[49]來定交，日必造門。知鄂州朱壽昌[50]時有餽贈酒。

五月十一日，夢食「石芝」。作詩〈石芝并敘〉：

元豐三年五月十一日癸酉，夜夢遊何人家，開堂西門有小園古井，井上皆蒼石，石上生紫藤如龍蛇，枝葉如赤箭。主人言此「石芝」也。余率爾折食一枝，眾皆驚笑。其味如雞蘇而甘。明日作此詩：

空堂明月清且新，幽人睡息來初勻。了然非夢亦非覺，有人夜呼祁孔賓。
披衣相從到何許，朱欄碧井開瓊戶。忽驚石上堆龍蛇，玉芝紫筍生無數。
鏘然敲折青珊瑚。味如蜜藕和雞蘇。主人相顧一撫掌，滿堂坐客皆盧胡。
亦知洞府嘲輕脫，終勝嵇康羨王烈。神仙一合五百年，風吹石髓堅如鐵。

又，東坡後至海南，又有詩相應〈石芝詩并引〉：

---

48. 潘丙，潘大臨邠老之叔父。兄鯁，弟原。

49. 陳軾，字君式，臨川人。東坡謫居於黃，人多避禍不敢相親，軾獨與之交，以朝奉大夫致仕。東坡名其園曰「中隱」，軒曰「恭軒」。曾鞏、王安石均為「恭軒」賦詩。東坡有〈祭陳君式文〉。

50. 朱壽昌（一〇一四甲寅—一〇八三），字康叔，揚州天長人，《宋史》載有他棄官千里尋母之事。他是「二十四孝」中的一位。

予昔夢食石芝，作詩記之。今乃真得石芝於海上。子由和前詩見寄。予頃在京師，有鑿井得如小兒手以獻者，臂指皆具膚理若生。予聞之隱者曰：「此肉芝也！」與子由烹而食之。追記其事。復次前韻：

土中一掌嬰兒新，爪指良是肌骨勻。見之怖走誰敢食，天賜我爾不及賓。
旌陽遠遊同一許，長史玉斧皆門戶。我家韋布三百年，祇有陰功不知數。
跪陳八簋加六瑚，化人視之真塊蘇。肉芝烹熟石芝老，笑唾熊掌嚬雕胡。
老蠶作繭何時脫，夢想至人空激烈。古來大藥不可求，真契當如磁石鐵。

五月二十七日，子由自二月奉嫂侄來黃州，舟次磁湖。遇大風。

五月二十九日，曉至巴口迎子由與家眷。遷居「臨皋亭」。〈與范子豐書〉[51]：

臨皋亭下八十數步，便是大江，其半是峨嵋雪水。吾飲食沐浴皆取焉，何必歸鄉哉！江山風月本無常主，閒者便是主人。聞范子豐新第園池，與此孰勝？所以不如君子，上無兩稅及助役錢爾。陶靖節云：倚南窗以寄傲，審容膝之易安。故常欲作小軒以「容安」名之。

知鄂州朱壽昌又餽酒。

六月九日，子由赴筠州貶所，飲別於王齊愈家。子由有詩。

八月十五日，作〈西江月〉：

> 世事一場大夢，人生幾度秋涼。夜來風葉已鳴廊，看取眉頭鬢上。
> 酒賤[52]常愁客少，月明多被雲妨。中秋誰與共孤光，把醆淒然北望。

九月九日，作〈南鄉子　重九涵輝樓呈徐君猷〉：

> 霜降水痕收，淺碧鱗鱗露遠洲。酒力漸消風力軟，颼颼。
> 破帽多情卻戀頭。
> 佳節若為酬，但把清尊斷送秋。萬事到頭都是夢。休休。

---

51. 范百嘉（一〇四九己丑—一〇八七）字子豐，范鎮（一〇〇九己酉—一〇八九）之子，當時三十一歲。
52. 「酒賤」應指淡而無味。

明日黃花蝶也愁。

作〈遊赤壁記〉。

九月二十五日，王箴自蜀使來問狀，作〈與王元直書〉：

黃州真在井底，杳不聞鄉國信息，不審比日起居何如？郎娘各安否？此中凡粗遣，江上弄水挑菜，便過一日。……但有少望，或聖恩許歸田里，得款段一僕，與子眾丈、楊宗文之流，往還瑞草橋，夜還何村，與君對坐莊門喫瓜子、炒豆。不知當復有此日否？存道奄忽，使我至今酸辛，其家亦安在？人還詳示數字。餘惟萬萬保愛。

「坐莊門喫瓜子、炒豆」的日子，永遠難忘。

十一月，冬至。為乳母任氏喪，燕坐天慶觀四十九日。冬至後作〈與秦少游書〉。

十二月十八日，作〈畫水記〉，記蒲永昇之畫水。

（前文引，見十九、二十頁）

十二月十九日，四十五歲生日，無任何記事。唯撰成《易傳》、《三江考》、《三江續考》。

十二月二十日，作〈石氏畫苑記〉，記石康伯「石氏畫院」。

東坡時期：死生禍福原不擇

東坡於元豐三年二月一日到黃州，四年二月始得地營「東坡」。先以「東坡」自稱，而後號「東坡居士」。「東坡」遂漸為世所愛稱。

元豐四年辛酉（一〇八一）四十六歲。

正月二十，至岐亭陳慥「靜菴」，勸慥止殺，作〈岐亭五首并敘〉。〈詩敘〉說：

明年正月，復往見之。季常使人勞余於中塗。余久不殺，恐季常之為余殺也。則以前韻作詩為殺戒，以遺季常。季常自爾不復殺，而岐亭之人多化之，有不食肉者。其後數往見之，往必作詩，詩必以前韻。凡余在黃四年三往見季常，而季常七來見余，蓋相從百餘日也。

其二：

我哀籃中蛤，閉口護殘汁。又哀網中魚，開口吐微溼。
刳腸彼交病，過分我何得。相逢未寒溫，相勸此最急。
不見盧懷慎，烝壺似烝鴨。坐客皆忍笑，髠然發其羃。
不見王武子，每食刀几赤。琉璃載烝豚，中有人乳白。
盧公信寒陋，衰髮得滿幘。武子雖豪華，未死神已泣。
先生萬金璧，護此一蟻缺。一年如一夢，百歲真過客。
君無廢此篇，嚴詩編杜集。

此詩諷戒殺，根源或可見所作〈先夫人不殘鳥雀〉。

其四：

酸酒如虀湯，甜酒如蜜汁。三年黃州城，飲酒但飲溼。
我如更揀擇，一醉豈易得。幾思壓茅柴，禁網日夜急。
西鄰推甕盎，醉倒豬與鴨。君家大如掌，破屋無遮羃。

何從得此酒，冷面妬君赤。定應好事人，千石供李白。
為君三日醉，蓬髮不暇幘。夜深欲逾垣，臥想春甕泣。
君奴亦笑我，鬢齒行禿缺。三年已四至，歲歲遭惡客。
人生幾兩屐，莫厭頻來集。

此詩說黃州之酒，以「如飲淫」比之，言其淡乎寡味。二月，馬夢得為請故營地數十畝，即東坡。距臨皋不及一里。躬耕其中，地既久荒為荊棘瓦礫之場，而歲又大旱，墾闢之勞，筋力殆盡。釋耒而歎。作〈東坡詩八首并敘〉：

余至黃州二年，日以困匱。故人馬正卿哀余乏食，於郡中請故營地數十畝，使得躬耕其中。地既久荒為茨棘瓦礫之場，歲又大旱，墾闢之勞，筋力殆盡。釋耒而歎！乃作是詩自愍其勤，庶幾來歲之入，以忘其勞焉！

廢壘無人顧，頹垣滿蓬蒿。誰能捐筋力，歲晚不償勞。
獨有孤旅人，天窮無所逃。端來拾瓦礫，歲旱土不膏。
崎嶇草棘中，欲刮一寸毛。喟焉釋耒歎，我廩何時高。

荒田雖浪莽，高庳各有適。下隰種秔稌，東原蒔棗栗。
江南有蜀士，桑果已許乞。好竹不難栽，但恐鞭橫逸。
仍須卜佳處，規以安我室。家童燒枯草，走報暗井出。
一飽未敢期，瓢飲已可必。

自昔有微泉，來從遠嶺背。穿城過聚落，流惡壯蓬艾。
去為柯氏陂，十畝魚蝦會。歲旱泉亦竭，枯萍粘破塊。
昨夜南山雲，雨到一犁外。泫然尋故瀆，知我理荒薈。
泥芹有宿根，一寸嗟獨在。雪芽何時動，春鳩行可膾。

種稻清明前，樂事我能數。毛空暗春澤，鍼水聞好語。
分秧及初夏，漸喜風葉舉。月明看露上，一一珠垂縷。
秋來霜穗重，顛倒相撐拄。但聞畦壟間，蚱蜢如風雨。
新春便入甑，玉粒照筐筥。我久食官倉，紅腐等泥土。
行當知此味，口腹吾已許。

良農惜地力，幸此十年荒。桑柘未及成，一麥庶可望。
投種未逾月，覆塊已蒼蒼。農夫告我言，勿使苗葉昌。
君欲富餅餌，要須縱牛羊。再拜謝苦言，得飽不敢忘。

種棗期可剝，種松期可斲。事在十年外，吾計亦已慤。
十年何足道，千載如風雹。舊聞李衡奴，此策疑可學。
我有同舍郎，官居在潛岳。遺我三寸柑，照坐光卓犖。
百栽儻可致，當及春冰渥。想見竹籬間，青黃垂屋角。

潘子久不調，沽酒江南村。郭生本將種，賣藥西市垣。
古生亦好事，恐是押牙孫。家有十畝竹，無時客叩門。
我窮交舊絕，三子獨見存。從我於東坡，勞餉同一餐。
可憐杜拾遺，事與朱阮論。吾師卜子夏，四海皆弟昆。
馬生本窮士，從我二十年。日夜望我貴，求分買山錢。

我今反累生，借耕輟茲田。刮毛龜背上，何時得成氈。
可憐馬生癡，至今誇我賢。眾笑終不悔，施一當獲千。

前六首述墾植的艱辛與期望，後二首對四位年輕友人的稱許與讚揚。

五月端午，過徐大受飲，作〈少年遊　端午贈黃守徐君猷〉：

銀塘朱檻麴塵波，圓綠卷新荷。蘭條薦浴，菖花釀酒，天氣尚清和。
好將沉醉酬佳節，十分酒，十分歌。獄草煙深，訟庭人悄，無吝宴遊過。

八月十五，與客飲江亭，醉甚！書鄭元輿絹紙。（醉甚又能書。）

九月二十二日，與潘原失解後飲酒作詩，〈與潘三失解後飲酒〉：

千金弊帚人誰買，半額蛾眉世所妍。顧我自為都眊矂，憐君欲鬬小嬋娟。
青雲豈易量他日，黃菊猶應似去年。醉裏未知誰得喪，滿江風月不論錢。

潘原考試下第，東坡慰勉。

十月九日，孟震於秋香亭設酒宴。為徐大受作詞〈定風波　兩兩輕紅半暈腮〉：

十月九日，孟亭之置酒「秋香亭」，有拒霜[53]獨向君猷而開。坐客喜笑，以為非使君莫可當此花。故作是詞：

兩兩輕紅半暈腮，依依獨為使君回。若道使君無此意，何為，雙花不向別人開。但看低昂煙雨裏。不已。勸君休訴十分杯。更問尊前狂副使，來歲，花開時節與誰來。

徐大受、孟震皆不飲酒，戲以詩〈太守徐君猷，通守孟亨之，皆不飲酒。以詩戲之云〉：

孟嘉嗜酒桓溫笑，徐邈狂言孟德疑。公獨未知其趣爾，臣今時復一中之。
風流自有高人識，通介寧隨薄俗移。二子有靈應撫掌，吾孫還有獨醒時。

53. 「拒霜」即「木芙蓉」。冬凋夏茂，仲秋開花，耐寒不落，故稱「拒霜」。

十月二十一日，作〈飲酒說〉：

予雖飲酒不多，而日欲把盞為樂，殆不可一日無此君！州釀既少，官酤又惡而貴，自醞則苦硬不可向口，慨然而歎，知窮人之所為無一成者！然甜酸甘苦，忽然過口，何足追記？取能醉人，則吾酒何以佳為！但客不喜爾！然客之喜怒，亦何與吾事哉！

——《蘇軾文集》卷七十三

此正見東坡性情。

十月二十二日，與馬夢得飲酒黃州東禪莊院，醉後，誦孟東野詩云：「我亦不笑原憲貧」，不覺失笑！東野何緣笑得原憲！遂書此以贈夢得，只夢得亦未必笑得東坡也！

孟郊（七五一辛卯—八一四）〈傷時〉詩：

常聞貧賤士之常，嗟爾富者莫相笑。男兒得路即榮名，邂逅失途成不調。
古人結交而重義，今人結交而重利。勸人一種種桃李，種亦直須遍天地。

一生不愛囑人事，囑即直須為生死。我亦不羨季倫富，我亦不笑原憲貧。
有財有勢即相識，無財無勢同路人。因知世事皆如此，却向東溪臥白雲。

醉後亦書。

十月，東坡有說「命分」文：「馬夢得與僕同歲月生，少僕八日。是歲生者無富貴人，而僕與夢得為窮之冠，即吾二人而觀之，當推夢得為首。」[54]

《仇池筆記》上〈書秋雨詩〉：

杞人馬正卿作太學生，有氣節，學生不喜，博士亦忌之。予偶至齋，書杜子美〈秋雨歎〉一篇壁上，初無意也。正卿即日辭歸不出，至今白首固窮守節。

54. 馬正卿，字夢得。杞縣人。

赤壁懷古，作〈念奴嬌〉詞：

大江東去，浪淘盡、千古風流人物。故壘西邊，人道是、三國周郎赤壁。亂石崩雲，驚濤裂岸，捲起千堆雪。江山如畫，一時多少豪傑。

遙想公瑾當年，小喬初嫁了，雄姿英發。羽扇綸巾，談笑間，強虜灰飛煙滅。故國神遊，多情應笑我，早生華髮。人間如夢，一尊還酹江月。

十一月二日，雨後微雪，徐大受攜酒臨皋，坐上作〈浣溪沙〉詞，明日酒醒，雪大作，和前韻二首。〈十一月二日，雨後微雪，太守徐君猷攜酒見過，坐上作浣溪沙三首。明日酒醒，雪大作，又作二首〉：

覆塊青青麥未蘇，江南雲葉暗隨車。臨皋烟景世間無。
雨腳半收簷斷線，雪林初下瓦疏珠。歸來冰顆亂黏鬚，
醉夢昏昏曉未蘇，門前轆轆使君車。扶頭一盞怎生無。
廢圃寒蔬挑翠羽，小槽春酒凍真珠。清香細細嚼梅鬚。

雪裏餐氈例姓蘇，使君載酒為回車。天寒酒色轉頭無。
薦士已聞飛鶚表，報恩應不用蛇珠。醉中還許攬桓鬚。

半夜銀山上積蘇，朝來九陌帶隨車。濤江煙渚一時無。
空腹有詩衣有結，溼薪如桂米如珠。凍吟誰伴撚髭鬚。

萬頃風濤不記蘇，雪晴江上麥千車。但令人飽我愁無。
翠袖倚風縈柳絮，絳脣得酒爛櫻珠。尊前呵手鑷霜鬚。

冬至日，與安節飲酒樂甚！

〈元豐辛酉冬至，僕在黃州，侄安節不遠千里來省，飲酒樂甚，使作黃鐘梁州，仍令小童快舞一曲，醉後書此，以記一時之事〉：

我生幾冬至，少小如昨日。當時事父兄，上壽拜脫膝。
十年閱彫謝，白髮催衰疾。瞻前惟兄三，顧後子由一。

近者隔濤江，遠者天一壁。今朝復何幸，見此萬里姪。
憶汝總角時，啼哭為梨栗。今來能慷慨，志氣堅鐵石。
諸孫行復爾，世事何時畢。詩成却超然，老淚不成滴。

十二月十九日，四十六歲生日。無記事。
十二月二十五日，應純道人將適廬山，求〈東坡羹頌〉以行。〈東坡羹頌并引〉：

東坡羹蓋東坡居士所煮菜羹也。不用魚肉五味，有自然之甘。其法以菘若蔓菁若蘆菔若薺，皆揉洗數過，去辛苦汁。先以生油少許塗釜緣及瓷盌，下菜湯中，入生米為糝，及少生薑，以油盌覆之，不得觸，觸則生油氣至熟不除。其上置甑，炊飯如常法。既不可遽覆，須生菜氣出盡乃覆之。羹每沸湧，遇油輒下，又為盌所壓，故終不得上，否爾，羹上薄飯，則氣不得達而飯不熟矣。飯熟羹亦爛可食。若無菜，用瓜茄皆切破不揉洗入罨，熟赤豆與粳米半為糝，餘如煮菜法。應純道人將適廬山，求其法以遺山中好事者。以頌問之：

甘苦嘗從極處回，鹹酸未必是鹽梅。問師此箇天真味，根上來麼塵上來。

此時已自稱「東坡居士」。在誕辰後六天。到黃州已兩年。作〈書臨皋亭〉：

東坡居士酒醉飯飽，倚於几上。白雲左繞，清江右洄，重門洞開，林巒岔入。當是時，若有思而無所思，以受萬物之備。慚愧！慚愧！

此自稱東坡居士，固是此後所作。王文誥未確定自稱東坡時間，遂列於家眷初到時。

元豐五年壬戌（一〇八二）四十七歲。

二月，得廢圃於東坡之脅，築而垣之，葺堂五間，城於大雪中，因繪雪於四壁，榜曰「東坡雪堂」。

「雪堂義罇」以「雪堂酒」為義罇，〈記王晉卿墨〉：「予在黃州，鄰近四五郡皆送酒」，予合置一器中，謂之「雪堂義罇」。（東坡合各方所送酒於一器中，混眾酒為一酒，妙哉！）

三月三日，作〈書淵明飲酒詩後〉：

顏生稱為仁，榮公言有道。屢空不獲年，長飢至於老。

雖留身後名，一生亦枯槁。死去何所知，稱心固為好。客養千金軀，臨化消其寶。裸葬何必惡，人當解意表。

此淵明飲酒詩也！正飲酒中，不知何緣記得此許多事！

三月七日，作〈定風波　三月七日沙湖道中遇雨〉：

三月七日沙湖道中遇雨，雨具先去，同行皆狼狽，余獨不覺，已而遂晴。故作此詞也。

莫聽穿林打葉聲，何妨吟嘯且徐行。
竹杖芒鞋輕勝馬，誰怕。一蓑煙雨任平生。
料峭春風吹酒醒，微冷。山頭斜照却相迎。
回首向來蕭瑟處，歸去。也無風雨也無情！

某日，夜過酒家飲，酒醉。月上策馬至溪橋，解鞍曲肱少休。及覺，亂山蔥蘢，不謂人世也！作〈西江月〉於橋柱；

頃在黃州，春夜行蘄水中，過酒家飲，酒醉，乘月至一溪橋上，解鞍曲肱少休，及覺已曉，亂山葱蘢，不謂人世也。書此詞於橋柱上。

照野瀰瀰淺浪，橫空曖曖微霄。障泥未解玉驄驕。我欲醉眠芳草。可惜一溪明月，莫教踏碎瓊瑤。解鞍欹枕綠楊橋。杜宇數聲春曉。

三月十一日，米芾[55]初謁，館於「雪堂」。米芾《畫史》云：

蘇軾子瞻作墨竹，從地一直起至頂。余問何不逐節分？曰：「竹生時何嘗逐節生？」運思清拔，出於文同與可，自謂與文拈一瓣香，以墨深為面，淡為背。自與可始也。作成林竹甚精。子瞻作枯木枝榦，虬屈無端，石皴硬亦怪怪奇奇無端，如其胸中盤鬱也。

吾自湖南從事過黃州，初見公，酒酣曰：「君貼此紙壁上，觀音紙也。」即起作

---

55. 米芾（一〇五一辛卯—一一〇七），字元章，時年三十五歲。據東坡書中言，時丁憂中。其五世祖米信，開國元勳。父米佐，在英宗朝官至武衛將軍。母閻氏，曾入侍英宗高皇后，封丹陽縣太君。

兩枝竹、一枯樹、一怪石見與。後晉卿借去不還。

〈與朱壽昌書〉：

數日前飲醉，作頑石亂篠一紙，私甚惜之。念公篤好，故以奉獻。

東坡喜畫竹石枯木，應有寄託。

五月，綿竹楊世昌道士來訪，善作「蜜酒」，為作〈密酒歌〉。〈與吳采書〉：

近日黃州捕私酒甚急，犯者門戶立木以表之。臨臯之東有犯者，怪之以問酒友。曰：「為賢者諱。」吾何嘗為此，但作蜜酒耳！

〈蜜酒歌〉：

西蜀道士楊世昌，善作蜜酒，絕醇釅。余既得其方，作此歌遺之：

真珠為漿玉為醴，六月田夫汗流泚。不如春甕自生香，蜂為耕耘花作米。

一日小沸魚吐沫，二日眩轉清光活。三日開甕香滿城，快瀉銀餅不須撥。
百錢一斗濃無聲，甘露微濁醍醐清。君不見南園採花蜂似雨，天教釀酒醉先生。
先生年來窮到骨，問人乞米何曾得。世間萬事真悠悠，蜜蜂大勝監河侯。

《東坡志林》載「蜜酒法」：

予作蜜酒與真一水亂，每米一斗用蒸，麵二兩半如常法，取醅液再入蒸，餅麵一兩，釀之三日，嘗看，味當極辣且硬，則以二斗米炊飯投之，若甜軟，則每投更入麵與餅各半兩，又二日再投而熟，全在釀者斟酌增損也。入水少為妙。

〈又一首，答二猶子與王郎見和〉：

脯青苔，炙青蒲。爛蒸鵝鴨乃瓠壺。煮豆作乳脂為酥。
高燒油燭斟蜜酒，貧家百物初何有。古來百巧出窮人，搜羅假合亂天真。
詩書與我為麴蘖，醖釀老夫成搢紳。質非文是終難久。脫冠還作扶黎叟。
不如蜜酒無燠寒。冬不加甜夏不酸。老夫作詩殊少味，愛此三篇如酒美，封胡羯末已可憐，不知更有王郎子。

子由有和詩。

葉夢得《避暑錄話》說：「蘇子瞻在黃州作『蜜酒』，不甚佳，飲者輒暴下。蜜水腐敗者爾。嘗一試之，後不復作。在惠州作『桂酒』，嘗問其二子邁、過，云亦一試之而止。大抵氣味似屠蘇酒。二子語及，亦自撫掌大笑。二方未必不佳，但公性不耐事，不能盡如其節度，姑為好事借以為詩。故世喜其名。要之，酒非麴蘗，何可以他物為之？若不類酒，孰若以蜜漬木瓜櫨橙等為之，自可口，不必似酒也。劉禹錫傳南方有桂漿法，善造者暑月極快美。凡酒用藥，未有不奪其味，況桂之烈！楚人所謂『桂酒椒漿』者，安知其為美酒？但土俗所尚，今欲因其名以求美，亦過矣！」

所言「公性不耐事」，豈其然乎？

六月，大醉，作〈黃泥坂辭〉：

出臨皋而東騖兮，並叢祠而北轉。走雪堂之坡陀兮，歷黃泥之長坂。大江洶以左繚兮，渺雲濤之舒卷。草木層累而右附兮，蔚柯丘之葱蒨。余旦往而夕還兮，步徙倚而盤桓。雖信美不可居兮，苟娛余於一盼。余幼好此奇服兮，襲前人之詭幻。老更變而自哂兮，悟驚俗之來患。釋寶璐而被繒絮兮，雜市人而無辨。路悠悠其莫往來兮，守一席而窮年。時游步而遠覽兮，路窮盡而旋反。朝嬉黃泥之白雲兮，暮宿雪堂之青煙。喜魚鳥之莫余驚兮，幸樵蘇之我嫚。初被酒以行歌兮，忽放杖而醉偃。草為茵而塊為枕兮，穆華堂之清晏。紛墜露之濕衣兮，升素月之團團。感父老之呼覺兮，恐牛羊之予踐。於是蹶然而起，起而歌曰：「月明兮星稀，迎余往兮餞余歸。歲既晏兮草木腓，歸來歸來兮黃泥不可以久嬉！」

東坡蓋於四年後元祐元年十一月二十一日，有補記〈書黃泥坂詞後〉：

余在黃州，大醉中作此詞。小兒輩藏去稿，醒後不復見也。前夜與黃魯直、張文潛、晁無咎夜坐，三客翻倒几案，搜索篋笥，偶得之，字辨不可讀，以意尋究，乃得其全。文潛喜甚，手錄一本遺余，持原本去。明日得王晉卿書，云：「吾日夕購子書不厭，近又以三縑博兩紙。子有近書，當稍以遺我，無費我絹也。」乃用澄心堂紙、李承晏墨書此遺之。

——《蘇軾文集》卷六十八

七月十六日，與客泛舟赤壁，作〈赤壁賦〉：

壬戌之秋，七月既望。蘇子與客泛舟游於赤壁之下，清風徐來，水波不興，舉酒屬客，誦明月之詩，歌窈窕之章。少焉，月出於東山之上，徘徊於斗牛之間。白露橫江，水光接天。縱一葦之所如，凌萬頃之茫然。浩浩乎如馮虛御風，而不知其所止。飄飄乎如遺世獨立，羽化而登仙。於是飲酒樂甚，扣舷而歌之。歌曰：

桂棹兮蘭槳，擊空明兮泝流光。渺渺兮予懷，望美人兮天一方。

客有吹洞簫者，倚歌而和之，其聲烏烏然。如怨如慕，如泣如訴，餘音嫋嫋，不絕如縷。舞幽壑之潛蛟，泣孤舟之嫠婦。蘇子愀然，正襟危坐，而問客曰：「何為其然也？」客曰：「月明星稀，烏鵲南飛。此非曹孟德之詩乎？西望夏口，東望武昌。山川相繆，鬱乎蒼蒼。此非孟德之困於周郎者乎！方其破荊州，下江陵，順流而東也，舳艫千里，旌旗蔽空。釃酒臨江，橫槊賦詩。固一世之雄也！而今安在哉？況吾與子漁樵於江渚之上，侶魚鰕而友麋鹿。駕一葉之扁舟，舉匏尊以相屬。寄蜉蝣於天地，渺滄海之一粟。哀吾生之須臾，羨長江之無窮。挾飛仙以遨遊，抱明月而長終。知不可乎驟得，託遺響於悲風。」蘇子曰：「客亦知夫水與月乎？逝者如斯，而未嘗往也！盈虛者如彼，而卒莫消長也。蓋將自其變者而觀之，則天地曾不能以一瞬。自其不變者而觀之，則物與我皆無盡也！而又何羨乎？且夫天地之間，物各有主，苟非吾之所有，一毫而莫取。惟江上之清風與山間之明月，耳得之而為聲，目遇之而成色。取之無禁，用之不竭。是造物者之無盡藏也。而吾與子之所共適。」客喜而笑，洗盞更酌，肴核既盡，杯盤狼籍。相與枕藉乎舟中，不知東方之既白！

八月十五，中秋。作〈念奴嬌　中秋〉詞：

憑高眺遠，見長空萬里，雲無留迹。桂魄飛來光射處，冷浸一天秋碧。
玉宇瓊樓，乘鸞來去。人在清涼國，江山如畫，望中煙樹歷歷。
我醉拍手狂歌，舉杯邀月，對影成三客，起舞徘徊風露下。
今夕不知何夕。便欲乘風，翻然歸去。何用騎鵬翼。水晶宮裏，一聲吹斷橫笛。

九月九日，徐大受攜酒「雪堂」，作〈醉蓬萊重九上君猷〉：

笑勞生一夢，羇旅三年，又還重九。華髮蕭蕭，對荒園搔首，賴有多情好飲，無事似古人，賢守歲歲登高，年年落帽，物華依舊。此會應須爛醉，仍把紫菊茱萸細看重嗅。搖落霜風，有手栽雙柳。來歲今朝，為我西顧酹羽觴。江口會，與州人飲公遺愛，一江醇酎。

雪堂夜飲醉歸臨皋，作〈臨江仙〉：

夜飲東坡醒復醉，歸來髣髴三更。家童鼻息已雷鳴。敲門都不應，倚杖聽江聲。長恨此身非我有，何時忘却營營。夜闌風靜縠紋平。小舟從此逝，江海寄餘生。

葉夢得《避暑錄話》卷上載：「子瞻在黃州，……與數客飲江上，夜歸，江面際天，風露浩然，有當其意，乃作歌辭，所謂「夜闌風靜縠紋平，小舟從此逝，江海寄餘生」者，與客大歌數過而散。翌日喧傳子瞻夜作此辭，挂冠服江邊，拏舟長嘯去矣！郡守徐君猷聞之，驚且懼，以為州失罪人。急命駕往謁，則子瞻鼻鼾如雷，猶未興也。然此語卒傳至京師，雖裕陵亦聞而疑之。」

十月十五日，步自雪堂將歸臨皋，又與二客攜酒與魚，復遊於赤壁之下，作〈後赤壁賦〉。

轉運使蔡承禧[56]按臨，見於臨皋，為營屋，即「南堂」。

十一月，書〈雪堂四戒〉：

出輿入輦，命曰蹷痿之機。洞房清宮，命曰寒熱之媒。皓齒蛾眉，命曰伐性之斧。甘脆肥醲，命曰腐腸之藥。

56. 蔡承禧（一〇三五乙亥－一〇八四）字景繁，江西臨川人。嘉祐二年（一〇五七）與父蔡元導同登進士。與東坡兄弟亦同年進士。

此三十二字，吾當書之門窗几席縉紳盤盂，使坐起見之，寢食念之。[57]

元豐五年十一月雪堂書

十二月十九日，誕辰。諸友置酒赤壁磯，醉倒。作「酸酒如虀湯，甜酒如蜜汁」〈岐亭五首之四〉。與李委泛舟赤壁，酒酣笛作，風起水湧，大魚皆出。作〈卜算子〉詞：

缺月挂疏桐，漏斷人初靜。時見幽人獨往來，縹緲孤鴻影。
驚起却回頭，有恨無人省。揀盡寒枝不肯棲，寂寞沙洲冷。

黃山谷跋此詞說：「東坡道人在黃州時作。語意高妙，似非喫煙火食人語。非胸中有萬卷書，筆下無一點塵俗氣，孰能至此。」

作〈服胡麻賦〉。（詳見三二〇頁）

元豐六年癸亥（一〇八三）四十八歲。

正月三日，「臨皋亭」點燈會客。作詩〈正月三日點燈會客〉：

江上東風浪接天，苦寒無賴破春妍。試開雲夢羔兒酒，快瀉錢塘藥玉船。
蠶市光陰非故國，馬行燈火記當年。冷烟溼雪梅花在，留得新春作上元。

正月二十日，復出東門，作詩〈六年正月二十日復出東門仍用前韻〉：

亂山環合水侵門，身在淮南盡處村，五畝漸成終老計，九重新掃舊巢痕。
豈惟見慣沙鷗熟，已覺來多釣石溫。長與東風約今日，暗香先返玉梅魂。

此時巢谷自蜀中來。東坡〈與子安兄〉書：

巢三見在東坡安下，依舊似虎，風節愈堅。師授某兩小兒極嚴。常親自煮豬頭、灌血腈、作薑豉菜羹，宛有太安滋味。此書到日相次歲豬鳴矣！

57. 出自《文選．枚乘七發》。

據《宋史・巢谷傳》，元符二年（一〇九九）正月，巢谷至循州見子由時年七十三；旋赴海南探東坡，途中卒。則生於天聖四年（一〇二六），較東坡長十歲。

大寒，飲巢谷以酒，作〈大寒步至東坡贈巢三〉：

春雨如暗塵，春風吹倒人。東坡數間屋，巢子誰與鄰。
空牀斂敗絮，破竈鬱生新。相對不言寒，哀哉知我貧。
我有一瓢酒，獨飲良不仁。未能赬我頰，聊復濡子脣。
故人千鍾祿，馭吏醉吐茵。那知我與子，坐作寒蟄呻。
努力莫怨天，我爾皆天民。行看花柳動，共享無邊春。

又作〈元脩菜并引〉：

菜之美者，有吾鄉之巢。故人巢元脩嗜之，余亦嗜之。元脩云：「使孔北海見，當復云吾家菜耶！」因謂之「元脩菜」。余去鄉十有五年，思而不可得，元脩適自蜀來見余於黃，乃作是詩，使歸致其子而種之東坡之下云：

彼美君家菜，鋪田綠茸茸。豆莢圓且小，槐牙細而豐。
種之秋雨餘，擢秀繁霜中。欲花而未蕚，一一如青蟲。
是時青裙女，採擷何匆匆。蒸之復湘之，香色蔚其饛。
點酒下鹽豉，縷橙芼薑葱。那知雞與豚，但恐放箸空。
春盡苗葉老，耕翻烟雨叢。潤隨甘澤化，暖作青泥融。
始終不我負，力與糞壤同。我老忘家舍，楚音變兒童。
此物獨嫵媚，終年繫余胸。君歸致其子，囊盛勿函封。
張騫移苜蓿，適用如葵菘？馬援載薏苡，羅生等蒿蓬。
懸知東坡下，塉鹵化千鍾。長使齊安民，指此說兩翁。

陸游（一一二五乙巳—一二一〇）〈巢菜并序〉：

蜀蔬有兩巢：大巢豌豆之不實者。小巢生稻畦中；東坡所賦元脩菜是也。吳中絕多，名漂搖草，一名野蠶豆。但人不知取食耳。予小舟過梅市得之，始以作羹，風味宛如在醴泉蟆頤時也。

冷落無人佐客庖，庚郎三九困譏嘲。此行忽似蟆津路，自候風爐煮小巢。

又，家鉉翁（一二一三癸酉—一二九七）與東坡同為眉山人，〈河間感舊〉：

西州舊俗，每當立春前後以巢菜作餅，互相招邀，名曰東坡餅。頃在燕嘗有詩云：「西州最重眉山餅，冬後春前無別羞。今度燕山試收拾，中間惟欠一元脩。」元脩即巢菜之別號，盖豌豆菜也。東坡故人巢元脩嘗致其種於黃岡下，因得名元脩。南方有之，燕中無此種，余來河間再見立春，感舊事用前韻。

朔風吹我過瀛州，釜甑生塵轉可羞。聊向春前尋故事，定知食餅記前修。*

我家自貴東坡餅，不為人間肉食羞。聞道西山薇蕨長，摘來我可輩元脩。

*自注：「河間士友甚知慕東坡，以為元遺山一派之所從來也。」

三月，寒食，與郭遘等提壺野飲。郭遘能為挽歌聲，酒酣發響，四坐淒然。然恨無佳詞；東坡為略改白居易〈寒食〉詩，歌之，坐客有泣者，其詞為：

烏啼鵲噪昏喬木，清明寒食誰家哭。風吹曠野紙錢飛，古墓纍纍春草綠。

棠梨花映白楊路，盡是死生離別處。冥漠重泉哭不聞，蕭蕭暮雨人歸去。

白居易〈寒食野望吟〉原詩：

丘墟郭門外，寒食誰家哭。風吹曠野紙錢飛，古墓纍纍春草綠。

棠梨花映白楊樹，盡是死生離別處。冥漠重泉哭不聞，蕭蕭暮雨人歸去。

清明後，參寥自杭州來訪。留一年。

四月，徐君猷罷黃州任。楊君素代之。代巢谷為作〈遺愛亭記〉：

何武所至，無赫赫名，去而人思之，此之謂「遺愛」。夫君子循理而動，理窮而止。應物而作，物去而復。夫何赫赫名之有哉！東海徐君猷以朝散郎為黃州，未嘗怒也，而民不犯。未嘗察也，而吏不欺，終日無事，嘯詠而已。每歲之春，與眉陽子瞻游於安國寺，飲酒於竹間亭，擷亭下之茶，烹而食之。公既去郡，寺僧繼連請名，子瞻名之曰「遺愛」。時谷自蜀來客於子瞻，因子瞻以見公。公命谷記之，谷愚樸羈旅人也，何足以知公，採道路之言質之於子瞻。以為之記。

五月，「南堂」成。作五詩。

江上西山半隱堤，此邦臺館一時西。南堂獨有西南向，臥看千帆落淺溪。

暮年眼力嗟猶在，多病顛毛却未華。故作明窗書小字，更開幽室養丹砂。

他年雨夜困移牀，坐厭愁聲點客腸。一聽南堂新瓦響，似聞東塢小荷香。

山家為割千房蜜，稚子新畦五畝蔬。更有南堂堪著客，不憂門外故人車。

掃地焚香閉閣眠，簟紋如水帳如烟。客來夢覺知何處，挂起西窗浪接天。

六月，風毒攻右目。杜門僧齋。

據〈與蔡景繁〉二書，始則患瘡，臥病半年，繼成目疾，幾失明。

曾鞏訃聞始傳至黃州，四月十一日卒於臨川，享壽六十五歲（一〇一九己未—一〇八三）。或傳東坡與曾鞏同日仙化，如李賀事。神宗聞訊，輟飯而起。

閏六月二十四日後，病起。聞富弼訃，卒於六月二十二日，八十歲（一〇〇四甲辰—一〇八三）。

七月六日，渡「劉郎洑」，飲於王齊愈「達軒」，醉後畫墨竹，作詞。〈定風波　元豐六年七月六日，王文甫家飲釀白酒，大醉，集古句作墨竹詞〉：

雨洗涓涓嫩葉光，風吹細細綠筠香。秀色亂侵書帙晚，簾卷清陰，微過酒尊涼。人畫竹身肥擁腫，何用。先生落筆勝蕭郎。記得小軒岑寂夜。廊下。月和疏影上東牆。

七月二十三日，作〈漱茶說〉：

去煩除膩，世不可闕茶，然闇中損人殆不少。昔人云：「自茗飲盛後，人多患氣，不復病黃。」雖損益相半，而消陽助陰，益不償損也。吾有一法，常自珍之，每食已，輒以濃茶漱口，煩膩既去，而脾胃不知，齒便漱濯，緣此漸堅密，蠹病自已，然率皆用下茶，其上者不常有，間數日一啜，亦不為害也。元豐六年八月二十三日。

早年讀東坡此文，即時時以茶漱口。

七月二十七日，作〈節飲食說〉：

東坡居士自今日已往，不過一爵一肉。有尊客盛饌，則三之，可損不可增。有召我者，預以此先之。主人不從而過是者乃止。一曰安分以養福，二曰寬胃以養氣，三曰省費以養財。

九月，作〈十拍子　暮秋〉詞：

白酒新開九醞，黃花已過重陽。身外儻來都似夢，醉裏無何即是鄉。東坡日月長。玉粉旋烹茶乳，金虀新擣橙香。強染霜髭扶翠袖，莫道狂夫不解狂。狂夫老更狂。

九月二十七日，蘇遯生[58]。有〈洗兒〉詩：

人皆養子望聰明，我被聰明誤一生。惟願孩兒愚且魯，無災無難到公卿。

58. 蘇遯為王朝雲所生，王朝雲時年二十歲。

十月十二日，作〈承天寺夜遊〉：

元豐六年十月十二日夜，解衣欲睡，月色入戶，欣然起行。念無與樂者，遂至承天寺尋張懷民，亦未寢，相與步於中庭。庭下如積水空明，水中藻荇交橫，蓋竹柏[59]影也。何夜無月，何處無竹，但少閒人如吾兩人耳！

十一月，與楊君素、張公規遊「安國寺」，作〈記張公規言去欲〉：

昨日太守楊君采、通判張公規邀余出遊安國寺，坐中論「調氣養生」之事。余云：「皆不足道，難在去慾。」張云：「蘇子卿齧雪啖氈，縮背出血，無一語少屈，可謂了生死之際矣！然不免為胡婦生子；窮居海上，而況洞房綺縠之下乎？乃知此事不易消除！」眾客皆大笑！余愛其語有理，故為記之。

十二月八日，飲張夢得小閣，作〈南柯子　黃州臘月八日飲懷民小閣〉詞：

衛霍元勳後，韋平外族賢。吹笙只合在緱山。閒駕綵鸞，歸去賀新年。

烘暖燒香閣。輕寒浴佛天。他年一醉畫堂前，莫忘故人，憔悴老江邊。

十二月十九日，四十八歲生日。無記事。

巢谷辭歸，距正月初三到，在黃州近一年。巢谷或於東坡誕日後離去。

十二月二十七日，饗李巖老「法魚」。〈與李巖老書〉：船中彎臥一日，便言悶殺，不知如何淨瓶裡澡洗去。某在東坡，深欲一往，示疾未瘳，聊致一問而已。「法魚」一瓶，恐欲下飯。

李樵，字巖老。東坡有記事說：

南岳李巖老好睡，眾人食飽下碁，巖老輒就枕，閱數局乃一展轉云：「君幾局矣！」東坡曰：「巖老常用四腳碁盤，只著一色黑子。昔與邊韶敵

59. 「竹柏」植物名，非「竹」與「柏」。

手，今被陳摶饒先著。時自有輸贏，著了並無一物。」歐陽公詩云：「夜涼吹笛千山月，路暗迷人百種花。碁罷不知人換世，酒闌無奈客思家。」殆是類也。

又，「法魚」，或為醃漬之魚。秦觀有〈以蓴薑法魚糟蟹寄子瞻〉詩，首兩句為：「鮮鯽經年漬醽醁，團臍紫蟹脂填腹。」首句即是「法魚」，蓋以蓴薑與酒醃漬者。

作〈煮魚法〉：

子瞻在黃州，好自煮魚。其法：以鮮鯽魚或鯉治斫冷水下，入鹽，以菘菜[60]心芼之，仍入渾蔥白數莖，不得攪，半熟，入生薑、蘿蔔汁及酒各少許，臨熟入橘皮線，乃食之。

又，在黃州躬耕東坡，其間曾有「二紅飯」之記事：

今年東坡收大麥二十餘石，賣之，價甚賤，而粳米適盡，故日夜課奴婢以為飯。嚼之嘖嘖有聲，小兒女相調云是「嚼虱子」。然日中腹飢，用漿水淘食之，自然甘酸浮滑，有西北村落氣味。今日復令庖人雜小豆作飯，尤有味。老妻大笑曰：「此新樣二紅飯也！」

——《仇池筆記》上

所稱老妻，指繼配王閏之。時朝雲生蘇遯，因有「庖人」乎！

元豐七年甲子（一〇八四）四十九歲。

正月，夜過雪堂，聞崔閑彈曉角，作〈題孟郊詩〉。孟東野作〈聞角詩〉云：「似開孤月口，能說落星心。」今夜聞崔誠老彈曉角，始覺此詩之妙。

某日，餽崔閑[61]酒，作〈送酒與崔誠老〉：

雪堂居士醉方熟，玉澗山人冷不眠。送與安州潑醅酒，從今三日是三年。

---

60. 「菘菜」即俗稱「白菜」者。

61. 崔閑字誠老，號玉澗道人，工於琴，居廬山。

東坡自書此詩，首云：「夜來一笑之歡，豈可多得。今日雪堂得無少寂寞耶？安州玉泉一酌，果子少許，夜琴一弄，誰與同者？莫是木上座否？小詩漫往。」

三月三日，與參寥、徐大正、崔閑，攜酒出遊。至「定惠院」，飲東山海棠樹下。憩於尚氏之第，竹林花圃，居處修潔，醉臥小板閣上。酒稍醒，聞崔閑彈雷琴。晚乃步出城東，入韓毅甫、何勝可竹園，聖可方作堂竹間，既闢地矣。遂置酒竹陰下。劉唐年餽油煎餌，名「為甚酥」。忽興盡，乃逕歸。過何氏園，乞叢橘，移種「雪堂」之西。有〈游定惠院記〉：

> 黃州定惠院東小山上，有海棠一株，特繁茂，每歲盛開，必攜客置酒，已五醉其下矣。今年復與參寥師二三子訪焉。則園已易主，主雖市井人，然以予故，稍加培治。山上多老枳，木性瘦韌，筋脈呈露如老人項頸，花白而圓，如大珠纍纍，香色皆不凡。此木不為人所喜，稍稍伐去，以予故亦得不伐。既飲，往憩於尚氏之第，尚氏居處修潔如吳越間人，竹林花圃皆可喜，醉臥小板閣上，稍醒，聞坐客崔誠老彈雷氏琴，作悲風曉角，錚錚然，意非人間也。晚乃步出城東鬻大木盆，意者謂可以注清泉瀹瓜李。遂因緣小溝，入何氏、韓氏竹園。時何氏方作堂竹間，既闢地矣，遂置酒竹陰下。有劉唐年主簿者，餽油煎餌，其名為甚酥[62]，味極美。客尚欲

飲，而予忽興盡，乃徑歸，道何氏小圃，乞其叢橘移種「雪堂」之西。坐客徐君得之將適閩中，以後會未可期，請予記之，為異日拊掌。時參寥獨不飲，以棗湯代之。

又，醉醒復飲，興盡便去。性情也！

作〈聖散子敘〉：

昔嘗覽《千金方．三建散》云：「風冷、痰飲、癥癖、痎瘧無所不治。」而孫思邈特為著論，以謂此方用藥節度，不近人情，至於救急，其驗特異。乃知神物效靈不拘常制，至理開惑，智不能知。今僕所蓄「聖散子」殆此類耶！自古論病，惟傷寒最為危急，其表裏虛實，日數證候，應汗應下之類，差之毫釐，輒至不救。而用「聖散子」者一切不問，凡陰陽二毒，男女相易，狀至危急者，連飲數劑，即汗出氣通，飲食稍進，神宇完復，更不用諸藥連服取差，其餘輕者心額微汗，止爾無

62.「為甚酥」名稱之由來。

恙。藥性微熱而陽毒發狂之類，服之即覺清涼。此殆不可以常理詰也。若時疫流行，平旦於大釜中煮之，不問老少良賤，各服一大盞，即時氣不入其門。平居無疾，能空腹一服，則飲食倍常，百疾不生。真濟世之具，衛家之寶也。其方不知所從出，得之於眉山人巢君谷。谷多學，好方袐。惜此方不傳其子，余苦求得之。謫居黃州，比年時疫，合此藥散之，所活不可勝數。巢初授余，約不傳人，指江水為盟。余竊隘之，乃以傳蘄水人龐君安時，安時以善醫聞於世，又善著書，欲以傳後，故以授之，亦使巢君之名與此方同不朽也！

三月，量移汝州。乃正月二十五日詔命。

四月一日將離黃州，作〈滿庭芳　歸去來兮〉詞留別鄰里：

元豐七年四月一日，余將自黃移汝，留別雪堂鄰里二三君子。會李仲覽自江東來別，遂書以遺之。

歸去來兮，吾歸何處？萬里家在岷峨。百年強半，來日苦無多。坐見黃州載閏，兒童盡楚語吳歌。山中友，雞豚社飲，相勸老東坡。

云何當遠去，人生底事，來往如梭。待閒看，秋風洛水清波。好在堂前細柳，應念我，莫剪柔柯。仍傳語江南父老，時與曬漁蓑。

四月七日，有〈別黃州〉詩：

病瘡老馬不任鞿，猶向君王得敝帷。桑下豈無三宿戀，樽前聊與一身歸。
長腰尚載撐腸米，闊領先裁蓋癭衣。投老江湖終不失，來時莫遣故人非。

上距二年二月一日到黃州，在黃州時間共四年兩個月。

過江，在武昌聞黃州鼓角。有詩〈過江夜行武昌山聞黃州鼓角〉：

清風弄水月銜山，幽人夜渡吳王峴。黃州鼓角亦多情，送我南來不辭遠。
江南又聞出塞曲，半雜江聲作悲健。誰言萬方聲一概，鼉憤龍愁為余變。
我記江邊枯柳樹，未死相逢真識面。他年一葉泝江來，還吹此曲相迎餞。

王文誥記云：「渡江過武昌，夜行吳王峴，聞黃州鼓角，回望東坡，淒然泣下。作詩。」「回望東坡，淒然泣下」語，乃據南宋費袞《梁谿漫志》：「既去黃，夜行武昌山上，回望東坡，聞黃州鼓角，淒然泣下，賦詩云。」（卷四）

考東坡詩文，偶有「淒然」語，並無「泣下」詞，更無「淒然泣下」連用者，唯於《二疏圖贊》末句云：「涕下沾襟」。

赴汝州途中留停處：游廬山各勝處，最後與東林總老遊西林，作兩詩。

〈贈東林總長老〉：

溪聲便是廣長舌，山色豈非清淨身。夜來八萬四千偈，他日如何舉似人。

〈題西林壁〉：

橫看成嶺側成峯，遠近高低無一同。不識廬山真面目，只緣身在此山中。

又有〈廬山二勝并敘〉：「余游廬山南北，得十五六，奇勝殆不可勝紀，而懶不作詩，獨擇其尤者，作二首。」

〈開先漱玉亭〉：

高巖下赤日，深谷來悲風。擘開青玉峽，飛出兩白龍。
亂沫散霜雪，古潭搖清空。餘流滑無聲，快寫雙石谼。
我來不忍去，月出飛橋東。蕩蕩白銀闕，沉沉水精宮。
願隨琴高生，腳踏赤鯶公。手持白芙蕖，跳下清泠中。

〈栖賢三峽橋〉：

吾聞太山石，積日穿綫溜。況此百雷霆，萬世與石鬬。
深行九地底，險出三峽右。長輸不盡溪，欲滿無底竇。
跳波翻潛魚，震響落飛狖。清寒入山骨，草木盡堅瘦。

空濛烟靄間，澒洞金石奏。彎彎飛橋出，瀲瀲半月彀。
玉淵神龍近，雨雹亂晴晝。垂缾得清甘，可嚥不可漱。

五月初抵筠州。寓子由「東軒」。留六、七日。
五月八日，與子由別。
五月中旬，至九江。止於「慧日院」。
五月十九日，飲於陶子駿「佚老堂」，作詩〈陶驥子駿佚老堂二首〉：

文舉與元禮，尚得稱世舊。淵明吾所師，夫子乃其後。
挂冠不待年，亦豈為五斗。我歌歸來引，千載信尚友。
相逢黃卷中，何似一杯酒。君醉我且歸，明朝許來否。

我從廬山來，目送孤飛雲。路逢陸道士，知是千歲人。
試問當時友，虎溪已埃塵。似聞佚老堂，知是幾世孫。
能為五字詩，仍戴漉酒巾。人呼小靖節，自號葛天民。

六月，參寥以詩留別。亦挈家以行。

六月，到金陵，至鍾山訪王安石。王安石以重修《三國志》為託。

七月二十八日，在金陵，幼兒蘇遯夭亡，未滿二歲。有詩哭之，〈去歲九月二十七日在黃州生子名遯，小名幹兒，頎然穎異，至今年七月二十八日，病亡於金陵。作二詩哭之〉：

吾年四十九，羈旅失幼子。幼子真吾兒，眉角生已似。
未期觀所好，蹁躚逐書史。搖頭却梨栗，似識非分恥。
吾老常鮮歡，賴此一笑喜。忽然遭奪去，惡業我累爾。
衣薪那免俗，變滅須臾耳。歸來懷抱空，老淚如瀉水。

我淚猶可拭，日遠當日忘。母哭不可聞，欲與汝俱亡。
故衣尚懸架，漲乳已流牀。感此欲忘生，一臥終日僵。
中年忝聞道，夢幻講已詳。儲藥如丘山，臨病更求方。
仍將恩愛刃，割此衰老腸。知迷欲自反，一慟送餘傷。

九月抵宜興。

十月二日，在宜興。欲闢小園，種柑橘三百本，構「楚頌亭」其中，有〈楚頌帖〉傳世：

吾來陽羨，船入荊溪，意思豁然，如愜平生之欲。逝將歸老，殆是前緣。王逸少云：「我卒當以樂死！」殆非虛言。吾性好種植，能手自接果木，尤好栽橘。陽羨在洞庭上，柑橘栽至易得，當買一小園，種柑橘三百本。屈原作〈橘頌〉，吾園若成，當作一亭，名之曰「楚頌」。

元豐七年十月二日書

東坡之柑橘園未建，而〈楚頌帖〉已名垂後世，為書家所寶。

入「黃土村」，村人以酒饗之，謂：「此紅友也。」東坡云：「此人知有紅友，而不知有黃封[63]，真快活人！」欣然飲之。

南宋羅大經《鶴林玉露》云：

常州宜興縣黃土村，東坡南遷北歸，嘗與單秀才步田至其地。地主攜酒來餉曰：「此紅友也。」坡曰：「此人知有紅友，而不知有黃封。可謂快活。」余嘗因是言而推之：「金貂紫綬，誠不如黃帽青蓑。朱轂繡鞍，誠不如芒鞋藤杖。醇醪豢牛，誠不如白酒黃雞。玉戶金鋪，誠不如松窗竹屋。無他，其天者全也。」

又，明．謝肇淛（一五六五乙丑—一六二四）《五雜俎》：「紅友，酒品之極惡者也。而坡以紅友勝黃封。甜酒，味之最下者也，而杜謂不放香醪如蜜甜。」

十月十九日，在揚州。乞常州居住。

63. 「黃封」是指朝廷官方所釀的酒。

十一月末，在淮上，與秦觀飲別，作〈虞美人〉詞：

波聲拍枕長淮曉，隙月窺人小。無情汴水自東流，只載一船離恨、向西州。

竹溪花浦曾同醉，酒味多於淚。誰教風鑑在塵埃，醞造一場煩惱、送人來。

十二月一日，抵泗州。

十二月十八日，浴於雍熙塔下，戲作〈如夢令〉二詞：

水垢何曾相受，細看兩俱無有。寄語揩背人，盡日勞君揮肘。輕手，輕手。居士本來無垢。

自淨方能洗彼，我自汗流呀氣。寄語澡浴人，且共肉身遊戲。但洗，但洗，俯為人間一切。

十二月十九日，四十九歲生日。無記事。

十二月二十日，作〈十二時中偈〉：

十二時中，常切覺察遮箇是什麼。十二月二十日自泗守席上回，忽然夢得箇消息。乃作偈曰：

百滾油鐺裏，恣把心肝煠。遮箇在其中，不寒亦不熱。

似則是，似則未是。不唯遮箇不寒熱，那箇也不寒熱。

咄！甚叫做遮箇那箇。

十二月二十四日，同劉倩叔遊都梁山，作詞〈浣溪沙　元豐七年十二月二十四日從泗州劉倩叔遊南山〉：

細雨斜風作曉寒，淡煙疎柳媚晴灘。入淮清洛漸漫漫，

雪沫乳花浮午盞。蓼芽蒿笋試春盤，人間有味是清歡。

除夕，雪中，黃寔[64]送酥、酒，作詩。〈泗州除夜雪中黃師是送酥、酒二首〉：

---

64. 黃寔字子師，黃子思之孫，黃幾道之子。黃幾道是東坡同年進士，又是章惇之甥。子由幼子蘇遠娶其女。

暮雪紛紛投碎米，春流咽咽走黃沙。舊遊似夢徒能說，逐客如僧豈有家。
冷硯欲書先自凍，孤燈何事獨成花。使君半夜分酥酒，驚起妻孥一笑譁。
關右土酥65黃似酒，揚州雲液66却如酥。欲從元放覓拄杖，忽有麴生來座隅。
對雪不堪令飽暖，隔船應已厭歌呼。明朝積玉深三尺，高枕牀頭尚一壺。

元豐八年乙丑（一〇八五）五十歲。

正月四日，發泗州，在此一個月又三天。再上表乞常州居住。

二月，至南都謁張方平。奉准常州居住。作詞〈滿庭芳〉：

余居黃五年，將赴臨汝，作滿庭芳一篇，以別黃人。既至南都，蒙恩放歸陽羨，復作一篇。

歸去來兮，清溪無底，上有千仞嵯峨。畫橋西畔，天遠夕陽多。
老去君恩未報，空回首，彈鋏悲歌。船頭轉，長風萬里，歸馬駐平坡。
無何，何處是銀潢盡處，天女停梭。問人間何事，久戲風波。
顧問同來稚子，應爛汝腰下長柯。青衫破，羣仙笑我。千縷挂煙簑。

又有〈春日〉詩：

鳴鳩乳燕寂無聲，日射西窗潑眼明。午醉醒來無一事，只將春睡賞春晴。

二月十九日，在南都。張方平子張恕開宴，使原徐君猷後房字勝之者佐酒。東坡掩面號慟，勝之乃大笑，遂罷飲。東坡每語人為戒。（見王明清《揮麈後錄》）

三月五日，神宗崩，三十八歲（一〇四八戊子——一〇八五）；哲宗十一歲繼位。

五月一日，題揚州「竹西寺」。〈歸宜興留題竹西寺〉：

十年歸夢寄西風，此去真為田舍翁。剩覓蜀岡新井水，要攜鄉味過江東。

道人勸飲雞蘇水，童子能煎罌粟湯。暫借藤牀與瓦枕，莫教孤負竹風涼。

65. 「土酥」是指山海關以東關右地區所產牛羊酪酥。

66. 「雲液」指揚州公厨之酒名。

此生已覺都無事，今歲仍逢大有年。山寺歸來聞好語，野花啼鳥亦欣然。

「雞蘇」即「紫蘇」。子由〈藥苗詩〉：「罌小如罌，粟細如粟。研作牛乳，烹為佛粥。柳槌石缽，煎以蜜水。便口利喉，調肺養胃。」

五月二十二日，至常州。自離黃州至此，已一年又一個月。歸宜興，作〈菩薩蠻〉詞：

買田陽羡吾將老，從初只為溪山好。來往一虛舟，聊從造物游。
有書仍懶著，且慢歌歸去。筋力不辭詩，要須風雨時。

初聞起復知登州，將行，有懷「荊溪」，作〈蝶戀花　述懷〉：

雲水縈回溪上路。疊疊青山、環繞溪東注。月白沙汀翹宿鷺。更無一點塵來處。
溪叟相看私自語，底事區區、苦要為官去。尊酒不空田百畝，歸來分得閒中趣。

六月，賈收來賀，兼致滕元發書酒。作次韻詩〈次韻答賈芸老〉：

五年一夢南司州，饑寒疾病為子憂。東來六月井無水，仰看古堰橫奔牛。
平生管鮑我知子，今日陳蔡誰從丘。夜航爭渡泥水澀，牽挽直欲來瓜州。
自言嗜酒得風痺，故鄉不敢居溫柔。空將汎愛救溝壑，衰病不復從前樂。
今年太守真臥龍，笑語炎天出冰雹。時低九尺蒼鬚髯，我過三間小池閣。
故人改觀爭來賀，小兒不信猶疑錯。為君置酒飲且哦，草間秋蟲亦能歌。
可憐老驥真老矣，無心更秣天山禾。

據「平生管鮑我知子」語，可知東坡和賈芸老之交情。

復朝奉郎，起知登州。過潤州，至真州。飲鄧公瑾舟中。聞司馬光五月入朝拜相。

七月四日，登金山「妙高臺」，作詩。醉後遊「招隱寺」。〈記焦山長老答問〉：

東坡居士醉後單衫遊「招隱」，既醒，著衫而歸。問大眾云：「適來醉漢向何處去？」眾無答。明日，舉以問焦山。焦山叉手而立。

九月一日，楊傑惠醞一壺。醉中詠楊景略「醉道士石」。〈與楊康公〉：

兩日大風，孤舟掀舞雪浪中。但闔戶擁衾瞑目塊坐耳。楊次公惠法醖一器，小酌徑醉，醉中與公作得醉道士石詩，托楚守寄去。一笑！

十月，道經密州，與趙杲卿、喬敘話舊，霍翔置酒「超然臺」上。有詩〈再過超然臺贈太守霍翔〉：

昔飲雩泉別常山，天寒歲在龍蛇間。山中兒童拍手笑，問我西去何當還。
十年不赴竹馬約，扁舟獨與漁蓑閒。重來父老喜我在，扶挈老幼相遮攀。
當時襁褓皆七尺，而我安得留朱顏。問今太守為誰歟，護羌充國鬢未斑。
躬持牛酒勞行役，無復杞菊嘲寒慳。超然置酒尋舊迹，尚有詩賦鑱堅頑。
孤雲落日在馬耳，照耀金碧開煙鬟。卻淇自古北流水，跳波下瀨鳴玦環。
願公談笑作石埭，坐使城郭生溪灣。

十月十五日，抵登州任。以鰒魚寄滕元發[67]，作〈鰒魚行〉：

漸臺人散長弓射，初啖鰒魚人未識。西陵衰老繐帳空，肯向北河親饋食。兩雄[68]一律盜漢家，嗜好亦若肩相差。食每對之先太息，不因噎嘔緣瘡痂。中間霸據關梁隔，一枚何啻千金直。百年南北鮭菜通，往往殘餘飽臧獲。東隨海舶號倭螺，異方珍寶來更多。磨沙瀹瀋成大胾，剖蚌作脯分餘波。君不聞蓬萊閣下駝碁島，八月邊風備胡獠。舶船跋浪黿鼉震，長鑱鏟處崖谷倒。膳夫善治薦華堂，坐令雕俎生輝光。肉芝石耳不足數，醋芼魚皮真倚牆。中都貴人珍此味，糟浥油藏能遠致。割肥方厭萬錢厨，決眥可醒千日醉。三韓使者金鼎來，方奩饋送煩輿臺。遼東太守遠自獻，臨菑掾吏誰為材。吾生東歸收一斛，包苴未肯鑽華屋。分送羹材作眼明，却取細書防老讀。

67. 滕元發（一〇二〇庚申—一〇九〇），原名甫，字達道。浙江東陽人。是范仲淹表弟。性豪爽，與東坡善。

68. 「兩雄」指董卓與曹操，都因偏頭風而好吃「鰒魚」。

又，《廣志》：「鰒無鱗有殼，一面附石，細孔雜雜，或七或九。北齊顏之推云：「即『石決明』。內旁一年一孔，至十二孔而止，以合歲數。登州所出，其味珍絕。光武時張步據青徐，遣使詣闕上書獻鰒魚，即此。《本草》：「鰒魚治青盲、失精。」又名「千里光」。

十月二十日，奉召還朝任禮部郎中。登「蓬萊閣」。時已歲晚，不復見海市，禱於海神之廟。明日見之，作〈海市詩并敘〉：

予聞登州海市舊矣！父老云：「常出於春夏，今歲晚，不復見矣！」予到官五日而去，以不見為恨。禱於海神廣德王之廟，明日見焉。乃作此詩：

東方雲海空復空，羣仙出沒空明中。蕩搖浮世生萬象。豈有貝闕藏珠宮。
心知所見皆幻影，敢以耳目煩神工。歲寒水冷天地閉，為我起蟄鞭魚龍。
重樓翠阜出霜曉，異事驚倒百歲翁。人間所得容力取，世外無物誰為雄。
率然有請不我拒，信我人厄非天窮。潮陽太守南遷歸，喜見石廩堆祝融。

自言正直動山鬼，豈知造物哀龍鍾。伸眉一笑豈易得，神之報汝亦已豐。
斜陽萬里孤鳥沒，但見碧海磨青銅。新詩綺語亦安用，相與變滅隨東風。

王文誥曰：「此詩石刻大字本後，題元豐八年十月晦日眉山蘇軾書。則其見而作詩，當在前數日。」

十一月二日，作詩〈留別登州舉人〉：

身世相忘久自知，此行閒看古黃腄。自非北海孔文舉，誰識東萊太史慈。
落筆已吞雲夢客，抱寒欲訪水仙師。莫嫌五日怱怱守，歸去先傳樂職詩。

遂離登州返京。在登州任僅五日，停留十七日。

十一月，道出青社，李定來迎，翌日為盛會，極其款洽。東坡云：「青州資深相見極歡。」

李定（一〇二〇庚申—一〇八七）。王文誥發為感慨云：「方定鞫獄時，力欲置公於死，逮後廢黜以及此日復召，流離遷播，喘息未定，而發難者已歡笑而承迎之。何也？蓋小人所以必勝君子者，正以皆工此數之故。而君子之終不能與小人爭者，往往為氣節廉恥所誤，向見笑啼交作，而墨池雪嶺者多矣，可勝慨哉！」

在青州，米芾專人書至。回信說：

人至，辱書累幅，承孝履無恙，甚慰。某自登赴都，已達青州。衰病之餘，乃始入鬧。憂畏而已。復思東坡相從之適，何可復得。人事百冗，裁謝極草草，為千萬節哀自重。

十一月七日，作〈書吳道子畫後〉：

智者創物，能者述焉，非一人而成也。君子之於學，百工之於技，自三代歷漢至唐而備矣！故詩至於杜子美，文至於韓退之，書至於顏魯公，畫至於吳道子，而古今之變，天下之能事畢矣！道子畫人物，如以燈取影，逆來順往，旁見側出，橫斜平直，各相乘除，得自然之數，不差毫末。出新意於法度之中，寄妙理於豪放之外[69]，所謂游刃餘地，運斤成風，蓋古今一人而已！余於他畫或不能必其主名，至於道子，望而知其真偽也！然世罕有真者如史全叔所藏，平生蓋一、二見而已。

元豐八年十一月七日書

過濟南，經鄆州，轉南都，回京師。

十二月初，抵京師，出任禮部郎中。

十二月十五日，再遷起居舍人。著七品服。子由回京任左司諫。

十二月十九日，五十歲生辰。無記事。

宋哲宗元祐元年丙寅（一〇八六）五十一歲。

69.「出新意於法度之中，寄妙理於豪放之外。」為東坡名言。

正月八日，招王藩[70]晚飲，作詩，此為回朝後第一次飲酒。〈正月八日招王子高飲〉：

屋雪號風苦戰貧，紙窗迎日稍知春。正如蒼蔔林中坐，更對芙蓉城裏人。

昨想玉堂空冷徹，誰分銀榼送清醇。海山知有東南角，正看歸鴻作小顰。

始見黃庭堅。山谷於去年底由德平監鎮召入朝為史官。

三月，遷中書舍人。

四月，王安石卒，六十六歲（一〇二一辛酉—一〇八六）。

八月二十二日，與王鞏、子由觀黃庭堅詩，有題：

讀魯直詩，如見魯仲連、李太白，不敢復論鄙事。雖若不適用，然不為無補於世。元祐元年八月二十二日與定國子由同觀。

八月底，遷翰林學士、知制誥。

九月一日，司馬光卒，六十八歲（一〇一九己未—一〇八六）。

十二月十九日，五十一歲生辰。無記事。

十二月底，朋黨之爭再起。

元祐二年丁卯（一〇八七）五十二歲。

二月十七日，作謝山谷饋「雙井茶」。〈魯直以詩餽雙井茶次韻為謝〉：

江夏無雙種奇茗，汝陰六一[71]詩新書。磨成不敢付僮僕，自看湯雪生璣珠。

列仙之儒瘠不腴，只有病渴同相如。明年我欲東南去，畫舫何妨宿太湖。

四月十九日，與傅堯俞、孫覺聯名，薦布衣陳師道[72]。

六月末，集於王詵「西園」，但無酒食之事。

70. 王迥字子高，東坡為改名蘧字子開。東坡在徐州時曾為王迥作〈芙蓉城〉詩，第四句即言之。有弟適字子立，東坡嫁以子由女，元祐四年卒，三十五歲。東坡為作〈墓誌銘〉。

71. 「六一」指歐陽修，曾極誇「雙井茶」。黃山谷故鄉在江西雙井，出茶。

72. 陳師道（一〇五三癸巳—一一〇一），字履常，一字無己，號後山居士，彭城（今江蘇徐州）人。時年三十五歲。

計有東坡、王詵、蔡天啟、李端叔、子由、黃山谷、李伯時、晁无咎、張耒、鄭靖老、秦少游、陳碧虛、米元章、王仲至、圓通大師、劉巨濟等十六人。米元章所謂「自東坡而下凡十有六人，以文章、議論、博學、辨識、英辭、妙墨、好古、多聞、雄豪、絕俗之資，高深羽流之傑，卓然高致，名動四夷。後之覽者，不獨圖畫之可觀，亦足彷彿其人耳！」另有王詵家妓二人，童子四人。見米芾〈西園雅集圖記〉。

八月一日，兼侍讀。

十一月底，舉黃庭堅自代。

十二月十九日，五十二歲生辰。無記事。

十二月二十六日，患「目昏」。有記：

前日與歐陽叔弼、晁無咎、張文潛同在戒壇，余病目昏，將以熱水洗之。文潛曰：「目忌點洗。目有病當存之，齒有病當勞之。不可同也。」又記魯直語云：

「眼惡剔決，齒便漱潔。治目當如治民，治齒當如治軍。治民當如曹參之治齊，治軍當如商鞅之治秦。」頗有理，故追錄之。

又有文云：

余患赤目，或言不可食膾。余欲聽之，而口不可。曰：「我與子為口，彼與子為眼。彼何厚？我何薄？以彼患而廢我食，不可！」子瞻不能決。口謂眼曰：「他日我痁，汝視物吾不禁也。」管仲有言：「畏威如疾，民之上也。從懷如流，民之下也。」又曰：「燕安酖毒，不可懷也。」禮曰：「君子莊敬日強，安肆日偷。」此語乃當書諸紳。故余以「畏威如疾」為私記云。

蓋借題發揮也！

元祐三年戊辰（一〇八八）五十三歲。

正月二十一日，奉命擔任權知禮部貢舉。任黃庭堅、晁補之、張耒、李公麟等十五人為「參詳」、「點檢試卷」等官，同入試院。

二月三日，試禮部進士。時大雪，為寬禁制。

三月六日，榜出。章援為省元。殿試，李常寧狀元，五百零八人及第。

四月，因被攻擊不已，連上箚以疾乞郡。太后慰之。

四月四日，召對。太后告以：神宗歎賞奇才而未及進用。

八月五日，作〈苦樂說〉：

樂事可慕，苦事可畏，此是未至時心耳。及苦樂既至，以身履之，求畏慕者，初不可得，況既過之後，復有何物！比之尋聲、捕影、繫風、趁夢此四者，猶有彷彿也。如此推究，不免是病。且以此病對治彼病，彼此相磨，安得樂處！當以至理語君，今則不可。

元祐三年八月五日書

九月二十八日，作〈大還丹訣〉：

凡物皆有英華，軼於形器之外，為人所喜者皆其華也。形自若也，而不見可喜，其華亡也。顧凡作而為聲，發而為光，流而為味，蓄而為力，浮而為膏者，皆其華也。吾有了然常知者，存乎其內而不物於物，則此六華[73]者皆處於此，又安得不赴其類而歸其根乎！吾方養之以至靜，守之以至虛，則火自煉之，水自伏之，升降開闔，彼自有數。日月既至，自變自成，吾預知可也。《易》曰：「精氣為物，遊魂為變。」〈傳〉曰：「用物精多，則魂魄強。」《禮》曰：「體魄則降，志氣在上。人不為是，道則了然。」常知者，生為志氣死為魂，神而升於天。此六華者，生為體為精，死為魄為鬼，而降於地。其知是道者，魂魄和，行氣一。其至者，至騎箕尾而為列星。敬之，信之，密之，行之，守之，終之。　元祐三年九月二十八日書

以備受攻訐，引疾乞外。

十月七日賜御膳。再因讒謗引疾乞外。不允。

十月十七日，臥病逾月。請郡不許。

十二月七日，退朝，微雪，與子由飲王鞏「清虛堂」。此為回朝第二次飲酒。

十二月十九日，五十三歲誕辰，無記事。

元祐四年己巳（一〇八九）五十四歲。

二月，三上章乞越州。

73. 聲、光、味、力、膏、花，所稱「六華」。

三月十六日，出知杭州。

四月十五日，以賜馬贈李廌[74]，作〈馬券〉：

> 元祐元年，予初入玉堂，蒙恩賜玉鼻騂。今年初守杭州，復沾此賜。東南力乘肩輿，得一馬足矣！而李方叔未有馬，故以贈之。又恐方叔別獲嘉馬，不免賣此，故為書公據。
>
> 元祐四年四月十五日

又，山谷有〈跋東坡所作馬券〉：

> 翰林蘇子瞻所得天廄馬，其所從來甚寵，加以妙墨作券，此馬價應十倍。方叔豆羹常不繼，將不能有此馬，御以如富貴之家，輒曰：「非良馬也！」故不售。夫天廄雖饒馬，其知名絕足亦時有之爾，豈可求賜馬盡良也！或又責方叔受翰林公之惠，當乘之往來田間，安用汲汲索錢。此又不識痒痛者，從旁論砭，疽爾甚窮亦難忍哉。使有義士能捐二十萬并券與馬取之，不惟解方叔之倒懸，亦足以豪矣！眾不可，蓋遇人中磊磊者，試以予書示之。

四月二十一日，既朝辭，往別文彥博[75]。將行，彥博以作詩弗興為勸。

張耒《明道雜志》：「公出守錢塘，來別潞公。公曰：『願君至杭少作詩，恐為不相喜者誣謗。』再三言之。臨別上馬，笑曰：『若還興也，但有箋云。』時有吳處厚者，取蔡安州[76]詩作注，蔡安州遂遇禍。故有箋云之戲。」

——《說郛》卷四三下引

74. 李廌（一〇五九己亥—一一〇九），字方叔，華州（陝西華縣）人。東坡極愛其才，元祐三年知貢舉時，方叔竟落第，遂絕意科舉。蘇門六君子之一。

75. 文彥博（一〇〇六丙午—一〇九七），字寬夫，出將入相，凡五十年。時年八十五歲。

76. 蔡確（一〇三七丁丑—一〇九三），字持正，泉州人，助王安石變法，位至宰相。受弟貪瀆案牽連，被貶安州，又轉鄧州，又因〈車蓋亭〉詩遭吳處厚注為詩語涉譏訕朝廷，再被追貶英州別駕、新州安置。後卒於貶所。

在朝三年又三個月，僅有兩次飲酒紀錄。

以下為赴杭州途中行程。

五月，至南都謁張方平。留月餘。

六月，陳師道自徐州請假來見。渡淮，至山陽訪徐積。

至潤州，沈括迎謁甚恭。蓋閒廢在潤，潤又在杭州轄下。東坡更厭薄其人。

米芾以詩謁，又追餞於舟中。〈與米元章書〉：77

某以疾請郡，遂得餘杭，寵榮過分，方深愧恐，重辱新詩為送，詞韻高雅，行色增光，感服不言也。昨日遠凡追餞，此意之厚，如何可忘，冒熱還城，且喜尊體佳勝，佳篇辱和，以不作詩，無由攀和。

至湖州，與張仲謀等六人會合，作〈定風波〉詞：

余昔與張子野、劉孝叔、李公擇、陳令舉、楊公素會於吳興，時子野作六客詞，其卒章「盡道賢人聚吳分，試問。也應旁有老人星。」凡十五年，再過吳興，而五人者皆已亡矣！時張仲謀與曹子方、劉景文、蘇伯固、張秉道為坐客，仲謀請作後六客詞。

月滿苕溪照夜堂。五星一老鬬光芒。十五年間真夢裏，何事？長庚對月獨凄涼。

綠鬢蒼顏同一醉，還是六人，吟笑水雲鄉。賓主談鋒誰得似？

看取，曹劉今對兩蘇張。

始見東坡「同一醉」語！

七月三日，至杭州任，途程約兩個月又半。

八月二十六日，游西湖，雨中同莫君陳[78]飲湖上，有詩〈與莫同年雨中飲湖上〉：

到處相逢是偶然，夢中相對各華顛。還來一醉西湖雨，不見跳珠十五年。

有「還來一醉」語。

77. 米元章所作詩，王文誥未錄，今亦不見於《寶晉英光集》中。

78. 莫君陳字和中，歸安人。從胡瑗學。東坡同年進士。

重九，和蘇堅[79]〈點絳脣〉：

我輩情鍾，古來誰似龍山宴。而今楚甸，戲馬餘飛觀。
顧謂佳人，不覺秋強半。簫聲遠，鬢雲撩亂，愁入參差雁。

十月十八日，與王箴夜飲。有〈贈王箴元直〉：

夜與王元直飲酒，掇薺菜食之，甚美。頗憶蜀中「巢菜」，悵然久之。

元祐四年十月十八日

未說「薺菜」如何食之。

十一月二十八日，寒疾請假，與王箴夜坐記事。〈贈王元直〉：

元祐四年十一月二十八日，既雨微雪，予以寒疾在告，危坐至夜，與王元直飲薑蜜酒一杯，醺然徑醉，親執鎗匕作薺青蝦羹，食之甚美。他日歸鄉，勿忘此味也！

不知「薺青蝦羹」是當地食法或東坡自創？

十一月二十九日，與仲夫既、王元直、秦少章會食。有記：

予在東坡，嘗親執鎗匕煮魚羹以設客，客未嘗不稱善。意窮約中易為口腹耳。今出守錢塘，厭水陸之品，今日偶與仲夫既、王元直、秦少章會食，復作此味，客皆云：「此羹超然有高韻，非世俗庖人所能彷彿。」歲暮寡欲，聚散難常。當時作此以發一笑也！

元祐四年十一月二十九日

——《東坡志林》

寒疾而飲「薑蜜酒」，豈可去寒？在黃州東坡曾自煮「魚羹」，此時重作，回憶「窮約中易為口腹」之時。

十二月十九日，五十四歲生日，無記事。

十二月末，章援先來謁，後又專人遠餽鵝肉，適元勛、杜介來訪，共饗之。〈與章

79. 蘇堅字伯固。時任杭州監稅。二子蘇庠養直、祖可，俱列名江西詩派。

致平書〉：「遠煩從者貺鵝肉，極濟所乏，遂與安國、幾先同饗。」

第二次「鵝肉」記事，前在密州時曾有。章援係章惇之子，與弟章持同為元祐三年進士，章援且為禮部第一。此時或派官赴任途中先謁東坡，到任後更致鵝肉。

元祐五年庚午（一〇九〇）五十五歲。

正月，仍在假。施「聖散子」。明年有文記之：

此方主疾，功効非一。去春杭州民病，得此藥全活者不可勝數。

〈寄潘丙彥明書〉：

久不奉書，切惟起居佳勝。老拙凡百如舊，出守舊治，頗得湖山之樂，但歲災傷，拯救勞弊，無復齊安放懷自得之娛也！彥明與故人諸公頗見念否？何時會合？臨紙悯悯。新春萬萬自重。

在黃州，有「放懷自得」之樂！

二月上旬，病癒，寒疾月餘。有〈臨江仙　疾愈登望湖樓贈項長官〉詞：

多病休文都瘦損，不堪金帶垂腰。望湖樓上暗香飄。
和風春弄袖，明月夜聞簫。
酒醒夢回清漏永，隱牀無限更潮。佳人不見董嬌嬈。
徘徊花上月，空度可憐宵。

二月二十七日，過陳伯修[80]使君夜飲。又恢復能飲。

五月，築西湖長堤八百八十丈，以通南北，有九亭。堤成，旅人皆便之。遂名「蘇

80. 陳師錫（一〇五七丁酉—一一二五），字伯修。建陽人。時知唐州。

公堤」。

九月九日，作〈點絳唇　庚午重九再用前韻〉：

不用悲秋，今年身健還高宴。江村海甸，總作空花觀。
尚想橫汾，蘭菊紛相半。樓船遠、白雲飛亂。空有年年雁。

十月四日，與劉季孫、何去非[81]游湖上。

何去非為何薳（一〇七七丁巳—一一四五）之父。何薳，字子遠、子楚，於其著作《春渚紀聞》卷六〈裕陵睠賢士〉條記此事：「先生臨錢塘郡日，先君以武學博士出為徐州學官，待次姑蘇。公遣舟邀取至郡，留款數日，約同劉景文泛舟西湖。酒酣，顧視湖山，意頗歡適。且語及先君被遇裕陵之初，而歎今日之除似是左遷。久之復謂景文曰：『如某，今日餘生，亦皆裕陵[82]之賜也。』」

十二月十九日，五十五歲誕辰。無記事。

元祐六年辛未（一〇九一）五十六歲。

正月十五日，作〈浣溪沙　次劉季孫韻游伽藍院寄袁轂〉詞：

雪頷霜髯不自驚，更將翦綵發春榮。羞顏未醉已先赬。

莫唱黃雞并白髮，且呼張友喚殷兄。有人歸去欲卿卿。

〈聞錢道士與越守穆父飲酒送二壺〉：

龍根[83]為脯玉為漿，下界寒醅亦漫嘗。一紙鵝經逸少醉，他年鵬賦謫仙狂。

81. 劉季孫（一〇三三癸酉—一〇九二），字景文，時為杭州兵馬都監；東坡有〈乞賻贈劉季孫狀〉，可知劉卒於元祐七年五月，六十歲。何去非，生卒年不詳，字正通，浦城（福建浦城）人，極受東坡賞識。

82. 神宗陵寢稱「永裕陵」。

83. 「龍根」，或指松根，即茯苓。

金丹自足留衰鬢，苦淚何須點別腸。吳越舊邦遺澤在，定應符竹付諸郎。

錢道士名自然，號通教大師。與錢穆父同為五代吳越國之裔，故第七句提「吳越」。

二月二十八日，以翰林學士承旨召還。連上三狀辭新職。

三月，作〈西江月　真覺賞瑞香〉：

公子眼花亂發，老夫鼻觀先通。領巾飄下瑞香風。驚起謫仙春夢。
后土祠中玉蕊，蓬萊殿後鞓紅。此花清絕更纖穠。把酒何人心動。

〈西江月　坐客見和復次韻〉：

小院朱欄幾曲，重城畫鼓三通。更看微月轉光風。歸去香雲入夢。

翠袖爭浮大白，皂羅半插斜紅。燈花零落酒花穠，妙語一時飛動。

〈再用前韻戲曹子方。坐客云：「瑞香為紫丁香」。遂以此曲辯證之〉：

怪此花枝怨泣，託君詩句名通。憑將草木記吳風。繼取相如雲夢。
點筆袖沾醉墨，謗花面有慚紅。知君却是為情穠。怕見此花撩動。

聞道雙銜鳳帶，不妨單著鮫綃。夜香知與阿誰燒，悵望水沉煙裊。
雲鬢風前綠卷，玉顏醉裡紅潮。莫教空度可憐宵，月與佳人共撩。

和劉季孫西湖席上并答馬瑊詩。馬又作〈木蘭花令〉詞送別。

南宋王明清（一一二七丁未—一二〇二）《玉照新志》載：

東坡知杭州，馬中玉瑊為浙漕。東坡被召赴闕，中玉席間作詞曰：
來時吳會猶殘暑，去日武林春已暮。欲知遺愛感人深，灑淚多於江上雨。
歡情未舉眉先聚，別酒多斟君莫訴。從今寧忍看西湖，抬眼盡成腸斷處。

東坡作〈次馬中玉韻〉回應：

知君仙骨無寒暑，千載相逢猶旦暮。故將別語惱佳人，要看梨花枝上雨。
落花已逐迴風去，花本無心鶯自訴。明朝歸路下塘西，不見鶯啼花落處。

三月六日，往別南北山諸道人，遂行。在杭州任一年又八個月。

自下塘進發，繞道湖州。十一日至德清，十八日泊吳江，二十日至蘇州。四月抵潤州。再經揚州、高郵，五月至南都。

五月十九日，上章乞戍邊，二十日離南都。

五月二十六日，到京師，行程八十天。

因兄弟同朝，子由又為執政之一，黨爭再起。

七月六日，上章論朋黨之患。再乞郡。自召還，凡九上章請郡。

八月八日，出知潁州，在朝四個月又十天。子由留任尚書右丞。

八月十五日，與甥柳閎飲酒論李、韓詩〈書李韓詩〉：

元祐六年八月十五日，與柳展如飲酒一杯便醉，作字數紙，書李太白詩云：「與我鳥跡書，飄然落巖間，其字乃上古，讀之了不閒。」戲謂柳甥：「李白尚氣，乃自招不識字，可一大笑！不如韓愈倔強云：『我寧屈曲自世間，安能隨汝嘲神仙』也！」

春

八月二十二日，到潁州任。代陸佃[84]。

八月二十四日，遊西湖，聞歌者唱〈木蘭花令〉詞，則歐陽修所作。和韻：〈玉樓春 次歐公西湖韻〉：

霜餘已失長淮闊，空聽潺潺清瀨咽。佳人猶唱醉翁詞，四十三年如電抹。
草頭秋露流珠滑，三五盈盈還二八。與予同是識翁人，惟有西湖波底月。

84. 陸佃（一〇四二壬午——一一〇二）字農師，號陶山。陸游祖父。

歐公原作：

西湖南北煙波闊，風裏絲簧聲韻咽。舞餘裙帶綠雙垂，酒入香腮紅一抹。
杯深不覺瑠璃滑，貪看六么花十八。明朝車馬各西東，惆悵畫橋風與月。

十月十四日，因病請假。獨酌藥玉滑盞。〈十月十四日以病在告獨酌〉：

翠柏不知秋，空庭失搖落。幽人得佳蔭，露坐方獨酌。
月華稍澄穆，露氣尤清薄。小兒亦何知，相語翁正樂。
銅鑪燒栢子，石鼎煮山藥。一杯賞月露，萬象紛酬酢。
此生獨何幸，風纜欣初泊。誓逃顏跖網，行赴喬松約。
莫嫌風有待，謾欲戲寥廓。泠然心境空，彷彿來笙鶴。

〈獨酌試藥玉滑盞，有懷諸君子。明日望夜，月庭佳景不可失。作詩招之〉：

鎔鉛煮白石，作玉真自欺。琢削為酒杯，規模定州瓷。

荷心雖淺狹，鏡面良渺瀰。持此壽佳客，到手不容辭。
曹侯天下平，定國豈其師。一飲至數石，溫克頗似之。
風流越王孫，詩酒屢出奇。喜我有此客，玉杯不徒施。
請君詰歐陽，問疾來何遲。呼兒掃月榭，扶病及良時。

十二月四日，飲西湖。

改趙令時字為德麟，作〈字說〉。令時餽安定郡王酒，名曰「洞庭春色」，以詩謝〈洞庭春色并引〉：

安定郡王以黃柑釀酒，謂之洞庭春色。色香味三絕。以餉其猶子德麟。德麟以飲予，為此詩。醉後信筆，頗有沓拖風氣：

二年洞庭秋，香霧長噀手。今年洞庭春，玉色疑非酒。
賢王文字飲，醉筆蛟蛇走。既醉念君醒，遠餉為我壽。
瓶開香浮座，盞凸光照牖。方傾安仁醽，莫遣公遠齅。
要當立名字，未可問升斗。應呼釣詩鈎，亦號掃愁帚。
君知蒲萄惡，止是嫫姆黝。須君灩海杯，澆我談天口。

並作〈洞庭春色賦并引〉：

安定郡王以黃柑釀酒，名之曰洞庭春色。其猶子德麟得之以餉余。戲作賦曰：

吾聞橘中之樂，不減商山。豈霜餘之不食，而四老人者游戲於其間？悟此世之泡幻，藏千里於一斑。舉棗葉之有餘，納芥子其何艱。宜賢王之達觀，寄逸想於人寰。嫋嫋兮春風，泛天宇兮清閒。吹洞庭之白浪，漲北渚之蒼灣。

攜佳人而往游，勒霧鬢與風鬟，命黃頭之千奴，卷震澤而與俱還。糅以二米之禾，藉以三脊之菅。忽雲蒸而冰解，旋珠零而涕潸。翠勺銀罌，紫絡青綸。隨屬車之鴟夷，款木門之銅鐶。分帝觴之餘瀝，幸公子之破慳。我洗盞而起嘗，散腰足之痺頑。盡三江於一吸，吞魚龍之神姦。醉夢紛紜，始如髦蠻。鼓巴山之桂楫，扣林屋之瓊關。臥松風之瑟縮，揭春溜之淙潺。追范蠡於渺茫，弔夫差之惸鰥。屬此觴於西子，洗亡國之愁顏。驚羅襪之塵飛，失舞袖之弓彎。覺而賦之，以授公子曰：

烏乎噫嘻！吾言夸矣！公子其為我刪之。

十二月八日，聞張方平[85]訃，舉哀作祭文。自稱「門生」。

十二月十九日，五十六歲誕辰。劉季孫寄古畫松鶴並詩為壽，和韻〈生日蒙劉景文以古畫松鶴為壽，且貺嘉篇，次韻為謝〉：

問予一室間，寧有千里廓。塵心洗長松，遠意發孤鶴。
生朝得此壽，死籍疑可落。微言在參同，妙契藏九籥。
故人有奇趣，逸想寄幽壑。霜枝謝寒暑，雲翮無前却。
何須構明堂，未羨巢阿閣。緬懷別時語，復作數日惡。
詩腴固堪餐，字瘦還可愕。高標忽在眼，清夢了如昨。
君今噲等伍，志與湛輩各。豈待相顧言，方為不朽託。
子雲老執戟，長孺終主爵。吾當追喬松，子亦鄙衛霍。

元祐七年壬申（一〇九二）五十七歲。

85. 張方平（一〇〇七丁未—一〇九一），字安道，號樂全居士，卒於十二月二日。

正月立春後作〈次韻趙德麟雪中惜梅且餉柑酒[86]三首〉：

千花未分出梅餘，遣雪摧殘計已疏。臥聞點滴如秋雨，知是東風為掃除。
閬苑千葩映玉宸，人間衹有此花新。飛霙要欲先桃李，散作千林火迫春。
蹀躞嬌黃不受鞿，東風暗與色香歸。偶逢白墮[87]爭春手，遣入王孫玉斝飛。

正月二十五日，招趙令畤飲堂前梅花下，作〈減字木蘭花〉：

春庭月午，搖落春醪光欲舞。步轉回廊，半落梅花婉婉香。
輕風薄霧，都是少年行樂處。不似秋光，只與離人照斷腸。

趙令畤《侯鯖錄》：

元祐七年正月，東坡在汝陰，州堂前梅花大開。王夫人曰：「春月色勝如秋月色，秋月色令人悽慘，春月色令人和悅。何如召趙德麟輩來飲此花下。」先生大喜曰：「吾不知子能詩耶？此真詩家語耳！」遂相召與飲，用是語作此詞。

王夫人即繼配王閏之。真知心者！

二月五日後，調知揚州，在潁州五個月又十三天。趙令時餞飲湖上。作〈滿江紅〉詞懷子由：

清潁東流愁目斷，孤帆明滅。宦遊處、青山白浪，萬重千疊。辜負當年林下意，對床夜雨聽蕭瑟，恨此生長向別離中，添華髮。

一樽酒，黃河側。無限事，從頭說。相看恍如昨。許多年月，衣上舊痕餘苦淚。眉間喜氣添黃色。便與君，池上覓殘春，花如雪。

遂自潁州下淮水赴揚州。

三月三日，與迨、過遊塗山、荊山，作「記所見詩」。過濠、壽、楚、泗間，親訪

86.「柑酒」，是以黃柑釀酒，即前所稱「洞庭春色」。

87.北魏河東人劉白墮善釀酒，味香美使人久醉，朝士千里相饋，號「鶴觴」，亦名「騎驢酒」。

民疾苦，而有「苛政猛於虎」之感受。

三月十二日，抵泗州，祈雨於「大聖普照王之塔」。晁補之通判揚州，以詩來迎。潮州知州王滌專使來求〈韓文公廟碑〉。早發淮上，有詩〈淮上早發〉：

澹月傾雲曉角哀，小風吹水碧鱗開。此生定向江湖老，默數淮中十往來。

過山陽，徐積來謁。[88]

三月十六日，到揚州，途程約一月有半。到任不久，即罷「萬花會」。有「以樂害民」說：

揚州芍藥為天下冠。蔡繁卿為守，始作「萬花會」，用花十餘萬枝，既殘諸園，又吏因緣為姦。民大病之。余始至，問民疾苦，以此為首。遂罷之。「萬花」本洛陽故事，亦必為民害也，會當有罷之者。錢惟演為留守，始置驛貢洛花，識者鄙之，此宮妾愛君之意也。蔡君謨始加法造小團茶貢之。富彥國歎曰：「君謨乃為此耶！」[89]

四月晦，有賞芍藥櫻桃花詞，〈浣溪沙　揚州賞芍藥櫻桃〉：

芍藥櫻桃兩鬬新，名園高會送芳辰。洛陽初夏廣陵春。

紅玉半開菩薩面，丹砂穠點柳枝脣。尊前還有個中人。

五月，米芾將赴雍丘，來謁。為會，以賮其行。趙令畤《侯鯖錄》：

東坡在維陽設客，十餘人皆一時名士。米元章在焉。酒半，元章忽起立云：「少事白吾丈：世人皆以芾為顛。願質之。」坡云：「吾從眾。」坐客皆笑！

六月，子由出任門下侍郎。

88. 徐積（一〇二八戊辰—一一〇三），字仲車，山陽人。當時名士。東坡赴登州、杭州時皆見之。

89. 錢惟演（九七七丁丑—一〇三四），字希聖；蔡襄（一〇一二壬子—一〇六七），字君謨；富弼（一〇〇四甲辰—一〇八三），字彥國。

七月，開始「和」陶淵明〈飲酒〉詩。

八月初，以兵部尚書召還朝。

九月二日，離揚州回京，在揚州半年。過都梁，杜輿求種松法。有〈予少年頗知種松，手植數萬株，皆中樑柱矣。都梁山中，見杜輿秀才，求學其法。戲贈二首〉：

露宿泥行草棘中，十年春雨養鬅龍。如今尺五城南杜，欲問東坡學種松。
君方掃雪收松子，我已開榛得茯苓。為問何如插楊柳，明年飛絮作浮萍。

經宿州靈壁鎮。

九月九日，到南都，過張方平樂全堂，為文祭之。

九月中，回朝，到兵部尚書任，兼侍讀。

十一月二十二日，上箚乞越州。

十一月二十六日，遷端明殿學士兼翰林侍讀學士、守禮部尚書。（此為東坡平生最得意之時。）

十二月十九日，五十七歲誕辰。無記事。

元祐八年癸酉（一〇九三）五十八歲。

五月，又遭彈劾涉訕謗。以高太后庇護，得無事。

六月，乞越州。

八月一日，繼配王閏之卒，四十六歲（一〇四八戊子—一〇九三）。

八月末，出知定州，罷禮部尚書（最得意之時僅二百四十天）。

九月三日，高太后崩。哲宗親政，朝局丕變。

九月二十六日，將赴定州，以李之儀[90]掌機宜。

留詩別子由〈東府雨中別子由〉：

庭下梧桐樹，三年三見汝。前年適汝陰，見汝鳴秋雨。
去年秋雨時，我自廣陵歸。今年中山去，白首歸無期。
客去莫歎息，主人亦是客。對牀定悠悠，夜雨空蕭瑟。

---

90. 李之儀（一〇三八戊寅—一一一七），字端叔，號姑溪居士，山東無棣人。有名詞家，以一闋〈卜算子〉聞名：「我住長江頭，君住長江尾。日日思君不見君，共飲長江水。 此水幾時休，此恨何時已。只願君心似我心，不負相思意。」

起折梧桐枝，贈汝千里行。重來知健否，莫忘此時情。

九月二十七日，出都門。朝士供帳[91]甚盛。

至雍丘，米芾來迎，為留一日。

十月，過相州。至真定。長子蘇邁來，從赴定州。

十月二十三日，到定州任，途程二十七天。

十一月底，作〈石芝詩并引〉：

予昔夢食石芝，作詩記之。今乃真得石芝於海上。子由和前詩見寄。予頃在京師，有鑿井得如小兒手以獻者，臂指皆具，膚理若生。予聞之隱者曰：「此肉芝也」。與子由烹而食之。追記其事，復次前韻：

土中一掌嬰兒新，爪指良是肌骨勻。見之怖走誰敢食，天賜我爾不及賓。

旌陽遠游同一許，長史玉斧皆門戶。我家韋布三百年，衹有陰功不知數。

跪陳八簋加六瑚，化人視之真塊蘇。肉芝烹熟石芝老，笑唾熊掌嚬雕胡。

老蠶作繭何時脫，夢想至人空激烈。古來大藥不可求，真契當如磁石鐵。

十二月初，作〈中山松醪賦〉（詳見三二七頁）。

《王直方詩話》：「東坡在定武，作〈中山松醪賦〉，有云：『道從此而入海，渺翻天之雲濤。』蓋自惠州而遷昌化。人以為語讖。」

十二月十九日，五十八歲誕辰。無記事。

元祐九年甲戌（一〇九四）五十九歲。

三月二十六日，子由謫守汝州。

四月十二日，改元「紹聖元年」。

四月二十日，作〈雪浪齋銘并引〉：

91. 「供帳」指朝中同僚為餞行所搭設帳席。

予於中山後圃得黑石白脉，如蜀孫位、孫知微所畫石間奔流，盡水之變。又得白石曲陽，為大盆以盛之，激水其上，名其室曰「雪浪齋」云：

盡水之變蜀兩孫，與不傳者歸九原。異哉駮石雪浪翻，石中乃有此理存。玉井芙蓉丈八盆，伏流飛空漱其根。東坡作銘豈多言，四月辛酉紹聖元。

末句以紀元月日成句，是東坡首創。又，南宋初有《雪浪齋日記》，前人多誤以為東坡作，蓋因東坡有此銘。實則為曾氏所著詩話。92

閏四月三日，落職知英州，在定州任只七個月又三日，約二百一十三天。赴英州途中，至真定，又降官。由左朝奉郎為左朝義郎。至湯陰，得「豌豆大麥粥」，作詩示三兒子：

朔野方赤地，河壖但黃塵。秋霖暗豆漆，夏旱臞麥人。

逆旅唱晨粥，行庖得時珍。青班照匕箸，脆響鳴牙齦。

玉食謝故吏，風餐便逐臣。漂零竟何適，浩蕩寄此身。
爭勸加餐食，實無負吏民。何當萬里客，歸及三年新。

在湯陰，奉旨：「合敘復日不得與敘」。
閏四月十四日，抵滑州，乞汴、泗舟行。
閏四月十五日至滑州治韋城。渡河。
在陳留道中，米芾自雍丘專使來迎。
至汝州，探子由，子由分俸使邁移家就食宜興。與子由別，遂行。還至陳留，得旨准舟行。
過雍丘，米芾扶疾出見，遂別去。在南都留一日。
五月，至汴上，與晁說之飲別，酒酣，自歌「古陽關」。

92. 詳參拙著「《雪浪齋日記》考論」，收入《兩宋詩詞文綜論稿》，臺北：臺灣大學出版中心，二〇一八年十一月。

陸游《老學庵筆記》：「世言東坡不能歌，故所作樂府多不協律。晁以道謂：『紹聖初與東坡別於汴上，東坡酒酣，自歌陽關曲。』則公非不能歌，但豪放不喜剪裁以就聲律耳。試取東坡諸詞歌之，曲終，覺天風海雨逼人。」

過泗州。抵山陽，徐積來弔。東坡求贈言。徐積曰：

自古皆有功，獨稱大禹之功。自古皆有才，獨稱周公之才。以其有德以將之，故爾。

東坡敬佩之。次日，徐積專使又至。言贈心送兼具。

過高郵、揚州，遣邁歸宜興。張耒自潤州遣二兵衛東坡行。泊儀真。

六月七日，泊舟金陵。發當塗，舟行熱甚。至慈湖夾，阻風。

六月二十五日，抵當塗縣。再改責建昌軍司馬、惠州安置。乃使迨以家從邁居，獨挈過與朝雲赴江州。

七月，至湖口，達九江，與蘇堅泣別，作〈歸朝歡〉詞：

我夢扁舟浮震澤，雪浪搖空千頃白。覺來滿眼是廬山，倚天無數開青壁。此生長接淅，與君同是江南客。夢中遊覺來清賞，同作飛梭擲。明日西風還挂席，唱我新詞淚沾臆。靈均去後楚山空，澧陽蘭芷無顏色。君才如夢得，武陵更在西南極。竹枝詞莫搖新唱，誰謂古今隔。

過廬山，自南康赴都昌縣。

八月，夜泊「分風浦」。發運司遣五百人來奪舟。東坡禱於「順濟王」，願達旦至星。江風斗作，抵吳城山，再禱於廟，向午已達豫章，遂易舟而行。過豐城。泊廬陵。三責寧遠軍節度副使、惠州安置。

八月七日，上「惶恐灘」有詩〈八月七日初入贛過惶恐灘〉：

七千里外二毛人，十八灘頭一葉身。山憶喜歡勞遠夢，地名惶恐泣孤臣。長風送客添帆腹，積雨浮舟減石鱗。便合與官充水手，此生何止略知津。*

*自注：「蜀道有錯喜歡鋪，在大散關上。」

抵虔州，登「鬱孤臺」。有詩：

八境見圖畫，鬱孤如舊游。山為翠浪湧，水作玉虹流。
日麗崆峒曉，風酣章貢秋。丹青未變葉，鱗甲欲生洲。
嵐氣昏城樹，灘聲入市樓。煙雲侵嶺路，草木半炎州。
故國千峰外，高臺十日留。他年三宿處，準擬繫歸舟。

九月，渡大庾嶺。有詩〈過大庾嶺〉：

一念失垢汙，身心洞清淨。浩然天地間，惟我獨也正。
今日嶺上行，身世永相忘。仙人拊我頂，結髮受長生。

遂自南雄下始興。過韶石，入曹溪，至南華寺，禮大鑒塔。十二日過英州，下湞陽峽，遇吳復古。過清遠峽，舟行至清遠縣，見顧秀才，極言惠州風物之美。抵廣州，與知州章楶會。留六、七日。

九月二十八日，游羅浮山，訪道士鄧守安，還坐「遺履軒」，望麻姑峰，方飲酒，會進士許毅來游，呼與飲。（至此始有「飲酒」記事。）

十月二日，到惠州，途程半年。有〈十月二日初到惠州〉詩：

彷彿曾遊豈夢中，欣然雞犬識新豐。吏民驚怪坐何事，父老相攜迎此翁。

蘇武豈知還漠北，管寧自欲老遼東。嶺南萬戶皆春色＊，會有幽人客寓公。

＊自注：「嶺南萬戶酒。」

初到惠州，寓居「合江樓」。有〈寓居合江樓〉詩：

海上葱曨氣佳哉，二江合處朱樓開。蓬萊方丈應不遠，肯為蘇子浮江來。

江風初涼睡正美，樓上啼鴉呼我起。我今身世兩相違，西流白日東流水。

樓中老人日清新，天上豈有癡仙人。三山咫尺不歸去，一杯付與羅浮春＊。

＊自注：「予家釀酒名羅浮春。」東坡初到惠州即自釀酒。

十月十三日，與侯晉叔、渾汲游「大雲寺」，野飲松下，設松黃湯。作〈浣溪沙〉：

紹聖元年十月十三日，與程鄉令侯晉叔、歸安簿譚汲遊大雲寺，野飲松下，設松黃湯。作此闋。余近釀酒名萬家春[93]，蓋嶺南萬戶酒也：

羅襪空飛洛浦塵，錦袍不見謫仙神。攜壺藉草亦天真。
玉粉輕黃千歲藥，雪花浮動萬家春。醉歸江路野梅新。

十月十八日，遷居「嘉祐寺」。

十月二十日，作〈思無邪齋贊〉：

飲食之精，草木之華。集我丹田，我丹所家。我丹伊何？鉛汞丹砂。客主相守，如巢養鶵。培以戊己，耕以赤蛇。化以丙丁，滋以河車。乃根乃株，乃實乃華。晝煉於日，赫然丹霞。夜浴於月，皓然素葩。金丹自成，曰思無邪。此贊信筆直書，不加點定。殆是天成，非以意造也。

十月二十六日，得「桂酒」方於海上，釀成而玉色，作〈桂酒頌〉（詳見三四二頁），又作〈新釀桂酒〉：

擣香篩辣入瓶盆，盎盎春谿帶雨渾。收拾小山藏社甕，招呼明月到芳樽。
酒材已遣門生致，菜把仍叨地主恩。爛煮葵羹斟桂醑，風流可惜在蠻村。

〈惠守詹君[94]見和復次韻〉：

已破誰能惜甑盆，頹然醉裏得全渾。欲求公瑾一囷米，試滿莊生五石樽。
三杯卯困忘家事，萬戶春濃感國恩。刺史不須邀半道，藍輿未暇走山村。

自嘉祐寺縱步松風亭下，休於路隅，作〈記游松風亭〉：

93.「萬家春」，東坡自取所釀酒名。

94.惠州知州詹範，字器之，崇安人，嘉祐八年進士。紹聖中知惠州。時兵荒之後，野多暴骨。範為掩埋作叢塚。蘇軾作詩以紀其政。靖康中官於汴，逃歸行在所。高宗曰：「卿，忠臣也！」

余嘗寓居惠州「嘉祐寺」，縱步「松風亭」下，足力疲乏，思欲就林止息。望亭宇尚在木末，意謂「是如何得到」？良久，忽曰：「此間有什麼歇不得處？」由是如挂鈎之魚，忽得解脫。若人悟此，雖兵陣相接，鼓聲如雷霆，進則死敵，退則死法，當什麼時也！不妨熟歇！95

〈詹守攜酒見過用前韻作詩聊復和之〉：

箕踞狂歌老瓦盆，燎毛燔肉似羌渾。傳呼草市來攜客，洒埽漁磯共置樽。
山下黃童爭看舞，江干白骨已銜恩。孤雲落日西南望，長羨歸鴉自識村。

詹守或在東坡十二月十九日五十九歲生日時攜酒來訪。

有〈寄子由書〉：

惠州市肆寥落，日殺一羊，不敢與在官者爭，買時囑屠買其脊骨，骨間亦有微肉，熟煮漉出，隨意用酒薄點鹽炙，微焦食之，終日摘剔牙綮間，如蟹螯逸味。率三五日一餔。吾子由三年堂庖，所飽芻豢，滅齒而不得骨，豈復知此味乎！

東坡初在杭州時，曾言「平生嗜羊炙」。此亦是「羊炙」也。

紹聖二年乙亥（一〇九五）六十歲。

正月二日。有〈寄鄧道士并序〉：

羅浮山有野人，相傳葛稚川之隸也。鄧道士守安，山中有道者也。嘗於庵前見其足迹長二尺許。紹聖二年正月二日，予偶讀韋蘇州〈寄全椒山中道士詩，乃以酒一壺，依蘇州韻作詩寄之〉云：

今朝郡齋冷，忽念山中客。澗底束荊薪，歸來煮白石。
遙持一樽酒，遠慰風雨夕。落葉滿空山，何處尋行迹。
一杯羅浮春，遠餉採薇客。遙知獨酌罷，醉臥松下石。
幽人不可見，清嘯聞月夕。聊戲庵中人，空飛本無迹。

95. 個人一九九七年一月十一日曾於《聯合報》副刊發表〈此間有什麼歇不得處—東坡的豁達心境〉。其後收入拙著《東坡的心靈世界》（臺北：學生書局，二〇〇二年十月），而二十年後，乃有中學教材編者選之。

正月十三日，作〈書東皋子傳後〉。（詳見三五五頁）既釀以飲客，復為藥以施病者。

正月十五日，詹範移廚傳過，既去，賈道士來索酒。〈上元夜〉：

前年侍玉輦，端門萬枝燈。璧月挂罘罳，珠星綴觚稜。
去年中山府，老病亦宵興。牙旗穿夜市，鐵馬響春冰。
今年江海上，雲房寄山僧。亦復舉膏火，松間見層層。
散策桄榔林，林疏月鬅鬙。使君置酒罷，簫鼓轉松陵。
狂生＊來索酒，一舉輒數升。浩歌出門去，我亦歸瞢騰。

＊自注：狂生，賈道人也。

正月十六日，譚文初[96]送酒至，書以寄之。

正月二十四日，與過等游「羅浮道院」，飲「棲禪寺」。有詩和蘇過作。〈正月二十四日，與兒子過、賴仙芝、玉原秀才、僧曇穎、行全道士何宗一同游羅浮道院及栖禪精舍。過作詩，和其韻寄邁、迨〉：

斷橋隔勝踐，脫屨欣小憩。瘴花已繁紅，官柳猶疏細。
斜川二三子，悼歎吾年逝。淒涼羅浮館，風壁頹雨砌。
黃冠常苦饑，迎客羞破袂。仙山在何許，歸鶴時墮毳。
崎嶇拾松黃，欲救齒髮弊。坐令禪客笑，一夢等千歲。
栖禪晚置酒，鑾果粲蕉荔。齋厨釜無羹，野餉籃有蕙。
嬉遊趁時節，俯仰了此世。猶當洗業障，更作臨水禊。
寄書陽羨兒，并語長頭弟。門戶各努力，先期畢租稅。

二月，與許毅野飲湖上。

二月十一日，東坡居士飲醉食飽，默坐「思無邪齋」，兀然如睡，既覺，寫淵明詩

96. 譚掞字文初，曲江人，生平略見《廣東通志》卷四十四。時在梅州。東坡《金剛經跋尾》：「譚君文初，以念親故示入諸相，取黃金屑書《金剛經》，以四句偈悟入本心，灌流諸根，六塵清淨。方此之時，不見有經，而況其字字不可見何者為金。我觀譚君孝慈忠信，內行純備，以是眾善莊嚴。此經色相之外，炳然煥發，諸世間眼不具正見，使此經法缺陷不全，是故我說應如是見。東坡居士說是法已，復還其經。」

一首示兒子過。

二月十九日，攜白酒鱸魚過詹範，食槐葉冷淘[97]，作詩。〈二月十九日，攜白酒鱸魚過詹使君，食槐葉冷淘〉：

枇杷已熟粲金珠，桑落初嘗灩玉蛆。暫借垂蓮十分琖，一澆空腹五車書。
青浮卵盌槐芽餅，紅點冰槃藿葉魚。醉飽高眠真事業，此生有味在三餘[98]。

作〈答陸道士（惟中）書〉：

軾啟：別來歲月乃爾許也！涉世不已，再罹憂患，但知自哂耳！感君不遺手書，殷勤如此。且審道體安休，喜慰之極！

惠州凡百不惡，杜門養痾，所念君棄家求道二十餘年，不見異人，當得異書。見許今春相訪，果然能踐言。何喜如之！

舊過廬山，見蜀道士馬希言，似有所知，今為何在？曾與之言否？黃君高人與世相忘者，如軾與舍弟，何足以致，若得一見子由，譬錯其所未至。則軾可以受賜。願因足下致懇，當可得否？韓朴主事多從傳同年遊，近傳得漢東漕幕，遂帶得來此否？因見亦道意。羅浮有一鄧道士名守安，專靜有守，皆世外良友。世外之道，金丹為上，儀隣次之，服食草木又次之，胎息三住為本，殆無出此者。嵇中散曰：「守之以一，養之以和。和理日濟，同乎大順。然後承以靈芝，潤以醴泉，晞以朝陽，綏以五絃。不用其他。」舉以中散為師矣！

適飲桂酒一杯，醺然徑醉，作書奉答，真不勒字數矣！桂酒乃仙方也，釀桂而成，盎然玉色，非人間物也！足下端為此酒一來，有何不可！但恐足下拘戒籙不飲，道家少飲，和神，非破戒也。餘惟善愛。

得陳慥書，作書止其來惠：

軾啟：惠兵還，辱得季常手書累幅，審知近日尊候安勝，擇、括等三鳳毛皆安，為學日益，喜慰無量！

軾罪大責薄，聖恩不貲，知幸念咎之外，了無絲毫掛心，置之不足復道也。自當塗聞命，便遣骨肉還陽羨，獨與幼子過及老雲并二老婢共吾過嶺，到惠將半年，風

---

97. 冷淘，即如今之「涼麵」。

98. 《三國志．魏志》：「董遇三餘：冬者歲之餘，夜者日之餘，陰雨者時之餘。」

土食物不惡，吏民相待甚厚。孔子云：「雖蠻貊之邦行矣！」豈欺我哉！

自數年來，頗知內外丹要處，冒昧厚祿，負荷重寄，決無成理。自失官後，便覺三山跬步，雲漢咫尺，此未易遽言也。所以云云者，欲季常安心家居，勿輕出入。老劣不煩過慮，決須幅巾草屨，相從於林下也！亦莫遣人來，彼此鬚髯如戟，莫作兒女態也！

在定日作〈松醪賦〉一首，今寫寄擇等，庶以發後生妙思，著鞭一躍，當撞破烟樓也！長子邁作吏，頗有父風，二子作詩騷殊勝，咄咄皆有跨竈之興。想季常讀此，捧腹絕倒也！

今日遊白水佛跡山，山上布水三十仞，雷輥電散，未易名狀。大略如項羽破章邯時也。自山中歸來，燈下裁答，信筆而書，紙盡乃已。託郡中作皮筒送去，想黃人見軾書必不沈墜也。子由在筠極安，處此者與軾無異也。書云：「老軀極健，度去死遠在。」讀之三復，喜可知也！吾儕但斷却少年時無狀一事，誠是，然他未及。子由見人說顏，狀如四十歲，人信此事，不辜負人也！不宣。軾再拜。

表兄程之才（字正輔）將到廣州。將以新釀饗之。有信：

老兄近日酒量如何？弟終日把盞，積計不過五銀盞耳。然近得一釀法絕奇，色香味皆疑於官法矣！使旆來此有期，當預醞也。向在中山創作松醪，有一賦，閒錄呈以發一笑。

三月七日，程之才到視，相得極歡，前嫌盡釋。

三月八日，程之才餽遺甚厚。

三月十三日，書〈桂酒頌〉後云：

僕眼五十後頗昏，今復瞭然，天意復令見子由與平生故人耶？

三月十七日，病酒，十八日追餞程之才，有書云：

某別時飲過，數日病酒，昏昏如夢也。寄去二詩以發一笑！

三月十九日，遷「合江樓」。

四月八日，鄧守安至，為書〈養生論〉：

東坡居士以桑榆之末景，憂患之餘生，而後學道，雖為達者所笑，然猶賢乎已也！以嵇叔夜〈養生論〉頗中予病，故手寫數本，其一以贈羅浮鄧道師。紹聖二年四月八日書。

四月十一日，初食荔枝，作詩〈四月十一日初食荔枝〉：

南村諸楊北村盧＊，白花青葉冬不枯。垂黃綴紫烟雨裏，特與荔枝為先驅。
海山仙人絳羅襦，紅紗中單白玉膚。不須更待妃子笑，風骨自是傾城姝。
不知天工有意無。遣此尤物生海隅。雲山得伴松檜老，霜雪自困樝梨粗。
先生洗盞酌桂醑，冰盤薦此赬虯珠。似開江鰩斫玉柱。更洗河豚烹腹腴。
我生涉世本為口，一官久已輕蓴鱸。人間何者非夢幻，南來萬里真良圖。

＊自注：謂楊梅盧橘。

東坡自注云：「予嘗謂荔枝味厚、高格兩絕，果中無比，惟江珧柱、河豚魚近之耳。」又曰：「僕嘗問荔枝何所似？」或曰：『荔枝似龍眼』。客皆笑其陋，寔無所似也。僕曰：『荔枝似江珧柱。』應者皆憮然，僕亦不辨。此可謂善於比類者。若魏文帝、庾信之蒲萄，乃至謬耳。」

五月四日，作詞贈朝雲〈殢人嬌　贈朝雲〉：

白髮蒼顏，正是維摩境界，空方丈、散花何礙。朱脣箸點，更髻鬟生采。
這些箇，千生萬生只在。
好事心腸，著人情態。閒窗下、斂雲凝黛。明朝端午，學紉蘭為佩。
尋一首好詩，要書裙帶。

東坡與張耒書：「某清靜獨居，一年有半爾，已猒之方，思以奉傳。」

東坡所稱「維摩境界」，南宋家炫翁〈題摩利支天像下方〉文後半可參：「以空相求，面壁內觀，閉戶作活，即維摩境界。認摩利支天久久混融，心心契合，一朝大悟，方知上下四方與菩薩俱。瞻之在前，何隱乎爾！」

五月十五日，造「真一酒」。〈真一酒歌并引〉：

布算以步五星，不如仰觀之捷。吹律以求中聲，不如耳齊之審。鉛汞以為藥策，易以候火，不如天造之真也。是故神宅空樂，出虛蹋踘者以氣升，孰能推是類以求天造之藥乎？於此有物，其名曰「真一」，遠遊先生方治此道，不飲不食，而飲此酒食此藥居此堂。予亦竊其一二，故作真一之歌：

空中細莖插天芒，不生沮澤生陵岡。涉閱四氣更六陽，森然不受螟與蝗。飛龍御月作秋涼。蒼波改色屯雲黃。天旋雷動玉塵香。起搜十裂照坐光。跏趺牛噍安且詳。動搖天關出瓊漿。壬公飛空丁女藏。三伏遇井了不嘗。釀為真一和而莊。三杯儼如侍君王。湛然寂照非楚狂。終身不入無功鄉。

六月十二日，有詩〈六月十二日酒醒步月理髮而寢〉：

羽蟲見月爭旋翻，我亦散髮虛明軒。千梳冷快肌骨醒，風露氣入霜蓬根。起舞三人漫相屬，停杯一問終無言。曲肱薤簟有佳處，夢覺瓊樓空斷魂。

七月，痔作。〈與程正輔書〉：

比日履茲新涼，尊體何如？某一向苦痔疾，發歇未定，殊無聊也！道氣未勝，宿疾尚纏，想亦災數，或言冬深當出厄。儻爾時當勿藥乎？

因痔疾，休糧，作〈藥誦〉。（詳見三九一頁）

〈與程正輔書〉：

某舊苦痔疾，蓋二十一年矣。今忽大作，百藥不效，知不能為甚害，然痛楚無聊兩月餘，頗亦難當，遂欲以清淨勝之，則又未能，但擇其近似者：斷酒肉，斷鹽酪醬菜，凡有味物皆斷，又斷粳米飯，惟食淡麵一味，其間更食胡麻茯苓麨少許取飽，如此服食已多日，氣力不衰而痔漸退，久不退，轉輔以少氣術，其效殆未量也。既絕肉五味，只啖此麨，更不消別藥，百病自去。此長年之真訣，但易知而難行爾！

自稱「苦痔疾蓋二十一年矣」，則自熙寧七年（一〇七四）三十九歲時得疾。時在杭州通判任上。

八月一日，疾稍退，約程之才游羅浮。聞赦，論量移事。〈與程正輔書〉：「今日伏讀赦書，有責降官量移指揮。自惟無狀可該此恩命，庶幾復得生見嶺北江山矣！」又云：「赦後痴望量移稍北，不知可望否？兄聞眾意如何？有所聞，批示也。」可見東坡當時心境！

八月二十七日，書〈藏丹砂法〉寄子由。

九月五日〈題合江樓〉：

> 青天素月，固是人間一快，而或者乃云：「不如微雲點綴。」乃知居心不淨者，常欲滓穢太清。「合江樓」下秋碧浮空，光搖几席之上，而有茅苫廬屋七、八間，橫斜砌下；今歲大水再至，居人散避不暇，豈無寸土可遷而乃眷眷不去，常為人眼中沙乎？

重九，作〈江月五首并引〉：

> 嶺南氣候不常，吾嘗云：「菊花開時乃重陽，涼天佳月即中秋。」不須以日月為

斷也。今歲九月，殘暑方退，既望之後，月出愈遲，然予嘗夜起登「合江樓」，或與客遊豐湖，入栖禪寺，叩羅浮道院，登逍遥堂。逮曉乃歸。杜子美云：「四更山吐月，殘夜水明樓。」此殆古今絕唱也！因其句作五首，仍以「殘夜水明樓」為韻：

一更山吐月，玉塔臥微瀾。正似西湖上，涌金門外看。
冰輪橫海闊，香霧入樓寒。停鞭且莫上，照我一杯殘。

二更山吐月，幽人方獨夜。可憐人與月，夜夜江樓下。
風枝夕未停，露草不可藉。歸來掩關臥，唧唧蟲夜話。

三更山吐月，栖鳥亦驚起。起尋夢中游，清絕正如此。
驅雲掃眾宿，俯仰迷空水。幸可飲我牛，不須違洗耳。

四更山吐月，皎皎為誰明。幽人赴我約，坐待玉繩橫。
野橋多斷板，山寺有微行。今夕定何夕，夢中游化城。

> 五更山吐月，窗迥室幽幽。玉鈎還挂戶，江練却明樓。
> 星河澹欲曉，鼓角冷知秋。不眠翻五詠，清切變蠻謳。

東坡稱「四更山吐月，殘夜水明樓。」此殆古今絕唱也！曾撰文申說。[99]

十月底，過天慶觀，飲酒，與許毅遇，一杯而別。〈書天慶觀壁〉：

> 東坡飲酒此室。進士許毅甫自五羊來，邂逅，一杯而別。

十一月初，聞有詔：「元祐臣僚獨不赦，且終身不徙。」作書與程之才：

> 某睹近事，已絕北歸之望。然中心甚安之，未話妙理達觀，但譬如元是惠州秀才，累舉不第，有何不可？知之免憂！

十一月九日。有詩〈十一月九日，夜夢與人論神仙道術，因作一詩八句，既覺，頗記其語。錄呈子由弟。後四句不甚明了，今足成之耳〉：

析塵妙質本來空，＊更積微陽一綫功。照夜一燈長耿耿，閉門千息自濛濛。
養成丹竈無煙火，點盡人間有暈銅。寄語山神停伎倆，不聞不見我何窮。

＊自注：夢中於此句若了然有所得者。

痔疾復作。

〈與程正輔書〉：

老弟凡百如昨，但痔疾不免時作，自至杜門，凡事皆廢，但曉夕默作小乘定，雖非至道，亦且休息！

章楶送酒，書至而酒不達，有詩〈章楶送酒六壺，書至而酒不達。戲作小詩問之〉：

99. 撰〈蘇軾與「古今絕唱」〉申説東坡此五首詩之作意。收入拙著《兩宋詩詞文綜論稿》，臺北：臺大出版社，二〇一八年十一月。

白衣送酒舞淵明，急掃風軒洗破觥。豈意青州六從事，化為烏有一先生。
空煩左手持新蟹，漫繞東籬齅落英。南海使君今北海，定分百榼餉春耕。

《後山叢談》云：「東坡居惠州，廣守月餽酒六壺。吏嘗缺而亡之，坡以詩謝。」章楶時知廣州。

十二月十九，六十誕辰。蘇過有〈大人生日〉詩云：

陰功若以物假人，酬而不酢非所聞。丙吉於公德在民，皇天有善初無親。
自我高曾逮公身，奕世載德一於仁。遇苦即救志劬辛，豈擇富貴與賤貧。
久推是心誠而均，可貫白日照蒼旻。譬如農夫耘耔勤，自有豐年獲千囷。
公何屢困蠅與蚊，身雖厄窮道益信。天不俾之爵祿新，琢磨功行真人鄰。
直言便觸天子嗔，萬里遠謫海南濱。朝夕導引存吾神，兩儀入腹如車輪。
羅浮至今餘怪珍，稚川藥竈隱荊榛。飛騰澗谷不可馴，有道或肯來相賓。

區區功名安足云，幸此不為世俗薰。丹砂儻結道力純，泠然御風歸峨岷。

子由以石鼎為壽，作銘。〈石鼎銘并敘〉：

張安道以遺子由，子由以為軾生日之餽。銘曰：
石在《洛書》，蓋隸從革。矢砮醫砭，皆金之職。
有堅而忍，為釜為鬲。居焚不炎，允有三德。

作〈雨後行菜圃〉詩：

夢回聞雨聲，喜我菜甲長。平明江路溼，並岸飛兩槳。
天公真富有，乳膏瀉黃壤。霜根一蕃滋，風葉漸俯仰。
未任筐筥載，已作杯盤想。艱難生理窄，一味敢專饗。
小摘飯山僧，清安寄真賞。芥藍如菌蕈，脆美牙頰響。
白菘類羔豚，冒土出蹯掌。誰能視火候，小竈當自養。

又有〈小圃五詠〉——

「人參」：

上黨天下脊，遼東真井底。玄泉傾海腴，白露灑天醴。
靈苗此孕毓，肩股或具體。移根到羅浮，越水灌清泚。
地殊風雨隔，臭味終祖禰。青椏綴紫萼，圓實墮紅米。
窮年生意足，黃土手自啟。上藥無炮炙，齕齧盡根柢。
開心定魂魄，憂恚何足洗。糜身輔吾生，既食首重稽。

「地黃」：

地黃飼老馬，可使光鑒人。吾聞樂天語，喻馬施之身。
我衰正伏櫪，垂耳氣不振。移栽附沃壤，蕃茂爭新春。
沈水得稚根，重湯養陳薪。投以東阿清，和以北海醇。
崖蜜助甘冷，山薑發芳辛。融為寒食餳，嚥作瑞露珍。

丹田自宿火，渴肺還生津。願餉內熱子，一洗胸中塵。

「枸杞」：

神藥不自閟，羅生滿山澤。日有牛羊憂，歲有野火厄。
越俗不好事，過眼等茨棘。青蕈春自長，絳珠爛莫摘。
短籬護新植，紫筍生卧節。根莖與花實，收拾無棄物。
大將玄吾鬢，小則餉我客。似聞朱明洞，中有千歲質。
靈龎或夜吠，可見不可索。仙人倘許我，借杖扶衰疾。

「甘菊」：

越山春始寒，霜菊晚愈好。朝來出細粟，稍覺芳歲老。
孤根蔭長松，獨秀無眾草。晨光雖照耀，秋雨半摧倒。
先生卧不出，黃葉紛可掃。無人送酒壺，空腹嚼珠寶。
香風入牙頰，楚些發天藻。新蕈蔚已滿，宿根寒不槁。

揚揚弄芳蝶，生死何足道。頗訝昌黎公，恨爾生不早。

「薏苡」：

伏波飯薏苡，禦瘴傳神良。能除五溪毒，不救讒言傷。
讒言風雨過，瘴癘久亦亡。兩俱不足治，但愛草木長。
草木各有宜，珍產駢南荒。絳囊懸荔支，雪粉剖桄榔。
不謂蓬荻姿，中有藥與糧。春為芡珠圓，炊作菰米香。
子美拾橡栗，黃精誑空腸。今吾獨何者，玉粒照座光。

可見東坡對菜圃中所種藥材之熟悉及其心境。

十二月底，獨自出遊，有詩〈殘臘獨出二首〉：

幽尋本無事，獨往意自長。釣魚豐樂橋，采杞逍遙堂。
羅浮春欲動，雪日有清光。處處野梅開，家家臘酒香。
路逢眇道士，疑是左元放。我欲從之語，恐復化為羊。

〈豐樂橋〉：

江邊有微行，詰曲背城市。平湖春草合，步到棲禪寺。
堂空不見人，老稚掩關睡。所營在一飽，食已寧復事。
客來豈無得，施子淨掃地。松風獨不靜，送我作鼓吹。

又有詩〈和貧士七首之六　余遷惠州一年衣食漸窘〉：

老詹[100]亦白髮，相對垂霜蓬。賦詩殊有味，涉世非所工。
杖藜山谷間，狀類渤海龔。半道要我飲，意與王弘同。
有酒我自至，不須遣龐通。門生與兒子，杖屨聊相從。

100. 老詹者，惠州知州詹範。

紹聖三年丙子（一〇九六）六十一歲。

正月五日，與法舟夜坐，談「不二法」。〈記與舟師夜坐〉：

紹聖三年正月五日，與成都舟闍黎夜坐，飢甚，家人煮雞腸菜羹，甚美。緣是與舟談「不二法」，舟請記之。

「雞腸菜羹」，不知如何煮。

作〈新年五首〉：

曉雨暗人日，春愁連上元。水生挑菜渚，烟溼落梅村。
小市人歸盡，孤舟鶴踏翻。猶堪慰寂寞，漁火亂黃昏。

北渚集羣鷺，新年何所之。盡歸喬木寺，分占結巢枝。
生物會有役，謀身各及時。何當禁畢弋，看引雪衣兒。

海國空自暖，春山無限清。冰谿紛瘴雨，雪菌到江城。

更待輕雷發，先催凍筍生。豐湖有藤菜，似可敵蓴羹。
小邑浮橋外，青山石岸東。茶槍燒後有，麥浪水前空。
萬戶不禁酒，三年真識翁。結茅來此住，歲晚有無同。
荔子幾時熟，花頭今已繁，探春先揀樹，買夏欲論園。
居士常攜客，參軍許叩門。明年更有味，懷抱帶諸孫。

三月六日，記曇潁說「黃連法」：

丙子寒食，寶積長老曇穎言：「惠州澄海十五指揮使姚歡，守把阜民監，年八十餘，老於廣州，鬚髮不白，自言服黃連故不白。」

三月，得歸善縣後隙地數畝，將築室其上。規其地為「德有鄰堂」、「思無邪齋」，凡二十間。斲木陶瓦建新居。囊為一空。

四月二十日，復遷「嘉祐寺」。

造真一酒成，有記：

嶺南不禁酒。近得一釀法，乃是神授。只用白麵、糯米、清水三物，謂之「真一法酒」。釀成玉色，有自然香味。紹聖三年五月望日，敬造真一法酒成，請羅浮道士鄧守安拜奠北斗真君云云。

七月，屬翟東玉採「地黃」興寧。〈與翟東玉〉書云：

藥之膏油者，莫如地黃。啖老馬皆復為駒。吾晚學道，血氣衰耗如老馬矣！欲多食生地黃而不可常致。循州興寧令歐陽叔向於縣圃中多種此藥。君與叔向故人，可為致此意否？此藥以二八月採者良，欲烹為煎也。

作〈擷菜并引〉詩：

吾借王參軍地種菜，不及半畝，而吾與過子終年飽菜。夜半飲醉，無以解酒，輒擷菜煮之，味含土膏，氣飽風露，雖粱肉不能及也。人生須底物，而更貪耶！乃作四句：

秋來霜露滿東園，蘆菔生兒芥有孫。我與何曾同一飽，不知何苦食雞豚！

七月五日，朝雲卒，時年三十四歲（一〇六三癸卯—一〇九六）。

八月三日，用朝雲遺言，葬於豐湖棲禪寺東南松林中，寺僧建亭覆之，榜曰：「六如亭」。

〈悼朝雲詩并引〉：

紹聖元年十一月，戲作朝雲詩。三年七月五日，朝雲病亡於惠州，葬之栖禪寺松林中東南，直大聖塔。予既銘其墓，且和前詩以自解。朝雲始不識字，晚忽學書，粗有楷法，蓋嘗從泗上比丘尼義冲學佛，亦略聞大義。且死，誦《金剛經》四句偈而絕：

苗而不秀豈其天，不使童烏與我玄。駐景恨無千歲藥，贈行唯有小乘禪。

傷心一念償前債，彈指三生斷後緣。歸臥竹根無遠近，夜燈勤禮塔中仙。

九月九日，登「白鶴峰」，菊花未開，與鄰家強醉。作詩〈丙子重九二首〉：

三年瘴海上，越嶠真我家。登山作重九，蠻菊秋未花。
唯有黃茅根，堆壟生坳窊。蜒酒糵眾毒，酸甜如梨樝。
何以侑一罇，隣翁餽蛙蛇。亦復強取醉，歡謠雜悲嗟。
今年吁惡歲，僵僕如亂麻。此會我雖健，狂風卷朝霞。
使我如霜月，孤光挂天涯。西湖不欲往，墓樹號寒鴉。

窮塗不擇友，過眼如亂雲。餘子誰復數，坐閱兩使君。
共飲去年堂，俯看秋水紋。此水與此人，相追兩沄沄。
老去各休息，造物嗟長勤。佳哉此令節，不惜與子分。
何以娛我客，游魚在清濆。水師三百指，鐵網欲掩羣。
獲多雖一快，買放尤可欣。此樂真不朽，明年我歸耘。

十月，梅花開，作〈西江月〉詞：

玉骨那愁瘴霧，冰肌自有仙風。海仙時遣探芳叢，倒掛綠毛么鳳。
素面翻嫌粉涴，洗妝不褪脣紅。高情已逐曉雲空，不與梨花同夢。＊

＊自注：「惠州梅花上珍禽曰倒掛子，似綠毛鳳而小。」

此詞或謂悼朝雲而作。

十月，作〈海上道人傳以神守氣訣〉：

但向起時作，還於作處收。蛟龍莫放睡，雷雨直須休。要會無窮火，嘗觀未盡油。夜深人散後，惟有一燈留。

十二月八日，吳復古、陸惟中、翟逢亨、曇穎皆在座。試曇穎「骨董羹」。〈書陸道士詩〉：

土人好作盤游飯，脯鮓膾炙無不有，然皆埋之飯中。故里諺云：「掘得窖子」。羅浮穎老取凡飲食雜烹之，名「骨董羹」。坐客皆稱善。詩人陸道士遂出一聯云：「投醪骨董羹鍋內，掘窖盤游飯盌中。」東坡大喜，錄之以付江秀才收，為異時一笑！吳子野云：「此羹可以澆佛。」翟夫子無言，但噈唾而已。

「骨董羹」亦一妙法，有如東坡之「雪堂義樽」。

十二月十九日，誕辰。蘇過作〈大人生日〉詩：

疇昔東華典秘藏，於今晻曖水雲鄉。欲知萬里雷霆譴，要與三山咫尺望。

世上功名哪復記，動中仙籍已難量。仇池何用遣仙馭，香案仍歸侍玉皇。

窮寓三千瘴海濱，簞瓢陋巷與誰鄰。維摩示疾原非疾，原憲雖貧豈是貧。

紡嫗固嘗占異夢，肉芝還與獻畸人。世間出世何由並，一笑榮華等幻塵。

十二月二十五日，酒盡，取米欲釀，米亦竭。作〈和陶淵明歲暮和張常侍〉詩：

十二月二十五日，酒盡，取米欲釀，米亦竭。時吳遠游、陸道士客於余，因讀淵明「歲暮和張常侍」，亦以無酒為歎。乃用其韻贈二子：

我生有天祿，玄膺流玉泉。何事陶彭澤，乏酒每形言。

仙人與道士，自養豈在繁。但使荊棘除，不憂梨棗愆。

我年六十一，頹景薄西山。歲暮似有得，稍覺散亡還。

有如千丈松，常苦弱蔓纏。養我歲寒枝，會有解脫年。

米盡初不知，但怪饑鼠遷。二子真我客，不醉亦陶然。

酒盡又米竭，生活艱困可見。

十二月二十八日，與吳復古夜坐。作〈煨芋帖〉。

〈記惠州土芋〉：

岷山之下，凶年以蹲鴟為糧，不復疫癘。知此物之宜人也。《本草》謂芋「土芝」，云：「益氣充饑」。惠州富此物，然人食者不免瘴。吳遠游曰：「此非芋之罪也。芋當去皮，溼紙包煨之火，過熟乃噉之，則鬆而膩，乃能益氣充饑。今惠人皆和皮水煮，冷淡壓頑少味，其發瘴固宜。」丙子除夜前兩日，夜饑甚；遠遊煨芋兩枚見啖，美甚！乃為書此帖。

紹聖四年丁丑（一〇九七）六十二歲。

正月十九日，為吳復古作〈神守氣〉詩，〈海上道人傳以神守氣訣〉：

但向起時作，還於作處收。蛟龍莫放睡，雷雨直須休。

要會無窮火，嘗觀未盡油。夜深人散後，惟有一燈留。

二月，白鶴峰新居，古荔花繁，橘柑叢立。

二月十四日，新居落成，自「嘉祐寺」遷入。親友同過。蘇邁將挈諸孫萬里遠至，意頗欣然。

閏二月，蘇邁、蘇過攜孫男六人至惠州。

鄧守安夜過新居，作〈記授「真一酒」法〉：

予在白鶴新居，鄧道士忽叩門，時已三鼓，月色如霜。有攜斗酒丰神英發如呂洞賓者，曰：「子嘗真一酒乎？」就坐，各飲數杯，擊節高歌，袖出一書授余，乃「真一法」及「修養九事」。末云：「九霞仙人李靖書。」既別恍然。

作〈種茶〉詩：

松間旅生茶，已與松俱瘦。茨棘尚未容，蒙翳爭交構。
天公所遺棄，百歲仍穉幼。紫笋雖不長，孤根乃獨壽。

移栽白鶴嶺，土軟春雨後。彌旬得連陰，似許晚遂茂。
能忘流轉若，戢戢出鳥咮。未任供臼磨，且作資摘嗅。
千團輸大官，百餅衒私鬭。何如此一啜，有味出吾囿。

三月二十九日，作詩二首：

南嶺過雲開紫翠，北江飛雨送淒涼。酒醒夢回春盡日，閉門隱几坐燒香。
門外橘花猶的皪，牆頭荔子已斕斑。樹暗草深人靜處，卷簾欹枕臥看山。

四月十七日，知州方子容[101]親執詔書來弔：「責授瓊州別駕、昌化軍安置。」

東坡云：余在惠州，忽被命責儋耳。太守方子容自攜告身來且弔余曰：「此固前定，可無恨。吾妻沈素事僧伽謹甚，一夕夢和尚告別，沈問所往，答云：『當與蘇

101. 方子容，字南圭，莆田人。皇祐五年（一〇五三）進士。時繼詹範知惠州。

子瞻同往。後七十二日當有命。』今適七十二日矣！豈非前定乎？」余以為事之前定者不待夢而知，然余何人也，而和尚辱與同行，得非夙世有少緣契乎？

四月十九日，獨與三子蘇過離惠州，在惠州三年半。至廣州，與邁處置後事，兒孫皆江邊痛哭訣別。〈與王敏仲書〉：

某垂老投荒，無復生還之望。昨已與長子邁訣，已處置後事矣！今到海南，首當作棺，次便作墓。仍留手疏與諸子，死即葬於海外，庶幾延陵季子嬴博之義。父既可施之子，子獨不可施之父乎？生不挈家，死不扶柩，此亦東坡之家風也！此外燕坐寂照而已。所云：「途中邂逅」，意謂不如其已所欲言者，豈有過此者乎？故覼縷此紙以代面別。

又，到昌化軍後上謝表：

並鬼門而東騖，浮瘴海以南遷。生無還期，死有餘責。伏念臣頃緣際會，偶竊寵榮。曾無毫髮之能，而有丘山之罪。宜三黜而未已，跨萬里以獨來。恩重命輕，咎深責淺，此蓋伏遇皇帝陛下堯文炳煥，湯德寬仁，赫日月之照臨，廓天地之覆育。譬之蠕動，稍賜矜憐，俾就窮途，以安餘命。而臣孤老無託，瘴癘交攻，子孫痛哭於江邊，已為死別。魑魅逢迎於海上，寧許生還。念報德之何時，悼此心之未已。俯伏流涕，不知所云。

五月初一，抵梧州。子由貶雷州，尚在藤州。

五月十一日，與子由遇於藤州，就肆鬻湯餅共食。子由置箸嘆，東坡盡之，大笑而起。自此同臥起於水程山驛間二十餘日。

陸游《老學庵筆記》卷一載：「呂周輔言：東坡先生與黃門公南遷，相遇於梧、藤間，道旁有鬻湯餅者，共買食之。粗惡不可食，黃門置箸而歎，東坡已盡之矣！徐謂黃門曰：『九三郎！爾尚欲咀嚼耶？』大笑而起。秦少游聞之曰：『此先生飲酒但飲溼而已』」。

呂周輔，蜀人。其曾祖呂陶（一〇二七丁卯—一一〇四），曾仗義為東坡言。

又東坡岐亭五首有：「酸酒如虀湯，甜酒如蜜汁。三年黃州城，飲酒但飲溼。」

六月五日，同至雷州。雷守張逢、海康令陳諤接見郭外。

六月六日，遷入行館，移廚傳為會。

六月八日，離雷州，張逢專使津送。子由送行。

六月九日，抵徐聞。

六月十日夜，病痔呻吟，子由亦終夕不寐，誦陶詩勸兄止酒，乃和陶〈止酒詩〉贈別，次日訣別。

〈和陶止酒并引〉：

丁丑歲，余謫海南，子由亦貶雷州。五月十一日相遇於藤，同行至雷。六月十一日相別渡海。余時病痔呻吟，子由亦終夕不寐。因誦淵明詩勸余止酒。乃和元韻，因以贈別，庶幾真止矣。

時來與物逝，路窮非我止。與子各意行，同落百蠻裏。

蕭然兩別駕，各攜一稚子。子室有孟光，我室惟法喜。
相逢山谷間，一月同臥起。茫茫海南北，粗亦足生理。
勸我師淵明，力薄且為己。微痾坐杯酌，止酒則瘳矣。
望道雖未見，隱約見津涘。從今東坡室，不立杜康祀。

〈子由和〉：

少年無大過，臨老重復止。自言衰病根，恐在杯酒裏。
今年各南遷，百事付諸子。誰言瘴霧中，乃有相逢喜。
連牀聞動息，一夜再三起。泝流俯仰得，此病竟何理。
平生不尤人，未免亦求己。非酒猶止之，其餘真止矣。
飄然從孔公，乘桴南海涘。路逢安期生，一笑千萬祀。

東坡終難止酒也！明年三月，東坡在海南，即與符老秀才飲至醉！
六月十一日，與子由訣，遂渡海，途中兩個月又十三天。
達瓊州，至澄邁，發往昌化，作詩〈行瓊儋間，肩輿坐睡，夢中得句云：「千山動鱗甲，萬谷酣笙鐘。」覺而遇清風急雨。戲作此數句〉：

四州環一島，百洞蟠其中。我行西北隅，如度月半弓。
登高望中原，但見積水空。此生當安歸，四顧真途窮。
眇觀大瀛海，坐詠談天翁。茫茫太倉中，一米誰雌雄。
幽懷忽破散，永嘯來天風。千山動鱗甲，萬谷酣笙鐘。
安知非羣仙，鈞天宴未終。喜我歸有期，舉酒屬青童。
急雨豈無意，催詩走羣龍。夢雲忽變色，笑電亦改容。
應怪東坡老，顏衰語徒工。久矣此妙聲，不聞蓬萊宮。

又一首〈次前韻寄子由〉：

我少即多難，邅迴一生中。百年不易滿，寸寸彎強弓。
老矣復何言，榮辱今兩空。泥丸尚一路*，所向餘皆窮。
似聞崆峒西，仇池迎此翁。胡為適南海，復駕垂天雄。
下視九萬里，浩浩皆積風。回望古合州，屬此琉璃鍾。
離別何足道，我生豈有終。渡海十年歸，方鏡照兩童。

還鄉亦何有，暫假壺公龍。峨嵋向我笑，錦水為君容。
天人巧相勝，不獨數子工。指點昔遊處，蒿萊生故宮。

＊自注：古語云：「十方薄伽梵，一路涅槃門。」

又作〈儋耳山〉詩：

突兀隘空虛，他山總不如。君看道旁石，盡是補天餘。

王文誥云：其寄意深意矣！

七月二日，到昌化軍貶所。僦官屋數椽以居。作〈謝表〉，如前引（見二六六頁）。

七月十三日，〈記夜夢詩并引〉：

七月十三日，至儋州十餘日矣！澹然無一事。學道未至，靜極生愁，夜夢如此，不免以書自怡。

夜夢嬉游童子如，父師檢責驚走書。計功當畢春秋餘，今乃始及桓莊初。

怛然悸寤心不舒，起坐有如挂鈎魚。我生紛紛嬰百緣，氣固多習獨此偏。
棄書事君四十年，仕不顧留書繞纏。自視汝與丘孰賢，易韋三絕丘猶然。
如我當以犀革編。

作〈和陶連雨獨飲二首〉：

吾謫海南，盡賣酒器以供衣食，獨有一荷葉杯，工製美妙，留以自娛。乃和淵明〈連雨獨飲〉：

平生我與我，舉意輒自然。豈止磁石鍼，雖合猶有間。
此外一子由，出處同蹁躚。晚景最可惜，分飛海南天，
糾纏不吾欺，寧此憂患先。顧影一杯酒，誰謂無往還。
寄語海北人，今日為何年？醉裏有獨覺，夢中無雜言。
阿堵不解醉，誰歟此頹然。誤入無功鄉，掉臂嵇阮間。
飲中八仙人，與我俱得仙。淵明豈知道，醉語忽談天。
偶見此物真，遂超天地先。醉醒可還酒，此覺無所還。
清風洗徂暑，連雨催豐年。牀頭伯雅君，此子可與言。

八月，赴市糴米，乃知海南秔不足於食，俗以貿香為業，而田蕪不治，率以藷芋雜米作粥糜取飽。既為詩示張中，復和陶淵明〈勸農〉諸篇以告儋人。

聞子由瘦，自身亦客俎經旬無肉，又子由勸不讀書，遂無一事！

九月八日，夜雨騷然，念明日重九，輾轉不寐，起索酒。作〈黍麥說〉：

晉醉客云：「麥熟頭昂，黍熟頭低。黍麥皆熟，是以低昂。」此雖戲語，然古人造酒，理蓋如此。黍稻之出穗也，必直而仰，其熟也，必曲而俛，麥則反是。此陰陽之分也。北方之稻不足於陰，南方之麥不足於陽，故南方無嘉酒者，以麴麥雜陰氣也。又況如南海無麥而用米作麴耶？吾嘗在京師，載米百斛至錢塘以踏麴，是歲，官酒比京醞。而北方造酒皆用南米，故常有善酒。吾昔在高密，用土米作酒，皆無味。今在海南，取船上麵作麴，則酒亦絕佳，以此知其驗也！

舊題宋龐元英《談藪》：「王元景大醉，楊遵彥曰：『何大低昂？』元景曰：『黍熟頭低，麥熟頭昂。黍、麥俱有，所以低昂。』」

十月，立冬，風雨無虛日。官屋破漏，一夕三遷。作和陶〈怨詩楚調示龐主簿鄧治中〉：

當歡有餘樂，在戚亦頹然。淵明得此理，安處故有年。
嗟我與先生，所賦良奇偏。人間少宜適，惟有歸耘田。
我昔墮軒冕，毫釐真市廛。困來臥重裀，憂愧自不眠。
如今破茅屋，一夕或三遷。風雨睡不知，黃葉滿枕前。
寧當出怨句，慘慘如孤烟。但恨不早悟，猶推淵明賢。

十一月一日，記「海漆說」。與張中游城東南黎子雲家，水木幽茂，為醵錢作「載酒堂」。

黎子明出子於外，以羊酒送歸其家。〈書黎子明〉：

黎子明之子為繼母所讒，出數月。其父年高子幼，不給於耕。夫婦父子皆有悔意，而不能自還。予為買羊酒送歸其家。庶幾穎谷封人之意。

十二月，以和陶詩一百零九篇告子由，使作敘。

十二月十七日，夜坐達曉，寄子由詩。十九日，子由製敘。（東坡〈和陶詩〉在六十五歲五月時始完成。此先期屬子由敘，而子由敘於兄長生日時。）

子由〈子瞻和陶淵明詩引〉：

東坡先生謫居儋耳，寘家羅浮之下，獨與幼子過負擔度海，葺茅竹而居之。日啗藷芋，而華屋玉食之念，不存於胸中。平生無所嗜好，以圖史為園囿，文章為鼓吹。至是亦皆罷去，獨猶喜為詩，精深華妙，不見老人衰憊之氣。是時轍亦還海康，書來告曰：「古之詩人，有擬古之作矣，未有追和古人者也。追和古人，則始於吾，吾於詩人無所甚好，獨好淵明之詩。淵明作詩不多，然其詩質而實綺，癯而實腴，自曹、劉、鮑、謝、李、杜諸人，皆莫及也。吾前後和其詩凡一百有九篇，至其得意，自謂不甚愧淵明。今將集而併錄之，以遺後之君子，其為我志之。然吾於淵明，豈獨好其詩也哉！如其為人，實有感焉：淵明臨終，疏告儼等：『吾少而窮苦，每以家弊，東西游走，性剛才拙，與物多忤。自量為己，必貽俗患，黽勉辭世，使汝等幼而饑寒。』淵明此語蓋實錄也。吾真有此病而不早自知，平生出仕，以犯世患，此所以深愧淵明，欲以晚節師範其萬一也。」嗟乎！淵明不肯為五斗米一束帶見鄉里小兒，而子瞻出仕三十餘年，為獄吏所折困，終不能悛，以陷大難，乃欲以桑榆之末景，自託於淵明，其誰肯信之！雖然，子瞻之仕，其出處進退猶可考也，後之君子，其必有以處之矣！孔子曰：「述而不作，信而好古，竊比於我老彭。」孟子曰：「曾子、子思同道，區區之迹，蓋未足以論士也。」轍少而無師，子瞻既冠而學成，先君命轍師焉。子瞻嘗稱轍詩有古人之風，自以為不若也。然自其斥居東坡，其學日進，沛然如川之方至，其詩比李太白、杜子美有餘，遂與淵明比。轍雖馳驟從之，而常出其後，其和淵明，轍繼之者亦一二焉！

丁丑十二月海康城南東齋引

費袞《梁溪漫志．東坡改和陶集引》云：

東坡既和淵明詩，以寄潁濱，使為是引。潁濱屬稿寄坡，自欲以晚節師範其萬一也。其下云：「嗟夫！淵明隱居以求志，詠歌以忘老，誠古之達者，而才實拙，若夫子瞻，仕至從官，出長八州，事業見於當世，其剛信矣！而豈淵明之拙哉！孔子曰：述而不作，信而好古，竊比於我老彭。古之君子其取於人則然！」東坡命筆改云：「嗟乎！淵明不肯為五斗米一束帶見鄉里小兒，而子瞻出仕三十餘年，為獄吏所折困，終不能悛，以陷大難，乃欲以桑榆之末景，自托於淵明，其誰肯信之！雖然，子瞻之仕，其出處進退猶可考也，後之君子，其必有以處之矣！孔子曰：『述而不作，信而好古，竊比於我老彭。』孟子曰：『曾子、子思同道，區區之迹，盖未足以論士也。』」（卷四）

此文今人皆以為潁濱所作，而不知東坡有所筆削也！宣和間，六槐堂蔡康祖得此稿於潁濱第三子遜，因錄以示人，始有知者。

費袞自序《梁溪漫志》於南宋紹熙三年（一一九二）十二月二十日。其書第四卷全為東坡事蹟，有待梳理。

紹聖五年戊寅（元符元年）（一〇九八）六十三歲。

正月「立春」日，有〈減字木蘭花〉詞：

春牛春杖，無限春風來海上。便與春工，染得桃紅似肉紅。

春幡春勝，一陣春風吹酒醒。不似天涯，捲起楊花似雪花。

正月十五日，過張中飲，夜坐有感。作〈續養生論〉。

蘇邁寄書酒。

謫居海外，以無何有之鄉為家，作〈和陶淵明歸去來兮辭〉：

子瞻謫居昌化，追和〈淵明歸去來辭〉，蓋以無何有之鄉為家，雖在海外，未嘗不歸云爾：

歸去來兮，吾方南還安得歸。臥江海之澒洞，弔鼓角之悽悲。

迹泥蟠而愈深，時電往而莫追。懷西南之歸路，夢良是而覺非。

悟此生之何常，猶寒暑之異衣。豈襲裘而念葛，蓋得粗而喪微。

我歸甚易，匪馳匪奔。俯仰還家，下車闔門。

藩垣雖闕，堂室故存。挹我天醴，注之窪樽。

飲月露以洗心，餐朝霞而眩顏。混客主以為一，俾婦姑之相安。

知盜竊之何有，乃掊門而折關。廓圜鏡以外照，納萬象而中觀。

治廢井以晨汲，滃百泉之夜還。守靜極以自作，時爵躍而鯢桓。歸去來兮！請終老於斯游。我先人之弊廬，復舍此而焉求。均海南與漠北，挈往來而無憂。畸人告余以一言，非八卦與九疇。方饑須糧，已濟無舟。忽人牛之皆喪，但喬木與高丘。驚六用之無成，自一根之反流。望故家而求息，曷中道而三休。已矣乎！吾生有命歸有時，我初無行亦無留。駕言隨子聽所之，豈以師南華而廢從安期。謂湯稼之終枯，遂不溉而不耔。師淵明之雅放，和百篇之新詩。賦歸來之清引，我其後身蓋無疑。

三月三日，上巳，攜酒一瓢，出遊城南。有詩：〈海南人不作寒食，而以上巳上家。予攜一瓢酒，尋諸生[102]皆出矣，獨老符秀才在，因與飲至醉。符盖儋人之安貧守靜者也〉：

102. 所稱「諸生」，即黎、符兩家子弟。

老鴉銜肉紙飛灰，萬里家山安在哉。蒼耳林中太白過，鹿門山下德公回。
管寧投老終歸去，王式當年本不來。記取城南上巳日，木棉花落刺桐開。

張逢[103]餽酒，書謝，〈與張朝請五首〉之五：

新釀四壺，開嚐如宿昔，香味醇冽，有京洛之風。逐客何幸得此，但舉杯屬影而已！海錯亦珍絕，此雖島外，此人不收得之又一段奇事也！眷意之厚，感怍無已。

三月十五日，作〈眾妙堂記〉：

眉山道士張易簡教小學，常百人。予幼時亦與焉。居「天慶觀北極院」，予蓋從之三年。謫居海南，一日夢至其處，見張道士如平昔：汛治庭宇，若有所待者。曰：「老先生且至。」其徒有誦老子者曰：「玄之又玄，眾妙之門。」予曰：「妙一而已，容有眾乎？」道士笑曰：「一已陋矣，何妙之有？若審妙也，雖眾可也！」因指灑水薙艸者曰：「是各一妙也！」予復視之，則二人者手若風雨，而步中規矩，蓋煥然霧除，霍然雲消！予驚歎曰：「妙蓋至此乎！庖丁之理解，郢人之鼻斲，信矣！」二人者釋技而上曰：「子未睹真妙，庖、郢非其人也。是技與道相半，習與空相會，非無挾而徑造者也。子亦見夫蜩與雞乎？夫蜩登木而號，不知止也！夫雞俯首而啄，不知仰也！其固也如此。然至蛻與伏也，則無視無聽，無飢無渴，默化於荒忽之中，候伺於毫髮之間，雖聖知不及也。是豈技與習之助乎？」二人者出，道士曰：「子少安，須老先生至而問焉！」二人者顧曰：「老先生未必知也！子往見蜩與雞而問之，可以養生，可以長年。」廣州道士崇道大師何德順，學道而至於妙者也。故榜其堂曰「眾妙」。書來海南，求文以記之。因以夢中語為記。

紹聖六年三月十五日蜀人蘇某書

103. 張逢，婺源人。治平二年（一〇六五）進士。原任雷州知州，東坡前與子由同至雷州時，逢相待甚殷。又東坡既至海南，交舊斷絕，參寥、錢濟民、劉沔及侄孫元老偶一通問，餽遺更無！而張逢既禮遇二蘇，後竟被劾，坐除名勒停。

紹聖只五年，即改元符。應是本年作。王文誥已說之。
又，元符二年正月，以〈眾妙堂記〉寄何德順，有〈與鄭嘉〉書。

四月，被逐出所居，於城南污池之側桄榔林下就地築室。儋人助之[104]。
五月，屋成，名「桄榔庵」，摘葉書銘，以記其處。作〈桄榔庵銘并敘〉：

東坡居士謫於儋耳，無地可居，偃息於桄榔林中，摘葉書銘，以記其處：
九山一區，帝為方輿。神尻以遊，孰非吾居。百柱贔屭，萬瓦披敷。
上棟下宇，不煩兵夫。海氛瘴霧，吞吐吸呼。蝮蛇魑魅，出怒入娛。
習居堂奧，雜處童奴。東坡居士，強安四隅。以動寓止，以實託虛。
放此四大，還於一如。東坡非名，岷峨非廬。鬚髮不改，示現毗盧。
無作無止，無欠無餘。生謂之宅，死謂之墟。三十六年[105]，吾其捨此，
跨汗漫而遊鴻濛之都乎！

又〈與鄭嘉〉書：

初賃官屋數間居之，既不可住，又不欲與官員相交涉，近買地起屋五間一龜頭，在南汙池之側，茂林之下，亦蕭然可以杜門面壁少休也。但勞費貧窘耳。此中枯寂[106]，殆非人世，然居之甚安，況諸史滿前，甚可與語者也。著書則未，日與小兒編排齊整之，以須異日歸之左右也。小客王介石者，有士君子之趣，起屋一行，介石躬其勞辱，甚於家隸，然無絲髮之求也。

又作〈和陶淵明劉柴桑〉詩：

萬劫互起滅，百年一踟躇。漂流四十年，今乃言卜居。
且喜天壤間，一席亦吾廬。稍理蘭桂叢，盡平狐兔墟。

104.「傖人助之」者，東坡點出者則王介石其人「躬其勞辱」，當亦有黎、符兩家子弟。
105.言「三十六年」，則自二十六歲初仕鳳翔簽判始。
106.「枯寂」是所居環境，而「居之甚安」，正是「善處窮」。

黃櫞出舊櫱，紫茗抽新畬。我本早衰人，不謂老更劬。
邦君助畚锸，鄰里通有無。竹屋從低深，山窗自明疏。
一飽便終日，高眠忘百須。自笑四壁空，無妻老相如。

又〈新居〉詩：

朝陽入北林，竹樹散疏影。短籬尋丈間，寄我無窮境。
舊居無一席，逐客猶遭屏。結茅得茲地，翳翳村巷永。
數朝風雨涼，畦菊發新穎。俯仰可卒歲，何必謀二頃。

又〈遷居之夕聞鄰舍兒誦書欣然而作〉：

幽居亂蛙黽，生理半人禽。跫然已可喜，況聞弦誦音。
兒聲自圓美，誰家兩青衿。且欣習齊咻，未敢笑越吟。
九齡起韶石，姜子家日南。吾道無南北，安知不生今。
海潤尚挂斗，天高欲橫參。荊榛短牆缺，燈火破屋深。

引書與相和，置酒仍獨斟。可以侑我醉，琅然如玉琴。

六月一日，改元「元符」元年。記夢遊水府事：

余一日醉臥，有魚頭鬼身者，自海中來云：「廣利王請端明。」余被髮草履黃冠而去，亦不知身步入水中，但聞風雷聲，有頃，豁然明白，真所謂水晶宮殿也。其下驪目夜光，文犀尺璧，南金火齊，不可迎視。珊瑚琥珀，不知幾多也。廣利王佩劍冠服而出，從二青衣。余曰：「海上逐客，重煩邀命。」有頃，東華真人、南溟夫人造焉，出鮫綃丈餘，命題詩。余賦曰：「天地雖虛廓云云。」寫竟，進廣利。諸仙迎看，咸稱妙。獨廣利旁一冠簪者謂之鱉相公，進言：「蘇軾不避諱忌，祝融字犯王諱。」王大怒。余退而嘆曰：「到處被鱉相公廝壞。」——《仇池筆記》

意有所指，發人一笑！

作〈醉中題鮫綃詩〉：

天地雖虛廓，惟海為最大。聖王皆祀事，位尊河伯拜。

祝融為異號，恍惚聚百怪。二氣變流光，萬里風雲快。
靈旗搖虹纛，赤虬噴滂湃。家近玉皇樓，彤光照世界。
若得明月珠，可償逐客債。

作〈天慶觀乳泉賦〉。（詳見三三五頁）

文末自注：「某在海南作此賦，未嘗示人。既渡海，親寫二本：一以示秦少游，一以示劉元忠。」建中靖國元年三月二十一日。

子由徙循州。

八月，程天侔遠致糖冰酒麵，〈與程全父書〉：

閣下才氣秀發，當為時用久矣！遐荒安可淹駐，想益輔以學，以昌其詩乎！僕焚毀筆硯已五年，尚寄味此學，隨行有陶淵明集，陶寫伊鬱，正賴此耳！有新作，遞中示數篇，迺珍惠也。山川風氣能清佳否？孰與惠州比？此間海氣蒸溽不可言，引領素秋，以日為歲也！寄貺佳酒，豈惟海南所無，殆二廣未嘗見也。副以糖水精麵等物，一一感銘。非眷存至厚，何以得此！悚怍之至。此間紙不堪覆瓿，攜來者已竭，有便可寄百十枚否？不必甚佳者。

九月十三日，書〈辨漆葉青黏散〉。

九月晦日，遊天慶觀。自以憂患不已，卜於神。書〈北極靈籤〉：

東坡居士遷於海南，憂患之餘，戊寅九月晦遊「天慶觀」，謁北極真聖，探靈籤以決餘生之禍福吉凶。其辭曰：「道以信為合，法以智為先。二者不離析，壽命乃得延。」覽之竦然若有所得，謹書藏之，以無忘信道、法智二者不相離之意。某恭書。古之真人，未有不以信人者。子思則曰：「自誠明謂之性」，孟子曰：「執中無權，猶執一也。」法而不智，則天下之死法也。道不患不知，患不凝。法不患不立，患不活。以信合道則道凝。以智先法則法活。道凝而法活，雖度世可也，況延壽乎！

九月二十七日，記海南風土：

嶺南天氣卑溼，地氣蒸溽，而海南尤甚。秋夏之交，物無不腐壞者。人非金石，其何以能久。然儋耳頗有老人，百有餘歲者，往往皆是，八九十歲者不論也。乃知壽夭無定，習而安之，則冰蠶火鼠皆可以生。吾當湛無思，寓此覺於物表，使折膠之寒，無所施其冽。流金之暑，無所措其毒。百餘歲何足道哉！彼愚老人，初不知此特如蠶鼠生於其中，兀然受之而已。一呼之溫，一吸之涼相續，亡有間斷，雖長生可也！《莊子》曰：「天之穿之，日夜無間，人則固塞其竇，豈不然哉！」九月二十七日，秋霖不已，顧視幃帳間有螻蟻，帳已腐爛，感嘆不已！信手書此。時戊寅歲也。

——《東坡志林》

十月，食芋飲水，自謂視蘇武為靡麗。

魏了翁[107]〈跋趙安慶所藏東坡帖〉：

予常閱蘇公帖，自謂衣食之奉視蘇子卿啖氈食鼠為大靡麗。以予居靖言之，視文忠公之靡麗又加一等。詩曰：「君子于役，苟無飢渴。」[108]吾儕勉諸。上親政之歲[109]，魏某書於瀘州官舍。

作〈菜羹賦并敘〉。（詳見三一八頁）

作〈玉糝羹〉詩：

過子忽出新意，以山芋作玉糝羹，色香味皆奇絕，天上酥陀則不可知，人間決無此味也。

香似龍涎仍釅白，味如牛乳更全清。莫將北海金虀鱠，輕比東坡玉糝羹。

十一月，冬至，程儒餽酒。作書：

惠酒佳絕，舊在惠州，以梅醞為冠，此又過之。牢落中得一醉之適，非小補也。

107. 魏了翁（一一七八戊戌—一二三七），字華父，號鶴山，蜀邛州蒲江人。南宋哲學家，蜀學集大成者，工書法，尤善篆書、行書。官至禮部尚書、端明殿學士，贈太師，諡文靖。

108. 見《詩經．王風．君子于役》第二章。

109. 指宋理宗紹定六年（一二三三）史彌遠死後。

十二月，許玨、王介石以其酒之膏液餉公，作〈酒子賦〉。（詳見三三二頁）作〈會茶帖〉予趙夢得：

舊藏龍焙，請來共嘗。蓋「飲非其人茶有語，閉門獨啜心有愧。」

周必大〈跋東坡與趙夢得帖〉：

南海上有義士曰趙夢得，方蘇文忠公謫居時，肯為致中州家問，其賢可知。公既大書姓字以為贈，又題澄邁所居二亭曰「清斯」曰「舞琴」，特畏禍不欲賦詩，故錄陶杜篇什及舊作累數十紙以寓意。然〈會茶帖〉云：「飲非其人茶有語，閉門獨啜心有愧。」詩在其中矣！僕生晚，不獲從夢得訪公遺事，而識其孫左奉議郎莿，寬厚夷雅，力學工詞章，所至榜書室曰「見坡」，其慕向豈特翰墨而已！夢得真有後哉！乾道九年六月十九日

此周必大乾道九年（一一七三）所作，上距東坡之作〈會茶帖〉已七十五

年。又，周必大《二老堂詩話》所錄，於「飲非其人茶有語，閉門獨啜心有愧」二句前有「又有帖云：『舊藏龍焙，請來共嘗蓋』九字。則應是〈會茶帖〉全文。」

元符二年己卯（一〇九九）六十四歲。

正月十五日，有夜游記事：

己卯上元，予在儋州，有老書生數人來過曰：「良月嘉夜，先生能一出乎？」予欣然從之。步西城，入僧舍，歷小巷，民夷雜揉，屠沽紛然。歸舍已三鼓矣。舍中掩關熟睡，已再鼾矣，放杖而笑！孰為得失！過問先生何笑？蓋自笑也！然亦笑韓退之釣魚無得，更欲遠去，不知走海者未必得大魚也！

二月十五日，作〈蒼耳錄〉。（詳見三九四頁）

三月中，程天侔遠致藥米糖薑，儒亦餽紙茗。負大瓢行歌田間，遇春夢婆。

趙令畤《侯鯖錄》：「東坡在昌化，負大瓢行歌田畝間。饁婦年七十，曰：『內翰昔日富貴，一場春夢。』坡然之。里人因呼為春夢婆。有〈被酒獨行，偏至子雲威徽先覺四黎之舍三首詩，其三云：『符老風情奈老何，朱顏減盡鬢絲多。投梭每困東鄰女，換扇唯逢春夢婆。』」

四月，錢世雄遠致「異士太清中丹」。明年在廣州有書寄錢濟民：

去年海南得所寄「異士太清中丹」一丸，即時服下，丹田休休焉！

四月十五日，得蜀金水張氏畫「阿羅漢」，作〈十八大阿羅漢頌〉：

蜀金水張氏畫「十八大阿羅漢」，軾謫居儋耳，得之民間。海南荒陋，不類人世。此畫何自至哉？久逃空谷，如見師友。乃命過躬易其裝褫，設燈塗香果以禮之。張氏以畫羅漢有名唐末，蓋世擅其藝，今成都僧敏行其玄孫也；梵相奇古，學術淵博，蜀人皆曰：「此羅漢化生其家也。」軾外祖父程公，少時游京師，還遇蜀亂，絕糧不能歸，困臥旅舍。有僧十六人往見之，曰：「我公之邑人也。」各以錢二百貸之，公以是得歸，竟不知僧所在。公曰：「此阿羅漢也。」歲設大供四。公年九十，凡設二百餘供。今軾雖不親睹至人，而困厄九死之餘，鳥言卉服之間，獲此奇勝，豈非希濶之遇也哉！乃各即其體像而窮其思致以為之頌。

其「第九尊者」頌曰：

飯食已畢，襆鉢而坐。童子茗供，吹籥發火。
我作佛事，淵乎妙哉。空山無人，水流花開！

末二句「空山無人，水流花開」八字，最為妙諦！

久旱米貴，將有絕糧之憂。

十九日，作〈龜息法〉（《說郛》作〈辟穀說〉）：

洛下有洞穴，深不可測，有人墮其中不能出，饑甚。見龜蛇無數，每旦輒引首東望，吸初日光嚥之。其人亦隨其所向，效之不已，遂不復饑，身輕力強，後卒還家。不食，不知其所終。此晉武帝時事。辟穀之法以百數，此為上妙，法止於此。能服玉泉使鉛汞具體，去仙不遠矣！此法甚易知易行，天下莫能知，知者莫能行，何則？虛一而靜者，世無有也。元符二年，儋耳米貴，吾方有絕糧之憂，欲與過子共行此法，故書以授之。

四月十九日記

五月五日，作〈艾人著灸法〉：

端午日未出，於艾中以意求其似人者，輒擷之以灸，殊有效。幼時見一書中云爾；忘其為何書也。艾未有真似人者，於明暗間苟以意命之而已。萬法皆妄，無一真者，復何疑耶！

接子由報，巢谷自眉徒步奔赴，自循啟程。

又有〈記藷米〉：

南海以藷米為糧，幾米之十六。今歲米皆不熟，民未至艱食者，以客舶方至，而有米也。然儋人無蓄藏，明年去則飢矣。吾旅泊尤可懼，未知經營所從出，故書座右，以時圖之。

有〈四味天麻煎方〉。又有〈爇草錄〉、〈煉枲耳霜法〉、〈蒼朮論〉、〈服絹方〉、〈井華水〉等，均與藥性養生有關。

亦嘗試「代茶飲子」：「王燾集《外臺秘要》，有〈代茶飲子〉詩云，『格韻高絕，惟山居逸人，乃當作之。』予嘗依法治服，其利膈調中，信如所云，而其氣味乃一帖煮散耳，與茶了無干涉。」

七月十五，致書羅秘校求蒼朮、橘皮。

八月，作〈倦夜〉詩：

倦枕厭長夜，小窗終未明。孤村一犬吠，殘月幾人行。
衰鬢久已白，旅懷空自清。荒園有絡緯，虛織竟何成！

楮墨已竭，為之慨然！書〈付過〉：

硯細而不退墨，紙滑而字易燥，皆尤物也。吾平生無所嗜好，獨好佳筆墨。既得罪謫海南，凡養生具十無八九，佳紙墨行且盡，至用此等，將何以自娛！為之慨然！

「將何以自娛」，亦見東坡之寄託！

蘇迨報之：京師傳已仙去。謂得道乘小舟入海，不復返。

九月，作〈老饕賦〉。（詳見三三四頁）

十月十五日，邀姜唐佐。

今日霽色尤可喜，食已，當取「天慶觀」乳泉潑建茶之精者，念非君莫與共之。然早來市無肉，當相與啖菜飯耳！不嫌可只今相過。某啟上唐佐致酒麵。

十月十六日赴唐佐飲。

冬至日，諸生攜具來飲。

十一月八日，作〈四神丹說〉。

十二月，作程天侔書，求毘陵藥。

作〈縱筆三首〉[110]：

寂寂東坡一病翁，白鬚蕭散滿霜風。小兒誤喜朱顏在，一笑那知是酒紅。
父老爭看烏角巾，應緣曾現宰官身。谿邊古路三岔口，獨立斜陽數過人。
北船不到米如珠，醉飽蕭條半月無。明日東家知祀竈，隻雞斗酒定膰吾。

元符三年庚辰（一一〇〇）六十五歲。

正月一日，記〈養黃中[111]〉：

元符三年歲次庚辰，正月朔戊辰，是日辰時則丙辰也。三辰一戊，四土會焉，而加丙與庚，丙土母而庚其子也。土之富未有過於斯時也。

110. 此詩或作於十九日生日時，以第三首有「祀竈」語。
111. 黃中，五臟中脾胃色黃，或通指五臟。

吾當以斯時肇養「黃中」之氣，過此又欲以時取薤、薑、蜜作粥以啖。吾終日默坐，以守「黃中」，非謫居海外，安得此慶耶！東坡居士記。

正月十二日，哲宗崩逝，二十五歲（一〇八五乙丑—一一〇〇）；徽宗繼位，十九歲。

正月十二日，「天門冬酒」熟，且漉且嘗，遂以大醉。

〈庚辰歲正月十二日，天門冬酒熟，予自漉之，且漉且嘗，遂以大醉。二首〉：

自撥牀頭一甕雲，幽人先已醉濃芬。天門冬熟新年喜，麴米春香並舍聞。

菜圃漸疏花漠漠，竹扉斜掩雨紛紛。擁衾睡覺知何處，吹面東風散纈紋。

載酒無人過子雲，年來家醞有奇芬。醉鄉杳杳誰同夢，睡息齁齁得自聞。

口業向詩猶小小，眼花因酒尚紛紛。點燈更試淮南語，汎溢東風有縠紋。

正月十五日，飲黎威家，五色雀集於庭，舉酒祝之。有記〈五色雀并引〉：

海南有五色雀，常以兩，絳者為長，進止必隨焉，俗謂之鳳皇云。久旱而見輒雨，潦則反是。吾卜居儋耳城南，嘗一至庭下。今日又見之進士黎子雲及其弟威家。既去，吾舉酒祝之曰：「若為吾來者，當再集也。」已而果然。乃為賦詩：

粲粲五色羽，炎方鳳之徒。青黃縞玄服，翼衞兩紱朱。
仁心知閔農，常告雨霽符。我窮惟四壁，破屋無瞻烏。
惠然此粲者，來集竹與梧。鏘鳴如玉佩，意欲相嬉娛。
寂寞兩黎生，食菜真臞儒。小圃散春物，野桃陳雪膚。
舉杯得一笑，見此紅鸞雛。高情如飛仙，未易握粟呼。
胡為去復來，眷眷豈屬吾。回翔天壤間，何必懷此都。

二月二十日，始聞哲宗崩，成服。

三月，清明後作〈書謗〉：

吾昔謫黃州，曾子固居憂臨川，死焉。人有妄傳吾與子固同日化去，且云如李長吉時事，以上帝召。他時先帝亦聞其語，以問蜀人蒲宗孟，且有歎息語。今謫海南，又有傳吾得道，乘小舟入海不復返者。京師皆云。兒子書來言之。今日有從黃州來者云：「太守何述，言吾在儋耳，一日忽失所在，獨道服在耳。蓋上賓也！」

吾平生遭口語無數，蓋生時與韓退之相似；吾命在斗間，而身宮在焉。故其詩曰：「我生之辰，月宿斗直。」且曰：「無善聲以聞，無惡聲以揚。」今謗我者或云死，或云仙。退之之言，良非虛爾。

四月，至黎子雲家，道中遇雨，假笠屐而行，或為「笠屐圖」，作贊：「人所笑也，犬所吠也。笑亦怪也！」

南宋張端義《貴耳集》：「東坡在儋耳，無書可讀。黎子家有柳文數冊，盡日玩誦。一日遇雨，借笠屐而歸。人畫作圖。東坡自贊：『人所笑也，犬所吠也！笑亦怪也。』用子厚語。

又，張端義（一一七九己亥—一二四八後）於《貴耳集》書前自述生年，及書成於淳祐元年（一二四一）。

又，柳宗元〈東海若〉文中有「東海若呀然笑曰：怪矣！」

四月十五日，作〈五君子說〉。（詳見三四四頁）

四月，所作《書傳》成。有題《易傳》、《書傳》、《論語說》。

五月，自以為頗覺有還中州氣象，以寫平生所作八賦不脫一字為卜。後數日，有內遷之命。（所以「自以為頗覺有還中州氣象」，因徽宗新即位，或有大赦也。）

和陶詩成。（據王文誥編錄共一百二十四首。）

接秦觀報，以瓊州別駕內遷廉州安置。鄰里聞知皆集。又聞子由已徙岳州。自念居儋三載，飲鹹、食腥、陵暴颶霧而得以生還，皆神所相。

作〈竣靈王廟碑〉：

古者王室及大諸侯國皆有寶，周有琬琰大玉，魯有夏后氏之璜，皆所以守其社稷，鎮撫其人民也。唐代宗之世，有比丘尼若夢恍惚見上帝者，得八寶以獻諸朝，且傳帝命曰：「中原兵久不解，腥聞於天，故以此寶鎮之。」則改元寶應。以是知天亦分寶以鎮世也。

自徐聞渡海，歷瓊至儋，又西至昌化縣西北二十里，有山秀峙海上，石峰巉然若巨人冠帽，西南向而坐者，俚人謂之「山胳膊」。而偽漢之世，封山神為「鎮海廣德王」。五代之末，南夷有知望氣者曰：「是山有寶氣上達於天。」艤舟其下，斲山發石以求之。夜半大風浪駕其舟，空中碎之，石峰下夷皆溺死。儋之父老，猶有及見敗舟山上者，今獨有碇石存焉耳。天地之寶，非人所得睥睨者。晉張華使其客雷煥發酆城獄取寶劍佩之，華終以忠遇禍，坐此也夫！

今此山之上，上帝賜寶以奠南極，而貪冒無知之夷，欲以力取而己有之，其誅死宜哉！皇宋元豐五年七月，詔封山神為「峻靈王」。用部使者承議郎彭次雲之請也。

紹聖四年七月，瓊州別駕蘇軾以罪讁於儋，至元符三年五月有詔徙廉州。自念謫居海南三歲，飲鹹食腥，陵暴雨霧而得還者，山川之神實相之。再拜稽首，西嚮而辭焉。且書其事，碑而銘之。山有石池，產紫鱗魚。民莫敢犯，石峯之側，多荔支黃柑，得就食。持去則有風雹之變。其銘曰：

瓊崖千里塊海中，民夷錯居古相蒙。方壺蓬萊此別宮，峻靈獨立秀且雄。為帝守寶甚嚴恭。庇廕嘉穀歲屢豐。小大逍遙遠鰕龍，鵁鶄安棲不避風。我浮而西今復東，銘碑曄然照無窮。

六月初，將離儋州。有詩〈儋耳〉：

霹靂收威暮雨開，獨憑欄檻倚崔嵬。垂天雌霓雲端下，快意雄風海上來。
野老已歌豐歲語，除書欲放逐臣回。殘年飽飯東坡老，一壑能專萬事灰。
畜儋犬烏觜，將攜行，有詩〈予來儋耳，得吠狗曰烏觜，甚猛而馴，隨予遷合浦，
過澄邁泗而濟，路人皆驚。戲為作此詩〉：
烏喙本海獒，幸我為之主。食餘已瓠肥，終不憂鼎俎。
晝馴識賓客，夜悍為門戶。知我當北還，掉尾喜欲舞。
跳踉趁僮僕，吐舌喘汗雨。長橋不肯躡，徑度清深浦。
拍浮似鵝鴨，登岸劇虓虎。盜肉亦小疵，鞭箠當貰汝。
再拜謝恩厚，天不遺言語。何當寄家書，黃耳定乃祖。

距紹聖四年七月二日到儋州，前後約三年。
六月二十日，自澄邁登舟渡海。有詩〈六月二十日夜渡海〉：

參橫斗轉欲三更，苦雨終風也解晴。雲散月明誰點綴，天容海色本澄清。

空餘魯叟乘桴意，粗識軒轅奏樂聲。九死南荒吾不恨，茲游奇絕冠平生。

六月二十一日，至徐聞，與秦觀會。

六月二十五日，離徐聞，秦觀出〈自挽詞〉。

七月，抵白石，始出陸，酌酒相勞。

七月四日，有記云：

余自海康適合浦，連日大雨，橋梁大壞，水無津涯，自興廉村「淨行院」下乘小舟至官寨，聞自此西皆漲水，無復船。或勸乘蜑並海即白石，是日六月晦，無月，碇宿大海中。天水相接，星河滿天。起坐四顧太息，吾何數乘此險也？已濟徐聞，復厄於此乎？稚子過在旁鼾睡，呼不應，所撰《書》《易》《論語》皆以自隨，而世未有別本。撫之而歎曰：「天未欲使從是也，吾輩必濟。」已而果然。七月四日合浦記，時元符三年也。

七月四日，至廉州。知廉州張仲修款之。作〈荔枝龍眼說〉。

八月十日，改舒州并永州居住。與邁、迨約會於倉梧。

八月二十八日，劉幾仲餞飲。作〈瓶笙〉詩：

庚辰八月二十八日，劉幾仲餞飲東坡，中觴聞笙簫聲杳杳若在雲霄間，抑揚往返，粗中音節。徐而察之，則出於雙瓶，水火相得，自然吟嘯。蓋食頃乃已。坐客驚嘆，得未曾有。請作瓶笙詩記之。

孤松吟風細泠泠，獨繭長繅女媧笙。陋哉石鼎逢彌明，蚯蚓竅作蒼蠅聲。瓶中宮商自相賡，昭文無虧亦無成。東坡醉熟呼不醒，但云作勞吾耳鳴。

此為東坡北返途中第一次飲酒。

八月二十九日，離廉州，赴永州。

九月六日，至鬱林。

九月七日，聞秦觀傷暑困臥，至八月十二日卒凶問，大慟！泣曰：「少游不幸死道路，世豈復有斯人乎！」又〈與歐陽元老書〉：「當今文人第一流，豈可復得此人！在必大用於世，不用，必有所論著以曉後人。前此所著已足不朽，然未盡也！哀哉！哀哉！」

九月十日，至藤州光化亭，秦觀婿范沖載秦觀喪去久矣！

九月十七日，抵梧州，邁、迨未至。改由五羊度嶺。
九月二十日，發梧州。
九月二十四日，過康州。在舟中作「鐵線書」。
〈題自作字〉：

東坡平時作字，骨撐肉，肉沒骨，未嘗作此瘦妙也。宋景文公自名其書鐵綫，若東坡此帖，信可謂云爾以矣！

元符三年九月二十四日游三洲巖回舟中書

九月底，抵廣州。
十月，感疾累日。
廣州經略使程懷立餽藥。
子孫皆至。疾癒。
提刑使孫鼛餽燒羊。
重過「天慶觀」，訪何德順，觀所作「眾妙堂」，飲於東軒。作〈眾妙堂〉詩：

湛然無觀古真人，我獨觀此眾妙門。夫物芸芸各歸根，眾中得一道乃存。
道人晨起開東軒，趺坐一醉扶桑暾。餘光照我玻璃盆，倒射窻几清而溫。
欲收月魄餐日魂，我自日月誰使吞。

十一月離廣州。

十一月十五日，復朝奉郎、提舉成都玉局觀，任便居住。遂至英州。

十二月七日到曲江。

十二月八日，馮祖仁餽羊邊、酒壺。

十二月十九日，在曹溪「南華寺」過六十五歲生日（此是東坡最後一次過生日）。

蘇過有詩賀。數日後，陳公密出素娘佐酒，賦〈鷓鴣天　陳公密出侍兒素娘歌紫玉簫曲，勸老人酒。老人飲盡。因為賦此詞〉：

笑撚紅牙羿翠翹，揚州十里最妖嬈。夜來綺席親曾見，撮得精神滴滴嬌。
嬌後眼，舞時腰。劉郎幾度欲魂消。明朝酒醒知何處，腸斷雲間紫玉簫。

此或東坡最後之酒樂。

韶州知州狄咸（東坡曾為狄咸作〈九成臺銘〉），煮「蔓菁蘆菔羹」饗，作〈狄韶州煮蔓菁蘆菔羹〉詩：

我昔在田間，寒庖有珍烹。常支折腳鼎，自煮花蔓菁。
中年失此味，想像如隔生。誰知南嶽老，解作東坡羹。
中有蘆菔根，尚含曉露清。勿語貴公子，從渠醉羶腥。

離韶州。

除夕之前，在往南雄道中，河魚未止，稍留調理度歲。（此時已苦於河魚之疾〔腹瀉〕，或成此後之患！）

宋徽宗建中靖國元年辛巳（一一〇一）六十六歲。

元月三日，抵南雄。

元月四日，發大庾嶺，至龍光寺，求竹二竿。憩於村店，遇嶺上老人，題詩壁上。〈贈嶺上老人〉：

鶴骨霜髯心已灰，青松合抱手親栽。問翁大庾嶺頭住，曾見南遷幾箇回。

南宋曾敏行《獨醒雜志》載：

東坡還至庾嶺上，少憩村店，有一老翁出問從者曰：「官為誰？」曰：「蘇尚書。」曰：「是蘇子瞻歟？」曰：「是也。」乃前揖坡曰：「我聞人害公者百端，今日北歸，是天祐善人也！」東坡笑而謝之，因題此詩於壁。

元月五日，至嶺巔「龍泉寺」。過嶺，作詩〈過嶺二首〉：

暫著南冠不到頭，却隨北雁與歸休。平生不作兔三窟，今古何殊貉一丘。
當日無人送臨賀，至今有廟祀潮州。劍關西望七千里，乘輿真為玉局游。
七年來往我何堪，又試曹溪一勺甘。夢裡似曾遷海外，醉中不覺到江南。
波生濯足鳴空澗，霧繞征衣滴翠嵐。誰遣山雞忽驚起，半岩花雨落毵毵。

元月九日，抵虔州，登「鬱孤臺」。與友人有燕集。
三月四日，燒筍廉泉。
〈劉器之[112]好譚禪，不喜游山。山中筍出，戲語器之可同參玉版長老〉：

叢林真百丈，法嗣有橫枝。不怕石頭路，來參玉版師。
聊憑柏樹子，與問籜龍兒。瓦礫猶能說，此君那不知。

此玉版橫枝，竹筍也。釋惠洪《冷齋夜話》云：

先生邀器之食筍，味勝。問此何名。東坡曰：「即玉版也。此老師善說法。」器之乃悟其為戲。坡公大笑，作偈云云。

三月二十四、五日，發虔州，留虔七十餘日。
四月，過豫章。接孔平仲轉到子由書，勸同居穎昌。遂罷龍舒（舒州）之議。
重遊廬山。還過劉羲仲[113]「是是堂」，以修《三國志》屬羲仲。蓋元豐七年過金陵時，王安石所望於東坡者。十八年前事矣！

四月十二日，患頭風。留舟中。是夜發。

四月十六日，過湖口。過舒州。

四月二十四日，郭祥正迎至當塗。

四月二十五日，郭祥正致餽遺。報書云：「一肉足矣，幸不置酒！」（東坡畢生首次以「不置酒」為幸之語！此後真不能飲酒矣！）

五月一日，至金陵。子由書至，望歸許甚切。遂定居許。經儀真、金山。聞朝局變，決議歸常州定居。

六月一日，遇米芾於白沙東園。

時方酷暑，久在海上，覺舟中熱不可當，夜輒露坐，復飲冷過度，中夜暴下，至旦，疲甚，食黃耆粥，覺稍適。不久，瘴毒大作，暴下不止。自是胸膈做脹，卻食飲，夜不能寐，則端坐飽蚊子，體漸羸。已懶近筆硯。米芾冒熱送「麥門冬」飲。困臥兩日

112. 劉安世（一〇四八戊子—一一二五），字器之，河北大名人。當時名諫，時亦遇赦過虔，與東坡相遇。聞章惇於建中靖國元年二月貶雷州司戶，本州安置。驚嘆彌日。

113. 劉羲仲字壯輿，號漫浪翁，南康人。精於史學，善於校對，著有《通鑑問疑》。

不起。遂為書與子由曰：「即死，葬我嵩山下。子為我銘。」（竟已有不起之預感！哀哉！）

六月十一日，發儀真。十二日渡江過潤州。

時大江南北，均以司馬光望公，所至圍觀如堵。競傳入相。章援在京口，竟不敢謁。而公自稱「自儀真得暑毒，困臥如昏醉。」答章援書：「已往者更說何益？惟論其未然者。」

六月十五日，熱毒轉甚，諸藥盡卻，以蔘、苓、麥門冬淪湯。自稱：「一夜發熱不可言，齒間出血如蚯蚓者無數。」臥榻上徐起謂錢世雄曰：「萬里生還，乃以後事相託也！惟吾子由，不復一見而訣，此痛難堪爾！」遂上表請老，以本官致仕。

七月，旱甚。

七月十二日，欣然欲近筆硯，為世雄書〈江月〉五詩。

七月十三日，作〈跋桂酒頌〉。

七月十四日，疾稍增劇。

七月十五日，熱毒轉甚，諸藥盡卻，以蔘、苓淪湯，而氣寖上逆，不安枕席。陸元光以交牀獻，稍安。錢世雄已覺疾不可為，以神藥進。不可服。（「蔘苓湯」是東坡最後所飲。）

七月十八日，命三子侍，謂曰：「吾生無惡，死必不墜也。」

七月二十一日，覺有生意，強起，行可數步。

七月二十三日，徑山維琳來謁，驚嘆不已，乃邀與夜涼對榻。

七月二十五日，疾革。手書與維琳別。〈與徑山維琳書〉：

某嶺海萬里不死，而歸宿田里，遂有不起之憂，豈非命有夫！然死生亦細故爾，無足道者。唯為佛為法，為眾生自重！

七月二十六日，絕筆答維琳偈云：「大患緣有身，無身則無疾。平生笑羅什，神咒真浪出。」又答維琳問神咒，書：「鳩摩羅什神咒免難不及。」

七月二十七日，上燥下寒，氣不能支。

七月二十八日，將屬纊，聞觀已離。維琳叩耳大聲曰：「端明宜勿忘。」答云：「西方不無，但個裏著力不得。」錢世雄曰：「自此更須著力。」答曰：「著力即差。」一語遂絕。邁問後事，不答。是日薨，六十六歲。三子六孫皆在側。七月丁亥也。

（自去年六月初離儋州，至本年六月一日病發，前後一年，途中勞頓可知。）

參

東坡的飲食詩文

一 賦

《蘇軾文集》所錄，東坡賦作共二十七篇，其中與飲食相關者有十篇。茲將十篇〈賦〉作全文引錄，並依其寫作時間先後排列如下，以見其寫作背景，且略作解說。

後杞菊①賦并敘（四十歲作，任密州知州）

說明 東坡於宋神宗熙寧七年（一〇七四）五月，自杭州通判升任密州（山東諸城）知州，密州在膠州之西。十一月到任。明年四十歲，作此賦。（據《年譜》）

天隨生②自言常食杞菊，及夏五月，枝葉老硬，氣味苦澀，猶食不已。因作賦以自廣。始余嘗疑之，以為士不遇，窮約可也，至於饑餓嚼齧草木，則過矣！而余仕宦十有九年，家日益貧，衣食之奉殆不如昔者。及移守膠西，意且一飽，而齋厨索然！不堪其憂，日與通守劉君廷式循古城廢圃求杞菊食之，捫腹而笑。然後知天隨之言可信不繆。作〈後杞菊賦〉以自嘲，且解之云：

「吁嗟！先生！誰使汝坐堂上，稱太守？前賓客之造請，後掾屬之趨走。朝衙達午，夕坐過酉。曾杯酒之不設，攬草木以誑口。對案顰蹙，舉箸噎嘔。昔陰將軍設麥飯與葱葉，井丹推去而不嗅。怪先生之眷眷，豈故山之無有。先生听然而笑曰：「人生一世，如屈伸肘。何者為貧，何者為富？何者為美，何者為陋！或糠覈而瓠肥，或粱肉而墨瘦。何侯方丈，庾郎三九。較豐約於夢寐，卒同歸於一朽。吾方以杞為糧，以菊為糗。春食苗，夏食葉，秋食花實而冬食根，庶幾乎西河南陽之壽！」

註釋

① 杞菊：枸杞與菊花。都可入藥。《本草》有枸杞。一名「仙人杖」，一名「西王母杖」。其根名「地骨皮」，莖幹三、五尺，作叢。春日可作羹。

② 晚唐詩人陸龜蒙（？—八八一），自號天隨子，有〈杞菊賦并序〉，序云：

天隨子宅荒少牆，屋多隙地。著圖書所，前後皆樹以杞菊，春苗恣肥，日得以採擷之，以供左右杯案。及夏五月，枝葉老硬，氣味苦澀，旦暮猶責兒童拾掇不已。人或歎曰：「千乘之邑，非無好事者，家日欲擊鮮為具以飽君者多矣，君獨閉關不出，率空腸貯古聖賢道德言語。何自苦如此！」生笑曰：「我幾年來忍飢誦經，豈不知屠沽兒有酒食耶？」退而作〈杞菊賦〉以自廣云。

賦曰：

惟杞與菊，偕寒互綠。或穎或苕，煙披雨沐。
我衣敗綈，我飯脫粟。羞慚齒牙，苟且粱肉。
蔓延駢羅，其生實多。爾杞未棘，爾菊未莎。
其如予何？其如予何！

菜羹賦并敘（四十六歲作，在黃州）

說明　東坡遭貶黃州，於元豐三年（一〇八〇）二月一日到黃州，一開始居住於「定惠院」，再遷「臨皋亭」，而耕作於「東坡」，元豐五年（一〇八二）建「雪堂」；元豐五年十月，同年進士蔡承禧轉運使來訪，見所住狹陋，為營屋舍，明年五月屋成，即「南堂」。而此賦與〈東坡羹頌〉應是先後作成，〈東坡羹頌〉作於元豐四年十二月，當時仍居住於「臨皋亭」，即所稱「卜居南山之下」者。此賦當作於其前。

東坡先生卜居南山之下，服食器用稱家之有無，水陸之味貧不能致，煮蔓菁、蘆菔、苦薺而食之。其法：不用醯醬，而有自然之味。蓋易而可常享，乃為之賦。辭曰：

嗟余生之褊迫，如脫兔其何因？殷詩腸之轉雷，聊禦餓而食陳。無芻豢以適口，荷鄰蔬之見分。汲幽泉以揉濯，博露葉與瓊根。爨鉶錡以膏油，泫融液而流津。適湯濛如松風，投糝豆而諧匀。覆陶甌之穹崇，罷攬觸之煩勤。屏醯醬之厚味，却椒桂之芳辛。水耗初而釜治，火增壯而力均。滃嘈雜而廉清，信淨美而甘分。登盤盂而薦之，具匕筴而晨餐。助生肥於玉池，與五鼎其齊珍。鄙易牙之效技，超傅說而策勳。沮彭尸之爽惑，調竈鬼之嫌嗔。嗟丘嫂其自隘，陋樂羊而匪人。先生心平而氣和，故雖老而體胖。忘口腹之為累，似不殺而成仁。竊比余於誰歟？葛天氏之遺民。

服胡麻賦并敘（四十七歲作，在黃州）

說明　東坡作此賦的時間，清人王文誥《蘇文忠公詩編注集成總案》繫於元豐五年底，仍在黃州作。則蘇子由之〈茯苓賦〉作於筠州（江西高安）。蘇子由〈茯苓賦〉長不錄。

余嘗服茯苓①，久之，良有益也。夢道士謂余：「茯苓燥，當雜胡麻食之。」夢中問道士：「何者為胡麻？」道士言：「脂麻是也。」既而讀《本草》②云：「胡麻一名狗蝨，一名方莖，黑者為巨勝。其油正可作食。」則胡麻之為脂麻信矣！又云：「性與茯苓相宜。」於是始異斯夢，方將以其說食之，而子由賦「茯苓」以示。余乃作〈服胡麻賦〉以答之。世間人聞服脂麻以致神仙，必大笑！求胡麻而不可得，則取山苗野草之實以當之。此古所謂「道在邇而求諸遠者」歟！其詞曰：

我夢羽人，頎而長兮。惠而告我，藥之良兮。
喬松千尺，老不僵兮。流膏入土，龜蛇藏兮。
得而食之，壽莫量兮。於此有草，眾所嘗兮。

狀如狗蝨，其莖方兮。夜炊晝曝，久乃藏兮。
茯苓為君，此其相兮。我與發書，若合符兮。
乃瀹乃蒸，甘且腴兮。補填骨髓，流髮膚兮。
是身如雲，我何居兮。長生不死，道之餘兮。
神藥如蓬，生爾廬兮。世人不信，空自劬兮。
搜抉異物，出怪迂兮。槁死空山，固其所兮。
至陽赫赫，發自坤兮。至陰肅肅，躋於乾兮。
寂然反照，珠在淵兮。沃之不滅，又不燔兮。
長虹流電，光燭天兮。嗟此區區，何與於其間兮，
譬之膏油，火之所傳而已耶！

註釋

①茯苓：常寄生在松樹根上，形如甘薯，球狀，外皮淡棕色或黑褐色，內部粉色或白色，精製後稱為「白茯苓」或者「雲苓」。

②《本草》：《本草綱目》是明代李時珍（一五一八戊寅—一五九三）經長期積累大量藥物學知識，共參考各類典籍八百餘種，歷時數十年而編成的藥物學巨著。東坡所讀

或為原來傳世的《神農本草經》。南朝陶弘景（四五六丙申—五三六）為《神農本草經》作注，並補充《名醫別錄》，而編定《本草經集注》共七卷，把藥物的品種數目增加至七百三十多種。

酒隱賦并敘（四十九歲作，在黃州）

說明　此賦所稱逸人，曾「官於合肥郡之舒城，嘗與遊」，然東坡向來所任職官距舒城最近者為兩任杭州：一為熙寧四年（一〇七一）十一月至七年（一〇七四）十一月通判杭州；二為元祐四年（一〇八九）六月至六年三月知杭州。均無相關記載。惟東坡與陳季常書信中有「酒隱堂詩，當塗中抒思，不敢草草作。」《蘇軾文集》繫於黃州時期，或是在黃州時代陳慥之作。

鳳山之陽，有逸人焉。以酒自晦。久之，士大夫知其名謂之「酒隱君」，目其居曰「酒隱堂」，從而歌詠者不可勝紀。隱者患其名之著也，於是投迹仕途，即以混世，官於合肥郡之舒城，嘗與遊，因與作賦，歸書其堂云：

世事悠悠，浮雲聚漚。昔是濬壑，今為崇丘。

眇萬事於一瞬，孰能兼忘而獨遊。
爰有達人，泛觀天地，不擇山林，而能避世。
引壺觴以自娛，期隱身於一醉。且曰：
「封侯萬里，賜璧一雙；縱使秦帝，橫令楚王。
飛鳥已盡，彎弓不藏。至於血刃膏鼎，家夷族亡，
與夫洗耳潁尾，食薇首陽；抱信秋溺，徇名立僵。
臧穀之異尚，同歸於亡羊。
於是笑躡糟丘，挹精去粕。酣羲皇之真味，反太初之至樂。
烹混沌以調羹，竭滄溟而反爵。邀同歸而無徒，每躊躇而自酌。
若乃池邊倒載，甕下高眠。背後持鍤，杖頭掛錢。
遇故人而腐脅，逢麴車而流涎。暫託物以排意，豈胸中而洞然。
使其推墟破夢，則擾擾萬緒起矣，烏足以名世而稱賢者邪！」

洞庭春色賦并引（五十七歲作，在潁州）

說明　據南宋葛立方（？——一一六四）《韻語陽秋》卷十九載：「趙德麟以黃柑釀酒，東坡嘗作〈洞庭春色賦〉遺之，所謂『命黃頭之千奴，卷震澤而俱還。』坡亦以『松明』釀酒，所謂『味甘餘而小苦，嘆幽姿之獨高。』二酒至今有用其法而為之者。」

安定郡王①以黃柑釀酒，名之曰「洞庭春色」。其猶子②德麟③得之，以餉余。戲作賦曰：

吾聞橘中之樂，不減商山。
豈霜餘之不食，而四老人者游戲於其間。
悟此世之泡幻，藏千里於一斑。
舉棗葉之有餘，納芥子其何艱。
宜賢王之達觀，寄逸想於人寰。
嫋嫋兮春風，泛天宇兮清閒。
吹洞庭之白浪，漲北渚之蒼灣。

攜佳人而往游，勒霧鬢與風鬟。
命黃頭之千奴，卷震澤而與俱還。
糅以二米之禾，藉以三脊之菅。
忽雲蒸而冰解，旋珠零而涕潸。
翠勺銀罌，紫絡青綸。
隨屬車之鴟夷，款木門之銅鐶。
分帝觴之餘瀝，幸公子之破慳。
我洗盞而起嘗，散腰足之痺頑。
盡三江於一吸，吞魚龍之神姦。
醉夢紛紜，始如髦蠻。
鼓巴山之桂楫，扣林屋之瓊關。
臥松風之瑟縮，揭春溜之淙潺。
追范蠡於渺茫，弔夫差之惸鰥。
屬此觴於西子，洗亡國之愁顏。
驚羅襪之塵飛，失舞袖之弓彎。
覺而賦之，以授公子曰：「烏乎噫嘻！吾言夸矣！公子其為我刪之。」

註釋

①趙元儼（九八一辛巳—一〇一四），字令聞，宋太宗第七子，初封「涇國公」。宋真宗即位（九九七），封「安定郡王」。大中祥符七年（一〇一四）四月去世，年三十四歲。

②猶子，侄子。

③趙德麟（一〇六一辛丑—一一三四年），名令畤，初字景貺，後由東坡改字德麟，自號「聊復翁」，宋宗室。撰有《侯鯖錄》八卷。元祐六年（一〇九二年）八月，東坡出知潁州，德麟已在潁，二人始相交。德麟原字景貺，東坡為改字德麟，作〈趙德麟字說〉述之甚詳。（《東坡全集》卷九十二）東坡於明年二月又改知揚州，在潁僅半年。東坡在潁州有〈次韻趙德麟雪中惜梅且餉柑酒三首〉詩，其第三首即言送酒事：「蹀躞嬌黃不受鞿，東風暗與色香歸。偶逢白墮爭春手，遣入王孫玉斝飛。」故此賦當在潁州時作。

④《吳郡志》卷四十八載：「吳松江南太湖有洞庭東西兩山，蘇子美詩云：「笠澤魚肥人膾玉，洞庭柑熟客分金。」即吳松江也。蘇舜欽（一〇〇八戊申—一〇四八）字子美，宋初名詩人。他有〈望太湖〉詩：「杳杳波濤閱古今，四無邊際莫知深。潤通曉月為清露，氣入霜天作暝陰。笠澤鱸肥人膾玉，洞庭柑熟客分金。風烟觸目相招引，

聊為停橈一楚吟。」

中山松醪賦（五十八歲作，在定州）

說明　東坡於哲宗元祐八年（一〇九三）九月被解除禮部尚書官職，出知定州（河北真定，古代稱中山），十月二十三日到任。十二月作〈中山松醪賦〉。

始余宵濟於衡漳，車徒涉而夜號。燧松明而識淺，散星宿於亭皋。
鬱風中之香霧，若訴予以不遭。豈千歲之妙質，而死斤斧於鴻毛。
效區區之寸明，曾何異於東蒿。爛文章之糾纏，驚節解而流膏。
嗟構厦其已遠，尚藥石之可曹。收薄用於桑榆，製中山之松醪①。
救爾灰燼之中，免爾螢爝之勞。取通明於盤錯，出肪澤於烹熬。
與黍麥而皆熟，沸春聲之嘈嘈。味甘餘而小苦，歎幽姿之獨高。
知甘酸之易壞，笑涼州之葡萄。似玉池之生肥，非內府之蒸羔。
酌以癭藤之紋樽，薦以石蟹之霜螯。曾日飲之幾何，覺天刑之可逃。

投拄杖而起行，罷兒童之抑搔。望西山之咫尺，欲褰裳以遊遨。跨超峰之奔鹿，接挂壁之飛猱。遂從此而入海，渺翻天之雲濤。使夫嵇阮之倫與八仙之羣豪。或騎麟而翳鳳，爭榼挈而瓢操。顛倒白綸巾，淋漓宮錦袍。追東坡而不可及，歸餔歠其醨糟。漱松風於齒牙，猶足以賦〈遠遊〉而續〈離騷〉也②。

註釋

① 中山松醪酒，河北定州的特產。酒液金黃誘人，低度幽香，介於黃酒和白酒之間，既有白酒的醇烈，又有黃酒的滋養。

② 《楚辭》有〈離騷〉、〈遠遊〉兩篇，都是屈原的作品。

濁醪有妙理賦——神聖功用，無捷於酒（六十二歲，在惠州）

說明　杜甫〈晦日尋崔戢李封〉①，題中「晦日」指正月最後一日，唐代曾以正月晦日為令節。至唐德宗貞元五年（七八九）正月始改以二月一日為中和節取代晦日。東坡此賦，據考訂，或作於東坡由惠州再貶海南，而由廣東徐聞渡海至海南澄邁之海程中，時間在宋哲宗紹聖四年（一〇九七）六月十一日後。東坡取杜詩結兩句，以面對完全不可知的「沉浮」。

酒勿嫌濁，人當取醇。
失憂心於昨夢，信妙理之疑（凝）神。
渾盎盎以無聲，始從味入杳。冥冥其似道徑、得天真。
伊人之生，以酒為命。常因既醉之適，方識此心之正。
稻米無知，豈解窮理？麴櫱有毒，安能發性？
乃知神物之自然，蓋與天工而相並。
得時行道，我則師齊相之飲醇；遠害全身，我則學徐公之中聖。
湛若秋露，穆如春風。
疑宿雲之解駮，漏朝日之暾紅；初體粟之失去，旋眼花之掃空。
酷愛孟生，知其中之有趣；猶嫌白老，不頌德而言功。
兀爾坐忘，浩然天縱。
如如不動而體無礙，了了常知而心不用。

坐中客滿，惟憂百榼之空。身後名輕，但覺一杯之重。
今夫明月之珠，不可以襦。夜光之璧，不可以餔。
芻豢飽我而不我覺，布帛燠我而不我娛。
惟此君獨游萬物之表，蓋天下不可一日而無。
在醉常醒，孰是狂人之藥；得意忘味，始知至道之腴。
又何必一石亦醉，罔間州閭。五斗解醒，不問妻妾。
結襪庭中，觀廷尉之度量。脫韡殿上，誇謫仙之敏捷。
佯醉場地，常陋王式之褊。嗚歌仰天，每譏楊惲之俠。
我欲眠而君且去，有客何嫌？人皆勸而我不聞，其誰敢接。
殊不知人之齊聖，匪婚之如。古者晤語，必旅之於。
獨醒者，汨羅之道也。屢舞者，高陽之徒歟！
惡蔣濟而射木人，又何狷淺？殺王敦而取金印，亦自狂疏。
故我內全其天，外寓於酒。濁者以飲吾僕，清者以酌吾友。
吾方耕於渺莽之野，而汲於清泠之淵。
以釀此醪，然後舉窪樽而屬吾口。

註釋

①唐・杜甫（七一二壬子—七七〇）於玄宗天寶十五載（七五六）作〈晦日尋崔戢李封〉詩云：

朝光入甕牖，尸寢驚敝裘。起行視天宇，春氣漸和柔。
興來不暇懶，今晨梳我頭。出門無所待，徒步覺自由。
杖藜復恣意，免值公與侯。晚定崔李交，會心真罕儔。
每過得酒傾，二宅可淹留。喜結仁里懽，況因令節求。
李生園欲荒，舊竹頗修修。引客看埽除，隨時成獻酬。
崔侯初筵色，已畏空樽愁。未知天下士，至性有此否。
草牙既青出，蜂聲亦暖遊。思見農器陳，何當甲兵休。
上古葛天民，不貽黃屋憂。至今阮籍等，熟醉為身謀。
威鳳高其翔，長鯨吞九州。地軸為之翻，百川皆亂流。
當歌欲一放，淚下恐莫收。濁醪有妙理，庶用慰沉浮。

酒子賦并引（一作稚酒賦。六十三歲作，在海南）

說明　據南宋李光（一〇七八戊午—一一五九）〈跋許覲所藏法帖〉說：「予來海外，昌化許覲善書，其大父珏，雖商人而喜與士大夫遊，東坡先生與之甚厚，作〈酒子賦〉贈之。」（《莊簡集》卷十七）

則許覲之祖父許珏，正是東坡所稱「泉人許珏」者，原是泉州人而居於昌化。則此賦東坡在海南昌化作，王文誥繫於元符元年（一〇九八）十二月。

南方釀酒未大熟，取其膏液，謂之「酒子」，率得十一。既熟，則反之醅中；而潮人王介石、泉人許珏乃以是餉余。寧其醅之漓，以蘄予一醉，此意豈可忘哉！乃為賦之：

米為母，麴其父，蒸羔豚，出髓乳。
憐二子，自節口。餉滑甘，輔衰朽。
先生醉，二子舞。歸瀹其糟飲其友。
先生既醉而醒，醒而歌之曰：

吾觀稚酒之初兮，若嬰兒之未孩。
及其溢流而走空兮，又若時女之方笄。
割玉脾於蜂室兮，氄雛鵝之毰毸。
味盎盎其春融兮，氣凜冽而秋凄。
自我皤腹之瓜罌兮，入我凹中之荷杯。
暾朝霞於霜谷兮，濛夜稻於露畦。
吾飲少而輒醉兮，與百榼其均齊。
游物初而神凝兮，反實際而形開。
顧無以酢二子之勤兮，出妙語為瓊瑰。
歸懷璧且握珠兮，挾所有以傲厥妻。
遂諷誦以忘食兮，殷空腸之轉雷。

老饕賦（六十四歲作，在海南）

說明 東坡此賦，王文誥亦以為是元符二年九月作於海南。

庖丁鼓刀，易牙烹熬。水欲新而釜欲潔，火惡陳而薪惡勞。九蒸暴而日燥，百上下而湯鏖。嘗項上之一臠，嚼霜前之兩螯。爛櫻珠之煎蜜，滃杏酪之蒸羔。蛤半熟而含酒，蟹微生而帶糟。蓋聚物之夭美，以養吾之老饕①。婉彼姬姜，顏如李桃。彈湘妃之玉瑟，鼓帝子之雲璈。命仙人之萼綠華，舞古曲之鬱輪袍。引南海之玻璃，酌涼州之蒲萄。願先生之耆壽，分餘瀝於兩髦。候紅潮於玉頰，驚暖響於檀槽。忽累珠之妙唱，抽獨繭之長繰。閔手倦而少休，疑吻燥而當膏。倒一缸之雪乳，列百梔之瓊艘。各眼灩於秋水，咸骨醉於春醪。美人告去已而雲散，先生方兀然而禪逃。響松風於蟹眼，浮雪花於兔毫。先生一笑而起，渺海闊而天高！

註釋

①宋．吳曾（一一一七丁酉—？）《能改齋漫錄》：「顏之推云：『眉毫不如耳毫，不如項條，項條不如老饕。』此言老人雖有壽相，不如善飲食也。故東坡〈老饕賦〉蓋本諸此。」但今所見《顏氏家訓》不見這段文字。

天慶觀乳泉賦（六十五歲作，在海南）

說明　黃山谷云：「東坡公所作〈乳泉賦〉，數百年之文章也。明之又好東坡，故書遺之，可深藏以待識者。崇寧元年八月己未泊舟琵琶亭西書。」崇寧元年（一一〇二）八月己未為八月初七，已在東坡逝後一年又九天。

李綱〈後乳泉賦〉序：「玉局翁作〈乳泉賦〉，妙語雄辯，不可跂及。然理有未安者。梁谿翁作後賦以訂之。」

陰陽之相化，天一為水。

六者其壯，而一者其稚也。夫物老死於坤，而萌芽於復。

故水者，物之終始也。

意水之在人寰也，如山川之蓄雲，草木之含滋，漠然無形而為往來之氣也。

為氣者水之生，而有形者其其死也。

死者鹹而生者甘，甘者能往能來，而鹹者一出而不復返。此陰陽之理也。

吾何以知之，蓋嘗求之於身而得其說。

凡水之在人者，為汗、為涕、為洟、為血、為溲、為矢、為涎、為沫。此數者，皆水之去人而外騖，然後肇形於有物，皆鹹而不能返。

故鹹者九而甘者一，一者何也？

唯華池之真液，下湧於舌底，而上流於牙頰；甘而不壞，白而不濁，宜古之仙者以是為金丹之祖，長生不死之藥也。

今夫水之在天地之間者，下則為江湖井泉，上則為雨露霜雪，皆同一味之甘，是以變化往來，有逝而無竭。

故海洲之泉必甘，而海雲之雨不鹹者，如涇、渭之不相亂，河、濟之不相涉也，

若夫四海之水與凡出鹽之泉，皆天地之死氣也，

故能殺而不能生，能槁而不能浹也。豈不然哉！

吾謫居儋耳，卜築城南，隣於司命之宮，百井皆鹹，而醪醴湩乳獨發於宮中，給吾

飲食酒茗之用。蓋沛然而無窮。

吾嘗中夜而起，挈瓶而東，有落月之相隨，無一人之我同。

汲者未動，夜氣方歸。鏘瓊珮之落谷，灩玉池之生肥。

吾三嚥而遄返，懼守神之訶譏。却五味以謝六塵，悟一真而失百非。

信飛仙之有藥，中無主而何依。渺松喬之安在，猶想像於庶幾。

某在海南作此賦，未嘗示人。既渡海，親寫二本，一以示秦少游，一以示劉元忠。

建中靖國元年三月二十一日

頌、贊、說

油水頌（三十三歲作，丁憂在鄉）

說明 侯溥字元叔。作品都見《成都文類》等書，曾教授東坡妻弟王箴。於〈油水頌〉有記云：「僕嘗與子瞻學士會食於嘉祐長老紀公之丈室，子瞻識其行於壁，『水真定之喻』十二言於其所謂禪版者，紀曰：『壁有時以圮，版有時以蠹，不幸而及於此，則吾之所寶去矣！』我將寶其真筆而摹其字於石，垂之緜緜，使觀者知大賢之所存！熙寧四年八月九日河南侯溥書。」

熙寧元年七月二十八日，元叔設食嘉祐院，見召，謁長老，觀佛牙。趙郡蘇某為之頌曰：

水在油中，見火則起。油水相搏，水去油住。湛然光明，不知有火。

在火能寶，內外淨故。若不經火，油水同定。非真定故，見火復起。

豬肉頌（四十五歲作，在黃州）

說明　《東坡外集》題為〈煮豬肉羹頌〉。東坡於元豐二年到達黃州，一年後，生活更為困窘，或因而有此作。王文誥未見提。姑繫於元豐三年，四十五歲時。

淨洗鐺，少著水。柴頭罨煙焰不起。
待他自熟莫催他。火候足時他自美。
黃州好豬肉，價賤如泥土。
貴者不肯喫，貧者不解煮。
早晨起來打兩椀，飽得自家君莫管。

東坡羹頌并引（四十七歲作，在黃州）

說明　王文誥編此頌於元豐五年十二月二十五日後。

「東坡羹」蓋東坡居士所煮「菜羹」也。不用魚肉五味，有自然之甘。其法以菘若蔓菁若蘆菔若薺，皆揉洗數過，去辛苦汁，先以生油少許塗釜緣及瓷碗，下菜湯中，入生米為糝，及少生薑，以油盌覆之，不得觸，觸則生油氣，至熟不除。其上置甑炊飯如常法，既不可遽覆，須①生菜氣出盡乃覆之。羹每沸湧，遇油輒下。又為碗所壓，故終不得上，不爾②，羹上薄飯，則氣不得達而飯不熟矣。飯熟羹亦爛可食。若無菜，用瓜、茄皆切破，不揉洗入罨熟，赤豆與　米半為糝，餘如煮菜法。應純道人將適廬山，求其法以遺山中好事者，以頌問之：

甘苦嘗從極處回，鹹酸未必是鹽梅。
問師此個天真味，根上來麼塵上來。

註釋

①「須」生菜氣出：「須」，等待。

②不爾：不如此。「不」同「否」。

食豆粥頌（五十四歲作，在杭州）

道人親煮豆粥，大眾齊念般若。老夫試挑一口，已覺西家作馬①。

註釋

①《五燈會元》卷十載，杭州資國圓進山主僧問：「古人道：東家作驢，西家作馬。意如何？」師曰：「相識滿天下。」

桂酒頌（五十九歲作，在惠州）

說明　《廣東通志》引《東坡志林》云：「東坡在惠州，……博羅之鑾村多桂，以其花為釀，香味沁腦。東坡有〈桂酒頌〉，併釀法刻於羅浮鐵橋下。」則此頌在惠州作。王文誥繫於紹聖元年（一〇九四）十一月二十六日。

《禮》曰：「喪有疾，飲酒食肉，必有草木之滋焉。」薑、桂之謂也。古者非喪，食不徹薑、桂。《楚辭》曰：「奠桂酒兮椒漿。」是桂可以為酒也。《本草》：「桂有小毒。」而菌桂、牡桂皆無毒。大略皆主溫中、利肝肺氣、殺三蟲、輕身、堅骨、養神、發色，使常如童子，療心腹冷疾，為百藥先，無所畏。陶隱居云：「《仙經》：『服三桂以葱涕，合雲母蒸為水。』而孫思邈亦云：『久服可行水上。』此輕身之效也。」

吾謫居海上，法當數飲酒以禦瘴，而嶺南無酒禁，有隱者以桂酒方授吾。釀成而玉色，香味超然，非人間物也。東坡先生曰：「酒，天祿也！其成壞美惡，世以兆主人之吉凶。吾得此，豈非天哉！」故為之頌，以遺後之有道而居夷者。其法蓋刻石置之羅浮鐵橋之下，非忘世求道者莫至焉！其詞曰：

中原百國東南傾，流膏輸液歸南溟。祝融司方發其英。沐日浴月百寶生。水娠黃金山空青。丹砂晝曬珠夜明。百卉甘辛角芳馨。栴檀沈水乃公卿。大夫芝蘭士蕙蘅。桂君獨立冬鮮榮。無所懾畏時靡爭。釀為我醪淳而清。甘終不壞醉不酲。輔安五神伐三彭。肌膚渥丹身毛輕。泠然風飛罔水行。誰其傳者疑方平。教我常作醉中醒。

石菖蒲贊并敘（在惠州作）

《本草》：「菖蒲味辛溫，無毒。開心。補五臟，通九竅，明耳目。久服輕身不忘，延年、益心、智高、志不老。」注云：生石磧上，九節者良。生下溼地，大根者乃是昌陽，不可服。韓退之〈進學解〉云：「訾醫師以昌陽引年，欲進其豨苓。」不知退之即以昌陽為菖蒲耶？抑謂其似是而非，不可以引年也。凡草木之生石上者，必須微土以附其根，如石韋、石斛之類，雖不待土，然去其本處輒槁死。惟石菖蒲并石取之，濯去泥土，漬以清水，置盆中，可數十年不枯，雖不甚茂，而節葉堅瘦，根鬚連絡，蒼然於几案間，久而益可喜也！其輕身延年之功，既非昌陽之所能及，至於忍寒苦、安澹泊，與清泉白石為伍，不待泥土而生者，亦豈昌陽之所能髣髴哉！余游慈湖，山中得數本，以石盆養之，置舟中，間以文石石英，璀璨芬郁，意甚愛焉！顧恐陸行不能致也！乃以遺九江道士胡洞微，使善視之。余復過此，將問其安否。

贊曰：清且泚，惟石與水，託於一器，養非其地，瘠而不死。夫孰知其理。不如此，何以輔五臟而堅髮齒！

五君子說（在海南作）

說明　所稱「五君子」者，豈指「蛹薺腊」、「蒸餅」、「栗」、「米飯」及「不拓」！「不拓」即「餺飥」，或即「麵疙瘩」。又，蚳，蟻子。蝝，蝗子。

齊魯趙魏，桑者衣被天下，蠶既登簇，繅者如救火避寇，日不暇給，而蛹已眉羽矣！故必以鹽殺之，蛹死而絲亦韌，繅既畢，蛹亦煮熟，如啖蚳蝝，甕中之液，味兼鹽蛹，投以刺瓜蘆菔以為薺腊，久而助醢，亦幾半天下。吾久居南荒，每念此味。

今日復見一洛州人，論蒸餅之美，漿水栗、米飯之快，若復加以關中不拓，則此五君子者，真可相與處置老死也！

元符三年四月十五日

論、傳

既醉備五福論（二十六歲作，在汴京應制科考）

說明　東坡兄弟參加制科考試時的策論題。

〈既醉〉者，成王之詩也。其〈序〉曰：「既醉，太平也。醉酒飽德，人有士君子之行焉。」而說者以為是詩也，實具五福。其詩曰：「君子萬年，壽也。介爾景福，富也。室家之壼，康寧也。高明有融，攸好德也。高朗令終，考終命也。」凡言此者，非美其有是五福也，美其全享是福，兼有是樂，而天下安之，以為當然也。

夫詩者不可以言語求而得，必將深觀其意焉。故其譏刺是人也，不言其所為之惡，而言其爵位之尊，車服之美，而民疾之，以見其不堪也。「君子偕老，副笄六珈，赫赫師尹，民具爾瞻」是也。其頌美是人也，不言其所為之善，而言其冠佩之華，容貌之盛，而民安之，以見其無愧也。「緇衣之宜兮敝，予又改為兮，服其命服朱芾斯皇」是也。

故既醉者，非徒享是五福而已，必將有以致之。不然，民將盼盼焉疾視而不能平，又安能獨樂乎？是以《孟子》言王道，不言其他，而獨言民之聞其作樂，見其田獵而欣欣者。此可謂知本矣。

江瑤柱傳（三十六至三十九歲作，在杭州）

說明 此是模仿韓愈〈毛穎傳〉的寓言體史贊。東坡接觸「江瑤柱」之時間，應在其初至杭州擔任通判時，三十六歲到三十九歲之間。文中所稱明州即是今之寧波，在浙江。

生姓江，名瑤柱，字子美。其先南海人。十四代祖媚川，避合浦之亂，徙家閩越。閩越素多士，人聞媚川之來甚喜，朝夕相與探討，又從而鐫琢之。媚川深自晦匿，嘗喟然謂其孫子曰：「匹夫懷寶，吾知其罪矣！尚子平何人哉！」遂棄其孥，浪迹泥途中，潛德不耀，人莫知其所終。

媚川生二子，長曰添丁，次曰馬頰。始來鄞江，今為明州奉化人。瑤柱世孫也。性溫平，外慤而內淳，稍長，去褋纇，頎長而白皙，圓直如柱，無絲髮附麗態。父友庖公異之，且曰：「吾閱人多矣，昔人夢資質之美有如玉川者，是兒亦可謂瑤柱矣。」因以名之。生寡欲，然極好滋味，合口不論人是非，人亦甘心焉。獨與峨嵋洞車公、清溪遐丘子、望湖門章舉先生善，出處大略相似，所至一坐盡傾，然三人者亦自下之，以謂不可及也。生亦自養，名聲動天下，鄉閭尤愛重之。凡歲時節序冠婚慶賀、合親戚、燕朋友，必延為上客，一不至則慊然，皆云：「無江生不樂！」生頗厭苦之，間或逃避於寂寞之濱，好事者雖解衣求之不憚也。

至於中朝達官名人，游宦東南者，往往指四明為善地，亦屢屬意於江生，惟扶風馬太守不甚禮之，生浸不悅，跳身武林道，感溫風得中乾疾，為親友強起，置酒高會，座中有合氏子，亦江淮間名士也，輒坐生上，眾口歎美之曰：「聞客名舊矣！蓋鄉曲之譽，不可盡信，韓子所謂『面目可憎，語言無味者』，非客耶？客第歸，人且不愛客而棄之海上，遇逐臭之夫，則客歸矣，尚何與合氏子爭乎？」生不能對，大慚而歸，語其友人曰：「吾棄先祖之戒，不能深藏海上，而薄游樽俎間，又無馨德，發聞惟腥，宜見擯於合氏子，而府公貶我，固當從吾子游於水下，苟不得志，雖粉身亦何憾！吾去子矣！」已而果然。其後族人復盛於四明，然聲譽稍減云。

太史公曰：里諺有云，「果蓏失地則不榮，魚龍失水則不神。」物固且然，人亦有之。嗟乎！瑤柱誠美士乎！方其為席上之珍，風味藹然，雖龍肝鳳髓有不及者。一旦出非其時，而喪其真，眾人且掩鼻而過之。士大夫有識者，亦為品藻而置之下。士之出處，不可不慎也。悲夫！

黃甘陸吉傳

說明　此亦仿韓愈〈毛穎傳〉。寓言也。借「黃柑」與「綠橘」以為諷刺！東坡在潁州時，趙德麟贈以「洞庭春色」酒，是以「黃柑」釀成。或作於其時。

黃甘、陸吉者，楚之二高士也。黃隱於泥山，陸隱於蕭山。楚王聞其名，遣使召之。陸吉先至，賜爵左庶長，封洞庭君，尊寵在羣臣右。久之，黃甘始來，一見，拜溫尹、平陽侯，班視令尹。吉起隱士，與甘齊名，入朝久尊貴用事，一旦甘位居上，吉心銜之。羣臣皆疑之，會秦遣蘇軫、鍾離意使楚，楚召燕「章華臺」，羣臣皆與。甘坐上坐，吉怫然謂之曰：「請與子論事。」甘曰：「唯，唯。」吉曰：「齊、楚約西擊秦，吾引兵踰關，身犯霜露，與枳棘最下者同甘苦，率家奴千人戰李洲之上，拓地至漢南而歸。子功孰與？」甘曰：「不如也。」曰：「神農氏之有天下也，吾剝膚剖肝，怡顏下氣，以固蒂之術獻上。上喜之，命注記官陶洪景狀其方略，以付國史。出為九江守，宣上德澤，使童兒亦懷之，子才孰與甘？」曰：「不如也。」吉曰：「是二者皆居吾下，而位吾上，何也？」甘徐應之曰：「君何見之晚也，每歲太守勸駕，乘傳入金門，上王堂，與虞荔申梠梅福棗嵩之徒列侍上前，使數子者口呿舌縮，不復上齒牙間。當此之時，屬之於子乎？屬之於我乎？」吉默然良久曰：「屬之於子矣！」甘曰：「此吾之所以居子之上也！」於是羣臣皆服。歲終，吉以疾免，更封甘子為穰侯，吉之子為下邳侯。穰侯遂廢不顯，下邳以美湯藥，官至陳州治中。

太史公曰：田文論相吳起悅，相如回車廉頗屈。婭何敝衣尹姬悔。甘、吉亦然。傳曰：「女無好惡，入宮見妬。士無賢不肖，入朝見嫉。」此之謂也。雖美惡之相遼，嗜好之不齊，亦焉可勝道哉！

——《古今事文類聚》後集卷二十七引

葉嘉傳

說明 此亦仿韓愈〈毛穎傳〉之作，為閩茶立傳。南宋陳善《捫蝨新語》：「〈葉嘉傳〉乃陳表民作。表民名元規，羅源人，與善同邑。」羅源在福建東北。姑錄之以供參考。

葉嘉，閩人也。其先處上谷，曾祖茂先，養高不仕，好游名山，至武夷，悅之，遂家焉。嘗曰：「吾植功種德，不為時採，然遺香後世，吾子孫必盛於中土，當飲其惠矣。」茂先葬郝源，子孫遂為郝源民，至嘉，少植節操，或勸之業武。曰：「吾當為天下英武之精，一槍一旗，豈吾事哉！」因而游，見陸先生。先生奇之，為著其行錄傳於世。方漢帝嗜閱經史時，建安人為謁者侍上，上讀其行錄而善之曰：「吾獨不得與此人同時哉！」曰：「臣邑人葉嘉，風味恬淡，清白可愛，頗負其名。有濟世之才，雖羽知猶未詳也。」上驚，勅建安太守召嘉，給傳遣詣京師。郡守始令採訪嘉所在，命齎書示之。嘉未就遣，使臣督促。郡守曰：「葉先生方閉門制作，研味經史，志圖挺立，必不屑進，未可促之。」親至山中為之勸駕，始行，登車遇相者，揖之曰：「先生容質異常，矯然有龍鳳之姿，後當大貴。」嘉以皂囊上封事。天子見之曰：「吾久飫卿名，但未知其實耳！我其試哉！」因顧謂侍臣曰：「視嘉容貌如鐵，資質剛勁，難以遽用。必槌提頓挫之乃可。」遂以言恐嘉曰：「碪斧在前，鼎鑊在後，將以烹子。子視之如何？」嘉勃然吐氣曰：「臣山藪猥士，幸惟陛下採擇至此，可以利主，雖粉身碎骨，臣不辭也。」上笑，命以名曹處之，又加樞要之務焉。因誡小黃門監之。有頃，報曰：「嘉之所為，猶若粗疏然。」上曰：「吾知其才，第以獨學未經師耳。」嘉為之屑屑，就師頊刻，就事已精熟矣！上乃勑御史歐陽高、金紫光祿大夫鄭當時、甘泉侯陳平三人與之同事。歐陽嫉嘉初進有寵，曰：「吾屬且為之下矣！」計欲傾之。會天子御延英，促召四人。歐但熱中而已，當時以足擊嘉，而平亦以口侵凌之。嘉雖見侮，為之起立，顏色不變。歐陽悔曰：「陛下以葉嘉見托，吾輩亦不可忽之也。」因同見帝，陽稱嘉美而陰以輕浮訿之。嘉亦訴於上，上為責歐陽，憐嘉，視其顏色，久之曰：「葉嘉真清白之士也，其氣飄然若浮雲矣！」遂引而宴之，少選間上鼓舌，欣然曰：「始吾見嘉，未甚好也，久味之，殊令人愛。朕之精魄不覺灑然而醒。」書曰：「啟乃心沃朕心，嘉之謂也。」於是封嘉為鉅合侯，位尚書。曰：「尚書，朕喉舌之任也。」由是寵愛日加，朝廷賓客遇會宴享，未始不推於嘉。上日引對，至於再三。後因侍宴苑中，上飲踰度，嘉輒苦諫，上不悅曰：「卿司朕喉舌，而以苦辭逆我，我豈堪哉！」遂唾之，命左右撲於地。嘉正色曰：「陛下必欲甘辭利口，然後愛耶？臣言雖苦，久則有效，陛下亦嘗試之，豈不知乎？」上顧左右曰：「始吾言嘉剛勁難用，今果見矣！」因含容之，然亦以是疏嘉。嘉既不得志，退去閩中。既而曰：「吾未如之何也已矣！」上以不見嘉月餘，勞於萬幾，神薾思困，頗思嘉。因命召至。喜甚，以手撫嘉曰：「吾渴見卿久也！」遂恩遇如故。上方欲以兵革為事，而大司農奏計國用不足，上深患之，以問嘉。嘉為進三策，其一曰：「権天下之利，山海之資，一切籍於縣官。」行之一年，財用豐贍，上大悅。兵興，有功而還。上利其財，故権法不罷。管山海之利，自嘉始也。居一年，嘉告老。上曰：「鉅合侯，其忠可謂盡矣！」遂得爵其子。又令郡守擇其宗支之良者，每歲貢焉。嘉子二人：長曰摶，有父風，襲爵。次曰挺，抱黃白之術，比於摶，其志尤淡泊也。嘗散其資，拯鄉閭之困，人皆德之。故鄉人以春伐鼓，大會山中求之以為。

贊曰：今葉氏散居天下，皆不喜城邑，惟樂山居。氏於閩中者蓋嘉之苗裔也。天下葉氏雖夥，然風味德馨為世所貴，皆不及閩，閩之居者又多而郝源之族為嘉以布衣遇天子，爵徹侯，位八座，可謂榮矣。然其正色苦諫，竭力許國，不為身計蓋有以取之。

論酒

書淳于髡傳後（五十六歲作，在朝）

說明　東坡於元祐六年五月二十六日自知杭州奉召回朝，六月一日再入學士院，四日兼侍讀。

淳于髡言一斗既醉，一石亦醉。至於州閭之會，男女雜坐，幾於勸矣，而何諷之有？以吾觀之，蓋有微意。以多少之無常，知飲酒之非我。觀變識妄，而平生之嗜亦少衰矣。是以託於放蕩之言，而能已荒主長夜之飲，未有識其趣者。元祐六年六月十三日偶讀《史記》，書此。

書東皋子傳後（六十歲作，在惠州）

說明　東坡於紹聖元年十二月二日到惠州貶所。

予飲酒終日，不過五合，天下之不能飲，無在予下者，然喜人飲酒，見客舉杯徐引，則予胸中為之浩浩焉，落落焉，酣適之味，乃過於客。閒居未嘗一日無客，客至未嘗不置酒。天下之好飲亦無在予上者。常以謂人之至樂，莫若身無病而心無憂，我則無是二者矣！然人之有是者接於予前，則予安得全其樂乎？故所至當蓄善藥，有求者則與之，而尤喜釀酒以飲客，或曰：「子無病而多蓄藥，不飲而多釀酒，勞己以為人，何也？」予笑曰：「病者得藥，吾為之體輕；飲者困於酒，吾為之酣適。蓋專以自為也。」東皋子待詔門下省，日給酒三升。其弟靜問曰：「待詔樂乎？」曰：「待詔何所樂？但美醞三升，殊可戀耳！」今嶺南法不禁酒，予既得自釀，月用米一斛，得酒六斗，而南雄、廣、惠、循、梅五太守，間復以酒遺予，略計其所獲，殆過於東皋子矣！然東皋子自謂五斗先生，則日給三升，救口不暇，安能及客乎？若予者，乃日有二升五合入野人道士腹中矣！東皋子與仲長子光游，好養性服食，預刻死日，自為墓誌。予蓋友其人於千載，或庶幾焉！

東坡釀酒

東坡於釀酒一事，既有心得，又有興趣，在海南時，曾有〈黍麥說〉，比較兩者之短長，亦可見其心得。〈黍麥說〉云：

晉醉客云：「麥熟頭昂，黍熟頭低。黍麥皆熟，是以低昂。」此雖戲語，然古人造酒。理蓋如此。黍稻之出穗也，必直而仰，其熟也，必曲而俛，麥則反是。此陰陽之分也。北方之稻不足於陰，南方之麥不足於陽，故南方無嘉酒者，以麴麥雜陰氣也。又況如南海無麥而用米作麴耶？吾嘗在京師，載米百斛至錢塘以踏麴，是歲，官酒比京醞。而北方造酒皆用南米，故常有善酒。吾昔在高密，用土米作酒，皆無味。今在海南，取舶上麵作麴，則酒亦絕佳，以此知其驗也！

東坡自釀酒，在詩文中記述較詳者，即有以下數種：

蜜酒（在黃州）

東坡〈蜜酒歌自序〉說：

西蜀道士楊世昌，善作蜜酒，絕醇釅。余既得其方，作此歌以遺之。

——《蘇軾詩集》卷二十一

〈蜜酒歌〉中所敘「蜜酒」製法，與《東坡志林》所載同。在黃州時。〈蜜酒歌〉云：

真珠為漿玉為醴，六月田夫汗流泚。不如春甕自生香，蜂為耕耘花作米。
一日小沸魚吐沫，二日眩轉清光活。三日開甕香滿城，快瀉銀瓶不須撥。
百錢一斗濃無聲，甘露微濁醍醐清。君不見南園採花蜂似雨，天教釀酒醉先生。
先生年來窮到骨，問人乞米何曾得。世間萬事真悠悠，蜜蜂大勝監河侯。

〈又一首答二猶子與王郎見和〉：

脯青苔，炙青蒲。爛蒸鵝鴨乃瓠壺。

煮豆作乳脂為酥。高燒油燭斟蜜酒。貧家百物初何有。

古來百巧出窮人，搜羅假合亂天真。詩書與我為麴蘗，醞釀老夫成搢紳。

質非文是終難久，脫冠還作扶犁叟。不如蜜酒無燠寒，冬不加甜夏不酸。

老夫作詩殊少味，愛此三篇如酒美。封胡羯末已可憐，不知更有王郎子。

松醪（在定州）

東坡〈與程正輔提刑書〉說：「向在中山，創作『松醪』，有一賦。」（即〈中山松醪賦〉，《蘇軾文集》卷一）。此書東坡到惠州時作，賦則東坡兩年前知定州時作，以「松膏」製酒。

〈賦〉有：

取通明於盤錯，出肪澤於烹熬。與黍麥而皆熟，沸春聲之嘈嘈。味甘餘而小苦，歎幽姿之獨高。知甘酸之易壞，笑涼州之葡萄。似玉池之生肥，非內府之蒸羔。酌以瘿藤之紋樽，薦以石蟹之霜螯。曾日飲之幾何，覺天刑之可逃。……

從此略可知「松醪」之滋味。東坡且以贈友人。〈中山松醪寄雄州守王引進〉：

鬱鬱蒼髯千歲姿，肯來杯酒作兒嬉。流芳不待龜巢葉，掃白聊煩鶴踏枝。
醉裏便成敧雪舞，醒時與作嘯風辭。馬軍走送非無意，玉帳人閒合有詩。

前三句東坡自注：「唐人以荷葉為酒杯，謂之『碧筒酒』。」

洞庭春色（在潁州）

東坡〈洞庭春色．序〉說：安定郡王以黃柑釀酒，謂之『洞庭春色』。色、香、味三絕。……德麟以飲余，為作此詩。」

——《蘇軾詩集》卷三十四

德麟指趙令畤。詩說：

二年洞庭秋，香霧長噀手。今年洞庭春，玉色疑非酒。
賢王文字飲，醉筆蛟蛇走。既醉念君醒，遠餉為我壽。
銒開香浮座，琖凸光照牖。方傾安仁醽，莫遣公遠嗅。
要當立名字，未可問升斗。應呼釣詩鈎，亦號掃愁帚。
君知葡萄惡，止是嫫姆黝。須君灩海杯，澆我談天口。

此「洞庭春色」雖然東坡未嘗自己釀造，但極為欣賞，故又作〈洞庭春色賦〉：「糅以二米之禾，藉以三脊之菅，忽雲蒸而冰解，旋珠零而涕潸。」亦略可知釀造大概。

真一酒（在惠州）

東坡〈真一酒詩并引〉說：「米、麥、水三一而已。此東坡先生真一酒也。」東坡自注說：「真一色味，頗類予在黃州日所醞蜜酒也。」（《蘇軾詩集》卷三十九）

東坡對「真一酒」似乎特別鍾愛，又作〈記授真一酒法〉說：

予在白鶴新居，鄧道士忽叩門，時已三鼓，月色如霜。其後有偉人，衣桄榔葉，手攜斗酒，丰神英發如呂洞賓者，曰：『子嚐真一酒乎？』三人就坐，各飲數杯，擊節高歌合江樓下。……袖出一書授余，乃「真一法」及修養九事。

——《蘇軾文集》卷九十二

又有〈真一酒法寄建安徐得之〉說：嶺南不禁酒，近得一釀法，乃是神授；只用白麵、糯米、清水三物，謂之『真一法酒』釀成玉色，有自然香味，絕似王大駙馬家碧玉香也。奇絕！奇絕！」（《蘇軾文集》卷七十三）

文後並詳述其釀造程序。東坡猶感不足，更再作〈真一酒歌并引〉，其敘云：

布算以步五星，不如仰觀之捷；吹律以求中聲，不如耳齊之審；鉛汞以為藥，策易以候火，不如天造之真也。是故神宅空樂出虛，蹋踘者以氣升，孰能推是理，以求天造之藥乎！於此有物，其名曰「真一」。遠游先生方治此道，不飲不食，而飲此酒、食此藥、居此堂，予亦竊其一二，故作真一之歌。其詞曰：

空中細莖插天芒，不生沮澤生陵岡。涉閱四氣更六陽，森然不受螟與蝗。
飛龍御月作秋涼，蒼波改色屯雲黃。天旋雷動玉塵香，起搜十裂照坐光。
跏趺牛噍安且詳，動搖天關出瓊漿。壬公飛空丁女藏，三伏遇井了不嘗。
釀為真一和而莊。三杯儼如侍君王。湛然寂照非楚狂，終身不入無功鄉。

「無功鄉」者「醉鄉」也，唐初王績（五八五乙巳—六四四），字無功，號東皋子，能酒，人稱「五斗先生」、「斗酒學士」。東坡對「真一酒」之重視，可以想見！

又有〈真一酒并引〉：

米麥水三一而已，此東坡先生真一酒也。

撥雪披雲得乳泓，蜜蜂又欲醉先生。稻垂麥仰陰陽足，器潔泉新表裏清。
曉日著顏紅有暈，春風入髓散無聲。人間真一東坡老，與作青州從事名。

第二句東坡自注：「真一色味，頗類予在黃州日所醞蜜酒。」

又東坡獲赦經廉州時，有〈留別廉守〉詩云：

編萑以苴豬，墐塗以塗之。小餅如嚼月，中有酥與飴。
懸知合浦人，長誦東坡詩。好在真一酒，為我醉宗資。

羅浮春（在惠州）

東坡〈寄鄧道士〉詩首句「一杯羅浮春」。王注云：「先生所自造酒名也。以惠州有羅浮山而得名云。」（《蘇軾詩集》卷三十六）

桂酒（在惠州）

東坡有〈新釀桂酒〉詩：

擣香篩辣入瓶盆，盎盎春谿帶雨渾。收拾小山藏社甕，招呼明月到芳樽。
酒材已遣門生致，菜把仍叨地主恩。爛煮葵羹斟桂醑，風流可惜在蠻村。

——《蘇軾詩集》卷三十八

而在〈與陸子厚書〉中說：

飲桂酒一杯，醺然徑醉。作書奉答，真不勒字數矣！桂酒乃仙方也，釀桂而成，盎然玉色，非人間物也。足下端為此酒一來，有何不可！——《蘇軾文集》卷六十

又作〈桂酒頌〉，已見前文。其結句云：「教我常作醉中醒」，正是東坡飲酒之本色也！

天門冬酒（在海南）

東坡詩有〈庚辰歲正月十二日，天門冬酒熟，予自漉之，且漉且嘗，遂以大醉。二首〉：

自撥牀頭一甕雲，幽人先已醉濃芬。天門冬熟新年喜，麴米春香並舍聞。
菜圃漸疎花漠漠，竹扉斜掩雨紛紛。擁裘睡覺知何處，吹面東風散纈紋。
載酒無人過子雲，年來家醞有奇芬。醉鄉杳杳誰同夢，睡息齁齁得自聞。

口業向詩猶小小，眼花因酒尚紛紛。點燈更試淮南語，汎溢東風有縠紋。

第四句東坡自注云：「杜子美詩云：『聞道雲安麴米春』。蓋酒名也。」第八句《淮南子》云：「東風至而酒汎溢。」許慎注云：「酒汎，清酒也。」王注引《山居要錄》載有「天門冬酒法」。

東坡酒經

以上所舉，皆可見東坡釀酒之心得與對酒之認知，東坡唯恐所言不周，於是又總而敘之，命曰〈東坡酒經〉：

南方之氓，以糯與粳雜以卉藥而為餅，嗅之香，嚼之辣，揣之枵然而輕，此餅之良者也。吾始取麵而起肥之，和之以薑液，蒸之使十裂，繩穿而風戾之，愈久而益悍，此麴之精者也。米五斗以為率，而五分之，為三斗者一，為五升者四；三斗者以釀，五升者以投三投而止，尚有五升之贏也。始釀以四兩之餅，而每投以二兩之麴，皆澤以少水，取足以散解而勻停也。釀者必甕按而并泓之，三日而并溢，此吾酒之萌也。酒之始萌也，甚烈而微苦，蓋三投而後平也。凡餅烈而麴和，投者必屢嚐而增損之，以舌為權衡也。既溢之三日乃投，九日三投，通十有五日而後定也。既定乃注以斗水，凡水必熟而冷者也。凡釀與投必寒之而後下，此炎州之令也。既水五日，乃篘得二斗有半，此吾酒之正也。先篘半日，取所謂贏者為粥，米一而水三之，揉以餅麴，凡四兩，二物并也。投之糟中，熟撋而再釀之五日，壓得斗有半，此吾酒之少勁者也。勁正合為四斗，又五日而飲，則和而力、嚴而不猛也。篘絕不旋踵，而粥投之，少留則糟枯。中風而酒病也。釀久者酒醇而豐，速者反是，故吾酒三十日而成也。

可見東坡於釀酒之老到。除了釀酒，當然還要為酒宣傳，以彰顯酒的功德。於是又寫了〈酒子賦〉、〈酒隱賦〉、〈濁醪有妙理賦〉、〈既醉備五福論〉等文，闡述「神聖功用無捷於酒」的理念。〈飲酒說〉兩篇尤寓妙義，詳下文。

飲酒說・之一

說明　此文作於元豐四年（一〇八一）東坡在黃州的第二年。東坡「自釀酒」之因由與感慨，情見乎辭！

予雖飲酒不多，然而日欲把盞為樂，殆不可一日無此君也。州釀既少，官酤又惡而貴，遂不免閉門自醞。麴既不佳，手訣亦疏謬，不甜而敗，則苦硬不可向口。慨然而嘆，知窮人之所為無一成者。然甜酸甘苦，忽然過口，何足追計。取能醉人，則吾酒何以佳為？但客不喜爾；然客之喜，亦何與吾事哉！

——《蘇軾文集》卷七十三

飲酒說・之二

說明　此文未記時間，然有「今日眼痛」之語，東坡於元豐七年六月，因風毒攻右眼，月餘始痊，應是其時作。而東坡於飲酒一事所作思慮，於此可見一斑。

東坡嘗說陶淵明「非達者」，他怎麼說呢？陶淵明作〈無絃琴詩〉云：「但得琴中趣，何勞絃上聲。」蘇子曰：「淵明非達者也！五音六律，不害為達，苟惟不然，無琴可也，何獨絃乎？」（《蘇軾文集》卷六十五）

嗜飲酒人，一日無酒則病。一旦斷酒，酒病皆作。謂酒不可斷也，則死於酒而已。斷酒而病，病有時已；常飲而不病，一病則死矣！吾平生常服熱藥，飲酒雖不多，然未嘗一日不把盞。自去年來，不服熱藥；今年飲酒至少，日日病，雖不為大害，然不似飲酒服熱藥時無病也！今日眼痛，靜思其理，豈或然哉！——《蘇軾文集》卷七十三

往昔讀此論，覺東坡似有自嘲之意；以東坡不擅飲酒，又以日把杯為樂，若真識酒中趣，杯不在手亦何妨？今檢讀東坡有關論酒文字，既知東坡與酒之終始契合，於東坡之懷抱，似有所感悟焉！「把盞為樂」、「不可一日無此君」，此東坡居士之酒量也！

飲酒四首

我觀人間世，無如醉中真。虛空為銷殞，況乃百憂身。
惜哉知此晚，坐令華髮新。聖人驟難得，日且致賢人。

左手持蟹螯，舉觴矚雲漢。天生此神物，為我洗憂患。
山川同恍惚，魚鳥共蕭散。客至壺自傾，欲去不得閒。

有客遠方來，酌我一甌茗。我醉方不啜，強啜忽復醒。
既鑿渾沌氏，遂遠華胥境。操戈逐儒生，舉觴還酩酊。

雷觴淡於水，經年不濡唇。爰有擾龍裔，為造英靈春。
英靈韻甚高，葡萄難與鄰。他年血食汝，當配杜康神。

東坡「酒語」彙輯[114]

〈九月二十日微雪懷子由弟〉：「愁腸別後能消酒，白髮秋來已上簪。」

〈病中聞子由得告不赴商州〉：「萬事悠悠付杯酒，流年冉冉入霜髭。」

〈和子由寒食〉：「但挂酒壺那計盞，偶題詩句不須編。」

〈次韻柳子玉見寄〉：「行樂及時雖有酒，出門無侶漫看書。」

〈石蒼舒醉墨堂〉：「近者作堂名醉墨，如飲美酒銷百憂。」

〈送劉攽倅海陵〉：「莫誇舌在牙齒牢，是中惟可飲醇酒。」

〈十月一日將至渦口五里所遇風留宿〉：「瓶中尚有酒，信命誰能戒。」

〈和歐陽少師寄趙少師次韻〉：「世事如今臘酒濃，交情自古春雲薄。」

〈和致仕張郎中春晝〉：「淺斟杯酒紅生頰，細琢歌詞穩稱聲。」

〈九日泛小舟至勤師院〉：「白髮長嫌歲月侵，病眸兼怕酒杯深。」

114. 原輯於一九九二年，二〇二二年一十月更訂。

〈述古見責屢不赴會〉：「肯對紅裙辭白酒，但愁新進笑陳人。」
〈古纏頭曲〉：「我慚貧病百不足，強對黃花飲白酒。」
〈景純見和復次韻贈之〉：「淺量已愁當酒怯，非才尤覺和詩忙。」
〈子玉家宴復答之〉：「詩病逢春轉深痼，愁魔得酒暫奔忙。」
〈蘇州閭丘江君雨中飲酒〉：「肯對綺羅辭白酒，試將文字惱紅裙。」
〈和東林沈氏〉：「但知白酒留佳客，不問黃公覓素書。」
〈李行中秀才醉眠亭〉：「已向閒中作地仙，更於酒裏得天全。」
〈平山堂次王居卿祠部韻〉：「酒如人面天然白，山向吾曹分外青。」
〈謝人和雪後書北臺壁之一〉：「已分酒杯欺淺懦，敢將詩律鬬深嚴。」
〈謝人和雪後書北臺壁之二〉：「得酒強歡愁底事，閉門高臥定誰家。」
〈和章七出守湖州〉：「兩卮春酒真堪羨，獨占人間分外榮。」
〈玉盤盂〉：「但持白酒勸嘉客，直待瓊舟覆玉彝。」
〈薄薄酒〉：「達人自達酒何功，世間是非憂樂本來空。」
〈送范景仁遊洛中〉：「得酒相逢樂，無心所遇安。」
〈次韻答邦直子由〉：「忘懷杯酒逢人共，引睡文書信手翻。」
〈送顏復兼寄王鞏〉：「吾儕一醉豈易得，買羊釀酒從今始。」

〈答任師中家漢公〉：「烹雞酌白酒，相對歡有餘。」
〈次韻答王鞏〉：「知君月下見傾城，破恨懸知酒有兵。」
〈九日次韻仲屯田〉：「霜風可使吹黃帽，尊酒那能泛浪花。」
〈答呂梁仲屯田〉：「念君官舍冰雪冷，新詩美酒聊相溫。」
〈答孔周翰求書與詩〉：「撥棄萬事勿復談，百觚之後那辭酒。」
〈九日黃樓作〉：「薄寒中人老可畏，熱酒澆腸氣先壓。」
〈同遊戲馬臺書西軒壁〉：「沽酒獨教陶令醉，題詩誰似皎公清。」
〈次韻王廷老九日見寄〉：「對花把酒未甘老，膏面染鬚聊自欺。」
〈次韻王廷老退居見寄〉：「釀酒閉門開社甕，殺牛留客解耕縻。」
〈次韻秦太虛見戲耳聾〉：「眼花亂墜酒生風，口業不停詩有債。」
〈泛舟城南〉：「樓中煮酒初嘗芡。月下新粧半出簾。」
〈次韻周開祖長官見寄〉：「憶昔湖山共尋勝，相逢杯酒兩忘憂。」
〈次前韻贈賈芸老〉：「安得山泉變春酒，與子一洗尋常債。」
〈梅花〉：「何人把酒慰深幽，開自無聊落更愁。」
〈定惠院寓居月夜偶出〉：「清詩獨吟還自和，白酒已盡誰能借。」
〈又定惠院寓居月夜偶出〉：「萬事如花不可期，餘年似酒那禁瀉。」

〈安國寺尋春〉：「看花歎老憶年少，對酒思家愁老翁。」
〈次韻樂著作野步〉：「酒醒不覺春強半，睡起常驚日過中。」
〈二月二十六日雨中熟睡至晚〉：「卯酒困三杯，午餐便一肉。」
〈次韻樂著作送酒〉：「萬斛羈愁都似雪，一壺春酒若為湯。」
〈代書寄桃山居士張聖可〉：「數畝荒園留我住，半瓶濁酒待君溫。」
〈送牛尾狸與徐使君〉：「泥深厭聽雞頭鶻，酒淺欣嘗牛尾狸。」
〈上巳日與二三子攜酒出遊〉：「三杯卯酒人徑醉，一枕春睡日亭午。」
〈次韻孔毅甫久旱已而甚雨〉：「夜來饑腸如轉雷，旅愁非酒不可開。」
〈孔毅甫以詩戒飲酒〉：「醉時萬慮一掃空，醒後紛紛如宿草。……此身何異貯酒瓶，滿輒予人空自倒。」
〈和蔡景繁海州石室〉：「門外桃花自開落，牀頭酒甕生塵土。」
〈郭祥正家醉畫竹石壁上〉：「空腸得酒芒角出，肝肺槎牙生竹石。」
〈蔡景繁官舍小閣〉：「素琴濁酒容一榻，落霞孤鶩供千里。」
〈次韻許遵〉：「問禪時到長干寺，載酒閒過綠野堂。」
〈次韻王定國得潁倅〉：「灩翻白獸樽中酒，歸煮青泥坊底芹。」
〈次韻趙令鑠惠酒〉：「惠然肯見從，知我憎市酤。」

〈次韻胡完夫〉：「相從杯酒形骸外，笑說平生醉夢間。」

〈杜介送魚〉：「新年已賜黃封酒，舊老仍分赬尾魚。」

〈次韻劉貢父省上喜雨〉：「花前白酒傾雲液，戶外青驄響月題。」

〈和張昌言喜雨〉：「夢覺酒醒聞好句，帳空簟冷發餘薰。」

〈次韻王定國倅揚州〉：「又驚白酒催黃菊，尚喜朱顏映黑頭。」

〈送錢穆父出守越州〉：「簿書常苦百憂集，樽酒今應一笑開。」

〈小飲清虛堂〉：「銀瓶瀉油浮蟻酒，紫盌鋪粟盤龍茶。」

〈次韻黃魯直寄題郭明父〉：「平生詩酒真相汙，此去文書恐獨賢。」

〈次韻袁公濟謝芎椒詩〉：「燥吻時時著酒濡，要令臥疾致文殊。」

〈送張嘉州〉：「笑談萬事真何有，一時付與東巖酒。」

〈再和楊公濟梅花〉：「人去殘英滿酒樽，不堪細雨溼黃昏。」

〈次韻答黃安中〉：「病肺一春難白酒，別腸三夜遶朱絃。」

〈臂痛謁告〉：「公退清閒如致仕，酒餘歡適似還鄉。」

〈次前韻送劉景文〉：「豈知入骨愛詩酒，醉倒正欲蛾眉扶。」

〈沐浴啟聖僧遇趙德麟〉：「酒清不醉休休暖，睡穩如禪息息勻。」

〈松風亭下梅花盛開〉：「天香國艷肯相顧，知我酒熟詩清溫。」

〈白鶴峰新居欲成過翟秀才〉：「甕間畢卓防偷酒，壁後匡衡不點燈。」

〈藤州江下夜起對月贈邵道士〉：「牀頭有白酒，盎若白露溥。獨醉還獨醒，夜氣清漫漫。」

〈贈李兕彥威秀才〉：「老矣先生困羈旅，酒酣聊復說平生。」

〈次韻謝子高讀淵明傳〉：「一山黃菊平生事，無酒令人意缺然。」

〈問淵明〉：「有酒不辭醉，無酒斯飲泉。」

〈次韻王定國得晉卿酒相留夜飲〉：「使我有名全是酒，從他作病且忘憂。」

〈和方南圭寄迓周文之〉：「共惜相從一寸陰，酒杯雖淺意殊深。」

〈出獄次前韻之一〉：「却對酒杯渾是夢，試拈詩筆已如神。」

〈出獄次前韻之二〉：「休官彭澤貧無酒，隱几維摩病有妻。」

〈和子由次王鞏韻〉：「簡書見迫身今老，樽酒聞呼首一昂。」

〈病後醉中〉：「病為兀兀安身物，酒作蓬蓬入腦聲。」

〈雜詩〉：「不覺春風吹酒醒，空教明月照人歸。」

論茶

東坡於元豐元年七月在黃州作〈漱茶記〉：

去煩除膩，世不可闕茶，然闇中損人殆不少。昔人云：「自茗飲盛後，人多患氣，不復病黃。」雖損益相半，而消陽助陰，益不償損也。吾有一法，常自珍之，每食已，輒以濃茶漱口，煩膩既去，而脾胃不知，齒便漱濯，緣此漸堅密，蠹病自已。然率皆用下茶，其上者不常有，間數日一啜，亦不為害也。元豐六年八月二十三日。

而元・李治《敬齋古今黈》卷八引東坡〈漱茶帖〉語後又云：

「茶性暗中損人為不少。吾有一法，每食已輒以濃茶漱口，煩膩既去，而脾胃不知。」此說亦未盡得，茶性固多損，漱茶則牙齒固，利脾胃。固不傷，然不知齒自屬腎，茶入齒罅，氣味之所蒸，全歸腎。經脾胃雖不覺，而腎則覺之，消陽助陰，漱啜無異。或謂啜之與漱，啜之為力甚多，而漱之為力甚少。漱滌之損終輕於啜。此亦不然。飲啜則氣先歸於脾胃，而後始傳於餘臟。今而漱之，則其氣獨歸於腎，是其力多少適相等耳。若脾胃，則漱實勝於啜也。

以下引錄東坡茶詩十七首以見大要：

一、〈元翰少卿寵惠谷簾水一器，龍團二枚，仍以新詩為貺，歎味不已。次韻奉和〉：

巖垂匹練千絲落，雷起雙龍萬物春。此水此茶俱第一，共成三絕景中人。

二、〈將之湖州戲贈莘老〉：

餘杭自是山水窟，仄聞吳興更清絕。湖中橘林新著霜，溪上苕花正浮雪。
顧渚茶芽白於齒，梅溪木瓜紅勝頰。吳兒鱠縷薄欲飛，未去先說饞涎垂。
亦知謝公到郡久，應怪杜牧尋春遲。鬢絲只好對禪榻，湖亭不用張水嬉。

三、〈次韻董夷仲茶磨〉，似在黃州時作：

前人初用茗飲時，煮之無問葉與骨。浸窮厥味臼始用，復計其初碾方出。
計盡功極至於磨，信哉智者能創物。破槽折杵向牆角，亦其遭遇有伸屈。
歲久講求知處所，佳者出自衡山窟。巴蜀石工強鐫鑿，理疏性軟良可咄。
予家江陵遠莫致，塵土何人為披拂。

四、〈問大冶長老乞桃花茶栽東坡〉：

周詩記苦荼，茗飲出近世。初緣厭粱肉，假此雪昏滯。
嗟我五畝園，桑麥苦蒙翳。不令寸地閒，更乞茶子藝。
饑寒未知免，已作太飽計。庶將通有無，農末不相戾。
春來凍地裂，紫筍森已銳。牛羊煩訶叱，筐筥未敢睨。
江南老道人，齒髮日夜逝。他年雪堂品，空記桃花裔。

五、〈生日，王郎以詩見慶，次其韻并寄茶二十一片〉，在黃州時作：

折楊新曲萬人趨，獨和先生于蔿于。但信櫝藏終自售，豈知碗脫本無模。
揭從冰叟來游宦，肯伴臞仙亦號儒。棠棣並為天下士，芙蓉曾到海邊郛。
不嫌霧谷霾松柏，終恐虹梁荷棟桴。高論無窮如鋸屑，小詩有味似連珠。
感君生日遙稱壽，祝我餘年老不枯。未辦報君青玉案，建溪新餅截雲腴。

六、〈次韻周穜惠石銚〉：

銅腥鐵澀不宜泉，愛此蒼然深且寬。蟹眼翻波湯已作，龍頭拒火柄猶寒。
薑新鹽少茶初熟，水漬雲蒸蘚未乾。自古函牛多折足，要知無腳是輕安。

七、〈怡然以垂雲新茶見餉，報以大龍團，仍戲作小詩〉：

妙供來香積，珍烹具大官。揀芽分雀舌，賜茗出龍團。
曉日雲庵暖，春風浴殿寒。聊將試道眼，莫作兩般看。

八、〈新茶送僉判程朝奉以餽其母，有詩相謝，次韻答之〉：

縫衣付與溧陽尉，捨肉懷歸穎谷封。聞道平反供一笑，會須難老待千鍾。
火前試焙分新胯，雪裏頭綱輟賜龍。從此升堂是兄弟，一甌林下記相逢。

九、〈試院煎茶〉，元祐三年知舉時作：

蟹眼已過魚眼生，颼颼欲作松風鳴。
蒙茸出磨細珠落，眩轉遶甌飛雪輕。
銀瓶瀉湯誇第二，未識古人煎水意①。
君不見昔時李生好客手，自煎貴從活火發新泉。
又不見今時潞公煎茶學西蜀，定州花瓷琢紅玉。
我今貧病長苦飢，分無玉碗捧蛾眉。
且學公家作茗飲，塼爐石銚行相隨。
不用撐腸拄腹文字五千卷，但願一甌常及睡足日高時。

註釋

①自注：「古語云：煎水不煎茶。」

十、〈魯直以詩餽雙井茶次韻為謝〉：

江夏無雙種奇茗，汝陰六一誇新書。磨成不敢付僮僕，自看湯雪生璣珠。
列仙之儒瘠不腴，只有病渴同相如。明年我欲東南去，畫舫何妨宿太湖。

十一、〈南屏謙師妙於茶事，自云得之於心應之於手，非可以言傳學到者。十月二十七日聞軾遊壽星寺，遠來設茶，作此詩贈之〉，元祐中在朝時作：

道人曉出南屏山，來試點茶三昧手。忽驚午盞兔毫斑，打作春甕鵝兒酒。
天臺乳花世不見，玉川風腋今安有。東坡有意續茶經，會使老謙名不朽。

十二、〈和錢安道寄惠建茶〉，知杭州時作。東坡對茶葉的品評可見此詩：

我官於南今幾時，嘗盡溪茶與山茗。胸中似記故人面，口不能言心自省。
為君細說我未暇，試評其略差可聽：建溪所產雖不同，一一天與君子性。
森然可愛不可慢，骨清肉膩和且正。雪花雨腳何足道，啜過始知真味永。
縱復苦硬終可錄，汲黯少戇寬饒猛。草茶無賴空有名，高者妖邪次頑懭。
體輕雖復強浮泛，性滯偏工嘔酸冷。其間絕品豈不佳，張禹縱賢非骨鯁。
葵花玉誇不易致，道路幽嶮隔雲嶺。誰知使者來自西，開緘磊落收百餅。
嗅香嚼味本非別，透紙自覺光炯炯。粃糠團鳳友小龍，奴隸日注臣雙井。
收藏愛惜待佳客，不敢包裹鑽權倖。此詩有味君勿傳，空使時人怒生癭。

十三、〈遊諸佛舍，一日飲釅茶七盞，戲書勤師壁〉，知杭州時作。：

示病維摩元不病，在家靈運已忘家。何煩魏帝一丸藥，且盡盧仝七椀茶。

十四、〈七年九月自廣陵召還，復館於浴室東堂，八年六月乞會稽，將去，汶公乞詩，乃復用前韻三首〉：

乞郡三章字半斜，廟堂傳笑眼昏花。上人問我遲留意，待賜頭綱八餅茶。①
夢繞吳山却月廊，白梅盧橘覺猶香。會稽且作須臾意，從此歸田策最良。
東南此去幾時歸，倦鳥孤飛豈有期。斷送一生消底物，三年光景六篇詩。②

註釋

①自注：「尚書學士，得賜頭綱龍茶一觔八餅。今年綱到最遲。」

②自注：「杭州梵天寺有月廊數百間，寺中多白楊梅盧橘。」

十五、〈種茶〉，在惠州時作：

松間旅生茶，已與松俱瘦。茨棘尚未容，蒙翳爭交構。
天公所遺棄，百歲仍稚幼。紫筍雖不長，孤根乃獨壽。
移栽白鶴嶺，土軟春雨後，彌旬得連陰，似許晚遂茂。
能忘流轉若，戢戢出鳥咮。未任供臼磨，且作資摘嗅。
千團輸大官，百餅衒私鬥。何如此一啜，有味出吾囿。

十六、〈汲江煎茶〉，在惠州時作：

活水還須活火烹①，自臨釣石取深清。大瓢貯月歸春甕，小杓分江入夜缾。

茶雨已翻煎處腳，松風忽作瀉時聲。枯腸未易禁三盌，坐數荒村長短更。

註釋

①自注：「唐人云：茶須緩火炙活火煎。」

十七、〈寄周安孺茶〉

此篇有如飲茶宣言，應是在海南作，以有「乳泉發新馥」語。東坡在海南，曾有書與姜唐佐：「今日霽色尤可喜，食已，當取天慶觀乳泉潑建茶之精者。念非君莫與共之。然早來市無肉，當相與啖菜飯耳！不嫌，可只今相過。」

大哉天宇內，植物知幾族。靈品獨標奇，迥超凡草木。

名從姬旦始，漸播桐君錄。賦詠誰最先，厥傳惟杜育。

唐人未知好，論著始於陸。常李亦清流，當年慕高躅。

遂使天下士，嗜此偶於俗。豈但中土珍，兼之異邦鬻。
鹿門有佳士，博覽無不矚。邂逅天隨翁，篇章互賡續。
開園頤山下，屏跡松江曲。有興即揮毫，燦然存簡牘。
伊予素寡愛，嗜好本不篤。粵自少年時，低回客京轂。
雖非曳裾者，庇蔭或華屋。頗見綺紈中，齒牙厭粱肉。
小龍得屢試，糞土視珠玉。團鳳與葵花，碔砆雜魚目。
貴人自矜惜，捧玩且緘櫝。未數日注卑，定知雙井辱。
於茲自研討，至味識五六。自爾入江湖，尋僧訪幽獨。
高人固多暇，探究亦頗熟。聞道早春時，攜籯赴初旭。
驚雷未破蕾，采采不盈掬。旋洗玉泉蒸，芳馨豈停宿。
須臾布輕縷，火候謹盈縮。不憚頃間勞，經時廢藏蓄。
髹筒淨無染，箬籠勻且複。苦畏梅潤侵，暖須人氣燠。
有如剛耿性，不受纖芥觸。又若廉夫心，難將微穢瀆。
晴天敞虛府，石碾破輕綠。永日遇閒賓，乳泉發新馥。
香濃奪蘭露，色嫩欺秋菊。閩俗競傳誇，豐腴面如粥。
自云葉家白，頗勝中山醁。好是一杯深，午窗春睡足。

清風擊兩腋，去欲凌鴻鵠。嗟我樂何深，水經亦屢讀。
子咤中泠泉，次乃康王谷。蟆培頃曾嘗，瓶罌走僮僕。
如今老且懶，細事百不欲。美惡兩俱忘，誰能強追逐。
薑鹽拌白土，稍稍從吾蜀。尚欲外形體，安能徇心腹。
由來薄滋味，日飯止脫粟。外慕既已矣，胡為此羈束。
昨日散幽步，偶上天峰麓。山圃正春風，蒙茸萬旗簇。
呼兒為佳客，採製聊亦復。地僻誰我從，包藏置廚簏。
何嘗較優劣，但喜破睡速。況此夏日長，人間正炎毒。
幽人無一事，午飯飽蔬菽。困臥北窗風，風微動窗竹。
乳甌十分滿，人世真局促。意爽飄欲仙，頭輕快如沐。
昔人固多癖，我癖良可贖。為問劉伯倫，胡然枕糟麴。

論養生

東坡南遷惠州、海南期間，特重養生，自種藥材，或求取於朋友，知因水土不服，飲食不適有以致之。

問養生（四十二歲，由密州往徐州途中，經濟南時遇吳復古而作）

余問養生於吳子，得二言焉：曰「和」曰「安」。何謂「和」？曰：「子不見天地之為寒暑乎？寒暑之極，至於折膠流金，而物不以為病。其變者微也。寒暑之變，晝與日俱逝，夜與月並馳。俯仰之間，屢變而人不知者，微之至，和之極也。使此二極者相尋而狎至，則人之死久矣！」何謂「安」？曰：「吾嘗自牢山浮海達於淮，遇大風焉，舟中之人如附於桔槔而與之上下，如蹈車輪而行反逆，眩亂不可止，而吾飲食起居如他曰。吾非有異術也，惟莫與之爭而聽其所為。故凡病我者，舉非物也。食中有蛆，人之見者必嘔也。其不見而食者，未嘗嘔也。請察其所從生。論八珍者必嚥，言糞穢者必唾。二者未嘗與我接也，唾與嚥何從生哉！果生於物乎？果生於我乎？知其生於我也，則雖與之接而不變，安之至也。安則物之感我者輕，和則我之應物者順。外輕內順而生理備矣！」吳子，古之靜者也，其觀於物也審矣！是以私識其言而時省觀焉！

續養生論（紹聖五年戊寅正月十五日在惠州作）

鄭子產曰：「火烈，人望而畏之；水弱，人狎而玩之。」翼奉論六情十二律，其論水火也曰：「北方之情好也，好行貪狠；南方之情惡也，惡行廉貞。廉貞故為君子，貪狠故為小人。」予參二人之學而為之說曰：火烈而水弱，烈生正，弱生邪。火為心，水為腎，故五臟之性心正而腎邪。腎無不邪者，雖上智之腎亦邪。然上智常不淫者，心之官正而腎聽命也。心無不正者，雖下愚之心亦正，然下愚常淫者，心不官而腎為政也。知此，則知鉛汞龍虎之說矣。

何謂鉛？凡氣之謂鉛，或趨或蹶，或呼或吸，或執或擊，凡動者皆鉛也，肺實出納之。肺為金、為白虎，故曰鉛，又曰虎。何謂汞？凡水之謂汞，唾涕濃血精汗便痢，凡溼者皆汞也，肝實宿藏之。肝為木為青龍，故曰汞，又曰龍。古之真人論內丹者曰：「五行顛倒術，龍從火裏出。五行不順行，虎向水中生。」世未有知其說者也。方五行之順行也，則龍出於水，虎出於火，皆死之道也。心不官而腎為政，聲色外誘，邪淫內發，壬癸之英下流，為人或為腐壞，是汞龍之出於水者也。喜怒哀樂皆出於心者也，喜則攫拏隨之，怒則毆擊隨之，哀則擗踊隨之，樂則抃舞隨之。心動於內而氣應於外，是鉛虎之出於火者也。汞龍之出於水，鉛虎之出於火，有能出而復返者乎？故曰皆死之道也。

真人教之以逆行曰：「龍當使從火出，虎當使從水生也。」其說若何？孔子曰：「思無邪！」凡有思皆邪也，而無思則土木也，孰能使有思而非邪，無思而非土木乎？蓋必有無思之思焉。夫無思之思，端正莊栗如臨君師，未嘗一念放逸，然卒無所思，如龜毛兔角非作，故無本性無故，是之謂戒，戒生定，定則出入息自住，出入息住，則心火不復炎上。火在易為離，離麗也，必有所麗，未嘗獨立，而水其妃也。既不炎上，則從其妃矣。水火合則壬癸之英上流於腦，而益於膺，若鼻液而不鹹，非腎出故也。此汞龍之自火出者也。長生之藥，內丹之萌，無過此者矣！

陰陽之始交，天一為水。凡人之始造形皆水也。故五行一曰水。得暖氣而後生，故二曰火，生而後有骨，故三曰木，故生而曰堅。凡物之堅壯者皆金氣也，故四曰金。骨堅而後肉生焉，土為肉，故五曰土。人之在母也，母呼亦呼，母吸亦吸，口鼻皆閉而以臍達，故臍者生之根也。汞龍之出於火，流於腦，溢於膺，必歸於根。心火不炎上，必從其妃。是火常在根也。故壬癸之英得火而日堅，達於四支，浹於肌膚而日壯，究其極，則金剛之體也。此鉛虎之自水生者也。龍虎生而內丹成矣！故曰：「順行則為人，逆行則為道。」道則未也，亦可謂長生不死之術矣。

藥誦（在惠州，因痔疾發而作）

嵇中散作〈幽憤〉詩，知不免矣，而卒章乃曰「采薇山阿，散髮巖岫。永嘯長吟，頤性養壽」者，悼此志之不遂也！司馬景王既殺中散而悔，使悔於未殺之前，中散得免於死者，吾知其掃迹滅景於人世，如脫兔之投林也！「采薇」、「散髮」豈其所難哉！

孫真人著〈大風惡疾論〉曰：「《神仙傳》有數十人，皆因惡疾而得仙道。何者？割棄塵累，懷潁陽之風，所以因禍而取福也。吾始得罪，遷嶺表，不自意全。既逾年，無後命，知不死矣。然舊苦痔，至是大作，呻呼幾百日。地無醫藥，有亦不效。道士教吾去滋味，絕葷血，以清淨勝之。痔有蟲，館於吾後，滋味葷血既以自養，亦以養蟲。自今日以往，旦夕食淡麵四兩，猶復念食，則以胡麻伏苓麨足之。飲食之外，不啖一物。主人枯槁，則客自棄去。尚恐習性易流，故取中散真人之言，對病為藥，使人誦之日三曰：「東坡居士，汝忘逾年之憂，百日之苦乎？使汝不幸而有中散之禍，伯牛之疾，雖欲採薇、散髮，豈可得哉？今食麻麥伏苓多矣！」居士則歌以答之曰：「事無事之事，百事治兮！味無味之味，五味備兮！伏苓、麻麥，有時而匱兮！有則食，無則已者，與我無既兮！嗚呼！噫噫！館客不終，以是為愧兮！」

記「海漆說」（初至海南作）

據朱弁（一〇八五乙丑—一一四四）《曲洧舊聞》：

東坡至儋耳，見野花夾道，如芍藥而小，紅鮮可愛，樸樕叢生，土人云「倒黏子花也」。至儋，則已結子如馬乳，爛紫可食，殊甘美，中有細核，並嚼之，瑟瑟有聲，亦頗澀。童兒食之，或大便難。葉皆白如白蕈狀，野人秋夏病痢，食其葉輒已。海南無柿，人取其皮剝浸揉挼之得膠，以代柿，蓋愈於柿也。吾久苦小便白濁，近又大腑滑，百藥不差。取倒黏子嫩葉蒸之，焙燥為末，以酒糊丸，日吞百餘，二腑皆平復。然後知其奇藥也。因名曰「海漆」，而私記之，貽好事君子。明年子熟，當取子研濾，酒煮為膏以劑之，不復用糊矣！

書〈藏丹砂法〉寄子由（在海南作）

其法用硃砂精良者，鑿大松腹，以松氣鍊之。自然成丹。吾老矣，不暇為此，當以山澤銀為鼎，有蓋，擇砂之良者二斤，用以松明根節，懸胎煮之，傍置沙瓶，煎水以補耗。滿百日，取砂玉搥研七日，投入蜜中，通油瓷瓶盛，日以銀匕取少許，醇酒攪湯飲之，當有益也。

吾雖了了見此理，而資躁褊害之者，眾事不便成。子由端靜淳淑，使稍加意，當先我得道。

紹聖二年八月二十七日

書〈辨漆葉青黏散〉（在海南作）

吾性好服食，每以問好事君子，莫有知者。紹聖四年九月十三日，在昌化軍借嘉祐補注《本草》，乃知青黏①便是萎蕤，豈不一大慶乎！

註釋

①《三國志．魏志》：「青黏一名地節，一名黃芝。主理五藏、益精氣。『漆葉青黏散』：漆葉屑一升，青黏屑十四兩，以是為率。言久服去三蟲、利五藏、輕體、使人頭不白。」

蒼耳錄（在海南作）

藥至賤而為世要用，無若蒼耳者。他藥雖賤，或地有不產。惟此藥不問南北、夷夏、山澤、斥鹵、泥土、沙石，但有地則產，其花葉根實皆可食，食之則如藥治病無毒，生熟丸散無適不可，愈食愈善，乃使人骨髓滿、肌如玉，長生藥也。主療風痺癱緩癃瘧瘡癢，不可勝言，尤治瘻金瘡。海南無藥，惟此藥生舍下。遷客之幸也！

四味天麻煎方（在海南作）

世傳四味五兩天麻煎方，蓋古方，本以四時加減，但傳藥料耳。春肝旺多風，故倍「天麻」。夏伏陰，故倍「烏頭」。秋多瀉痢，故倍「地榆」，冬伏陽，故倍「元參」。此方常服，不獨去病，乃保身延年，與仲景「八味丸」並驅矣！

四神丹說（一〇九九己卯十一月八日，在海南作）

熟地黃、元參、當歸、羌活各等分。《列仙傳》：「有山圖者，入山採藥折足，仙人教服此四物而癒，因久服而度世。」余以問名醫康師孟，大異之，云：「醫家用此多矣，然未有專用此四物者。」遂名之曰「四神丹」。洛下公卿士庶爭餌之，百疾皆癒。

藥性中和，可常服，大略補虛益血，治風氣。亦可名「草還丹」。

蘇玉局養老篇卷

軟蒸飯，爛煮肉。溫美湯，厚氈褥。少飲酒，惺惺宿。
緩緩行，雙拳曲。虛其心，實其腹。喪其耳，忘其目。
久久行，金丹熟。

畫家倪瓚（一三〇一辛丑—一三七四）於明．洪武六年（一三七三）所見東坡手跡。後記說：「坡翁此卷，筆意似徐季海，尤覺天真爛漫也。癸丑中秋，同王學耕觀於徐良夫之耕漁軒。倪瓚。」時為倪瓚逝前一年。（見《式古堂書畫彙考》卷十）

附錄

美食文學小論

古代「美食」說「八珍」

漢代戴德所編的《禮記．王制》篇，有一句話說：「庶人無故不食珍。」意思是：一般平民，沒有特殊的緣故，不可以吃「美食」。而所謂「珍」，是指八種「美食」，它們的名稱見於《禮記．內則》篇，都是照顧老年人的食物：就是「淳敖」、「淳毋」、「炮豚」、「炮牂搗珍」、「漬」、「熬」、「糝」、「肝膋」。乍看之下，完全不知道是說什麼，即使透過註解，仍然不是很清楚。一直到南宋末元初的方回（一二二七丁亥—一三〇七），才有較詳細的解釋，也才讓人知道原來是八種「美食」的製作烹調方法，並且是為配合老年人的需求而設計的。方回的解釋，大要如下，可以作為參考，畢竟已經隔漢代有一千多年了。

「淳熬」、「淳母」、「炮豚」、「炮牂」是八珍的前四種，味道濃郁。「淳熬」是煎稻飯，「淳母」是煎黍飯。都用醯（醋）醃製，加上肉醬。漢代的「醢」是肉醬，漢代的「蒟醬」就是現代的「魚子醬」、「蛤蜊醬」、「鬻醬」，都是用鹽醃製的。「淳熬」、「淳母」煎了後都要澆上油膏。

「炮豚」、「炮牂」是把小豬小羊（牂）用草包裹，再塗上一層泥，在火上烤熟後，剝去泥和草，又把棗子放在豬羊肚子中，裝在小鼎裡放在大鍋中熬煮，或全隻或分切，煮三日三夜，而後加上醋醬。

「搗珍」：是把以牛羊麋鹿麕豬狗的背脊肉，捶打柔軟。挑去筋腱，再用醋醬拌和後風乾。

方回解釋了前四珍的作法後，竟然還感嘆說：「不過是把棗子和豬肉羊肉混雜一起，先烤了後再煮，卻弄得如此辛苦！」

接著又依序解釋其它四珍說：

「漬」是把剛殺的牛薄切，浸泡在美酒中，第二天早上就可以享用了。

「熬」是把牛羊麋鹿麕的肉末，用薑和桂醃製而成，帶汁或風乾都可。

「糝」是用牛羊豬肉混和細切，再以一份肉、兩份稻飯的比例煎成稻肉餅。

「肝膋」用腸衣（膋）把狗的肝包捲起，然後燒烤。

方回的解釋如此，他並引用當時的類似食物對照，以今證古，當然也有參考價值。因為使用的食材是「馬牛羊麋鹿麕豕狗」等八種，所以叫做「八珍」，有時候又換上了「豺」或「狼」。或者也就是八種作法。最晚到南宋初期，又有新的「八珍」出現：

「龍肝」：或說是白馬肝，但古人以為馬肝有毒。又可能是「穿山甲」的肝或蛇肝。

「鳳髓」：或是錦雞的腦髓。

「兔胎」：或作「豹胎」。

「鯉尾」：穿山甲又名「鯪鯉」，或是穿山甲的尾巴。

「鴞炙」：烤貓頭鷹。

「猩唇」：《呂氏春秋》已經說過「肉之美者，猩猩之唇。」

「熊掌」：春秋時晉靈公好吃「熊蹯」，就是「熊掌」。

「酥酪蟬」：用羊脂做成形狀像「蟬腹」的酥酪。

當然，因時代不同，地方不同，後來又有一些新的八珍，還有「山八珍」、「水八珍」等等，不一而足。

明代徐應秋（？—一六八一）的《玉芝堂談薈》一書中，把古人敘述「美食」的文章，匯集在該書第二十九卷，真是令人目不暇接，嘆為觀止。可惜時代久遠，許多記載，還是很難完全了解。

唐代孫樵曾經說：「未饑而食，雖八珍猶草木也；使草木如八珍，唯晚食為然。」這也就是《戰國策》所說「安步當車，晚食當肉」的意思。

看來，「美食」因人而異，也因時因地而異，未必人同此心呢！

孟子曾經說過：「口之於味也，……性也。有命焉。」喜歡美食是人的天性，但能不能吃到想吃的美食，卻得看命運了。命好的人，想吃什麼都能有，命差些的或還可以有選擇，譬如在「魚」和「熊掌」間選一種。命不好的就只能忍飢渴而不擇飲食了。但是，人的嗜好不同，有「嗜痂之士」，又「海濱有逐臭之夫」。真是千奇百怪。南宋趙崇絢在《雞肋》一書中，根據他看到的資料，有〈古人嗜好〉一目，記載了一些古人特殊的嗜好：

文王嗜菖蒲菹（酸醃菖蒲），武王嗜鮑魚，吳王僚嗜魚炙，屈到嗜芰（菱角），曾晳嗜羊棗（紫黑色小棗，羊屎棗），公儀休嗜魚，王莽嗜鰒魚，王右軍嗜牛心，宋明帝嗜蜜漬鱁鮧（魚腸醬），齊宣帝嗜起麵餅鴨羹，齊高帝嗜肉膾，陳後主嗜驢肉，齊蕭穎冑噉白肉膾至三斗，後魏辛紹先嗜羊肝。

其實還有「齊宣王嗜雞跖」及曹操嗜「鰒魚」，曹植好「駝蹄羹」等，相信還有更多。齊宣王每天要吃「雞跖」上千個，還不滿足。而孔子聽說周文王喜歡吃醃酢的菖蒲，就試著嘗一嘗，他縮著鼻頭勉強吃了三年，然後才能適應那味道：「文王嗜菖蒲菹。孔子聞而服之，縮頞而食之，三年然後勝之。」（《呂氏春秋》）周文王最愛的美食，對孔子而言，竟是如此的不適口！

還有，周武王所喜愛的「鮑魚」，究竟和曹操、王莽喜歡的「鰒魚」，是不是同一種「魚」，也還令人存疑。周武王的時代，能從什麼地方得到也被稱為「鮑魚」的「鰒魚」，還有待確認。前人已經懷疑周武王所喜歡的只是一種「魚乾」——整條的魚乾。（清・沈自南《藝林彙考飲食篇》卷四），就是「與不善人居，如入鮑魚之肆，久而不聞其臭」的那種「魚乾」。

（原發表於《青春共和國》第五期二〇一六年三月）

擬東坡清歡宴

〈浣溪沙〉，元豐七年十二月二四日於泗州都梁山：

細雨斜風作曉寒。淡煙疏柳媚晴灘。入淮清洛見漫漫。
雪沫乳花浮午盞，蓼芽蒿筍試春盤。人間有味是清歡。

緣起

二〇一九年四月二十三日應臺大三校系統之邀作專題演講，以〈人間有味是清歡──東坡美味小考〉為題。其後又發表於《國語日報》「書和人」雙週刊，於二〇二一年四月四日起分三期刊出。朋友們看到後，就有「東坡宴」的創議，臺灣商務印書館王董事長並希望能擴大成書。茲以〈人間有味是清歡──東坡美味小考〉一文為基礎，試擬「東坡宴」全席餚饌如下，自樂亦所以與朋友同樂也！

菜餚與時空背景

安徽泗州（元豐七年十二月二十四日，五十歲）

頭盤涼菜：五辛盤（古代新年初一迎年菜）

宋神宗元豐七年甲子（一〇八四）剛由貶謫五年的黃州量移到汝州，七月經金陵時，幼子蘇遯夭亡，不滿歲，悲慟！十二月一日到泗州（安徽盱眙），十二月二十四日與泗州守劉倩叔遊都梁山。作〈浣溪沙〉

湖北黃州時期（元豐三年至七年，四十五至五十歲）

魚鮮：東坡魚

在黃州時好自做魚，有〈煮魚法〉。

湯羹一：東坡瓜茄羹

有〈東坡羹頌〉。

湯羹二：東坡豬肉羹

有〈豬肉頌〉。又〈與子明書〉：「常親自煮豬頭，灌血腈，做醬豉菜羹，宛有太安風味。」

江西虔州（建中靖國元年六月北返途中）

菜蔬一：東坡「玉版橫枝」

有〈劉器之好談禪，不喜遊山，山中筍出，與器之可同參玉版長老作此詩〉；又〈和黃魯直食筍〉：「蕭然映樽俎，未肯雜菘芥。君看霜雪姿，童稚已耿介。」

廣東惠州（元祐九年十二月至紹聖四年五月，五十九至六十二歲）

肉一：東坡羊脊炙

〈與子由書〉：「終日摘剔得微肉於牙綮間，如食蝌螯。甚覺有補。子由三年堂庖，所食芻豢，滅齒而不得骨，豈復知此味乎？此雖戲語，極可施用。用此法則眾狗不悅矣！」

海南（紹聖四年五月至元符三年二月，六十二至六十五歲）

海味一：東坡酒煮蠔

此為烤生蠔，東坡有〈獻蠔帖〉。

海味二：烤海鮮

此為螃蟹、海螺、墨魚等。

眉州家鄉菜

菜蔬二：東坡元脩菜

此為清炒大小豌豆苗或鴛鴦豆苗。

菜蔬三：東坡木魚「椶筍」

〈椶筍〉：「贈君木魚三百尾，中有鵝黃子魚子。」

杭州（元祐四年三月至元祐六年三月，五十四至五十六歲）

肉二：東坡肉

今日流行者，傳係杭州餐廳假借知名。

海南

菜飯：玉糝羹

芋菜飯：「天上酥陀則不可知，人間絕無此味也！」；「香似龍涎仍釃白，為如牛乳更全清。莫將北海金虀鱠，輕比東坡玉糝羹。」

黃州

甜點：蜜酒豆乳

〈蜜酒歌答二猶子與王郎見和〉：「煮豆作乳脂為酥。高燒油燭斟蜜酒。」

眉州家鄉

水果：橘子

〈楚頌帖〉：「吾來陽羨，船入荊溪，意思豁然，如愜平生之欲！逝將歸老，殆是前緣。王逸少云：『我卒當以樂死！』殆非虛言。吾性好種，能手自接果木，尤好栽橘。陽羨在洞庭上，柑橘栽至易得。當買一小園，種柑橘三百本。屈原作〈橘頌〉，吾園若成，當作一亭名之曰「楚頌」。元豐七年月二日書。」

又〈贈劉景文〉：「一年好景君須記，最是橙黃菊綠時。」

清歡集句

東坡由海南回到中原後，他的朋友大畫家龍眠居士李公麟替他畫了一幅像，他作了〈自題寫真〉說：

心似已灰之木，身如不繫之舟；試問平生功業：黃州、惠州、儋州。

因寫本書，個人試著仿作四句為坡公頌：

心有羊炙之嗜，發明豬頭之烹；試問平生所好：元脩、木魚、菜羹。

東坡之後，用「清歡」一詞入詩詞者，至清初乾隆止，共一百八十五家，數量相當可觀；茲試以「柏梁臺體」（句句用韻），集前賢「清歡」二十四韻，並以東坡「人間有味是清歡」收：

平生寂歷少清歡，新年書史伴清歡。故人望望惜清歡，半窗梅影助清歡。
澹然終日自清歡，不辭物外共清歡。每來初地愜清歡，夢隨猿鶴共清歡。
強挼黃菊助清歡，誰來對酒共清歡。肯將塵語累清歡，山蔬野果資清歡。
臨溪膾鯉延清歡，名香珍茗足清歡。且憑幽事答清歡，況逢清夜動清歡。
曾陪道論接清歡，擬將沉醉為清歡。年年此日共清歡，可以終老同清歡。
一尊相對共清歡，儘驅詩酒佐清歡。先生痛飲惜清歡，人間有味是清歡！

再集十二句，以「清歡」起並以「清歡」收，亦以「人間有味是清歡」作結：

清歡難得故人聚，舊遊重話發清歡。清歡全落少年日，可以終老同清歡。
清歡未足還休去，翛然一笑生清歡。清歡率爾吾儕事，年年此日共清歡。
清歡不知白日晚，此時此會記清歡。清歡未覺消長夜，人間有味是清歡！

祝人人：時時有清歡。處處得清歡。滿心蘊清歡；人間有味是清歡！

校後記

好友書法篆刻家薛平南兄，昔年給自己刻了一方「東坡酒量」的寶章，用以自詡。於是，我就寫了〈我雖不解飲，把盞歡意足——東坡酒量淺論〉短文，作為呼應。文章刊登在《國文天地》一九九二年二月號，已是三十年前的事！

先師鄭因百先生，平日多注意古人行誼，身為門生，頗好習效。因於東坡逝世九百年時，勉力寫成〈人間有味是清歡——東坡美食小考〉，在輔仁大學的紀念會上發表，並同時刊登於《明道文藝》和《中央日報副刊》。已是二十一年前的事。

這兩篇文章，後來都收入我為紀念東坡而寫的專書《東坡的心靈世界》中，該書由「學生書局」於二〇〇二年十月出版。也是二十年前了。

前幾年，臺大學弟徐富昌教授和竇松林祕書，希望我能去「臺大系統三校」行政聚會上做專題演講。一再斟酌後，重新尋出〈人間有味是清歡——東坡美食小考〉文，稍作整理，於二〇一九年四月二十三日下午在臺大講完。

好友郭鶴鳴教授擔任《國語日報》「書和人」雙週刊主編，索徵稿件。因以重新補正後之〈人間有味是清歡——東坡美食小考〉應命，於二〇二一年四月四日起分三期刊出。

臺灣商務印書館王董事長既見此文，更鼓動擴寫成書，以為紀念東坡獻禮。自思或可一試。於是用心查考，盡力而為。書稿終於在今年四月十日完成，即傳送臺灣商務張總編輯。書名「人間有味是清歡」七字，特請名書家彧然集東坡行書墨寶而成。又承何主編邀飲食文學作家焦桐先生撰文推薦，焦桐兄序文即最佳「導讀」。凡此因緣，一併申謝！

書稿即將付梓，因略說本書撰寫淵源與出版經過。飛鴻雪泥，尤當珍惜！再呼應本書主旨和書名，勉成二詩紀念坡翁：

骨董盤遊玉糝羹，蜜蒸真一羅浮春。高情豪興同濡首，飲濕隨緣共義樽。

東坡真一見自然，西蜀中山到海南。世上元脩真嫵媚，人間有味是清歡！

壬寅年五月十六日（二〇二二年六月十四日）於心隱齋

國家圖書館出版品預行編目（CIP）資料

人間有味是清歡：東坡肉、元脩菜、真一酒，蘇軾的飲食生命史／黃啟方著.
-- 初版. -- 新北市：臺灣商務印書館股份有限公司, 2022. 07
416 面；14.8×21 公分 --（人文）

ISBN 978-957-05-3426-9（平裝）

1.CST：（宋）蘇軾　2.CST：傳記　3.CST：宋詩　4.CST：詩評

851.4516　　111008210

人文

人間有味是清歡

東坡肉、元脩菜、真一酒，蘇軾的飲食生命史

作　　者—黃啟方

發 行 人—王春申
選書顧問—陳建守
總 編 輯—林碧淇
責任編輯—何宣儀
特約編輯—許瑞娟
封面設計—謝佳穎
內頁設計—黃淑華

資訊行銷—劉艾琳、姚婷婷、孫若屏
業　　務—王建棠
出版發行—臺灣商務印書館股份有限公司
23141 新北市新店區民權路 108-3 號 5 樓（同門市地址）
電話：（02）8667-3712 傳真：（02）8667-3709
讀者服務專線：0800056193
郵撥：0000165-1
E-mail：ecptw@cptw.com.tw
網路書店網址：www.cptw.com.tw
Facebook：facebook.com.tw/ecptw

局版北市業字第 993 號
初版一刷：2022 年 7 月
初版 2.2 刷：2024 年 6 月
印刷廠：沈氏藝術印刷股份有限公司
定價：新台幣 480 元

法律顧問—何一芃律師事務所